गोनू झा के किस्से

गोनू झा के किस्से

विभा रानी

स्वर्ण जयन्ती

ISBN : 81-88599-67-0

स्वर्ण जयन्ती

माहेश्वरी भवन, अंसारी रोड, दयानंद मार्ग, 21-ए,
नयी दिल्ली-110002
द्वारा प्रकाशित
संस्करण : 2017

मूल्य : ₹195.00

आर. टेक ऑफ़सेट, शाहदरा, दिल्ली-110032
द्वारा मुद्रित

स्वर्ण जयन्ती, वाणी प्रकाशन की सहयोगी संस्था

मिथिला की गौरवशाली समृद्ध परम्परा

तथा

चतुर सुजानों के नाम

अनुक्रम

भूमिका	9
सबसे बड़ा झूठ	13
हवाई महल	16
सेर का सवा सेर	19
बछड़ा पुराण	23
ग्रहों से छुटकारा (गोनू झा और चोर-1)	27
पोटरी (गोनू झा और चोर-2)	30
मेहनताना (गोनू झा और चोर-3)	32
चोर भी छके (गोनू झा और चोर-4)	34
गोनू झा के बेटे (गोनू झा और चोर-5)	37
गोनू झा की पंचैती (गोनू झा और चोर-6)	40
असली ब्राह्मण कुमार कौन?	44
बँटवारा	50
दामाद पुराण	53
जा मन अन्त न पाइयो	55
खरहे का आकार	59
कुछ का दान	63
सिक्कों का खेल	65
भर छींटा धान	69
श्राद्ध	72
गंगा मैया को मन्नत	76
अनोखा उपहार	79
गोनू झा का बदला	83

गोनू झा की भैंस 87
गोनू झा की बिल्ली 91
गोनू झा का बैल 94
गोनू झा और हज्जाम 96
गोनू झा और महाजन 99
गोनू झा का सपना 103
गोनू झा की पढाई 105
स्वर्ग से चिट्ठी 108
तोते की मृत्यु 113
बंगौर की क़ीमत 115
सुराही में कदीमा 118
आँखों का व्यापारी 120
धन और जन का अन्तर 122
तहसीलदार की दाढ़ी 125
सुख और दुख 128
चमरशौच में फंसे गोनू झा 131
खेत खाए गदहा, मार खाए जोलहा 134
राख का मोल 138
गंगा स्नान 142
पिता का आशीर्वाद 145
जब गोनू झा मरे 148
यमलोक में गोनू झा 153
गोनू झा मरे नहीं हैं 155
परदादा 159

गोनू झा के किस्से

मिथिला भूमि अपने ज्ञान, विशिष्ट जीवन शैली, जीवन-मूल्य, अप्रतिम लोक चित्रकला, हस्तकला, विद्यापति के गीत और गोनू झा के किस्सों से सर्वज्ञात और विख्यात है। ये सारे तथ्य मिथिला की सांस्कृतिक निजता में अपना सचेष्ट योगदान देते हैं, मिथिला की भूमि से निः सृत दर्शन, न्याय और व्याकरण की बौद्धिक गूढ़ता, लोक चित्रकला में मैथिल महिलाओं के सतरंगी कल्पनालोक, विद्यापति के गीतों का लालित्य पूर्ण माधुर्य तथा अपराजेय बुद्धिमता वाले गोनू झा के मिथक इस निजत्व को बहुआयामी संश्लिष्टता प्रदान करते हैं जो अन्ततः मैथिल लोक जीवन की मानसिक शक्ति एवं प्रत्युत्पन्नमतित्व को रेखांकित करते हुए मान्य अंगीरस की ओर इशारा भी करते हैं।

अब यह एक निर्विवाद सत्य है कि गोनू झा एक जीता-जागता व्यक्तित्व थे। चौदहवीं शताब्दी में जब मिथिला पर भवसिंह नामक राजा राज्य करते थे, गोनू झा का आभिर्वाव दरभंगा ज़िले के भड़ौरा (भड़वारा) नामक गाँव में हुआ था। मैथिली अकादमी, पटना द्वारा प्रकाशित पंजी के अनुसार गोनू झा संस्कृत के विद्वान तथा महोपाध्याय की उपाधि से विभूषित थे। इन सबके होते हुए भी गोनू झा के किस्से जो आज प्रचलित हैं, वे सब वैयक्तिक नहीं, सामूहिक रचनाएँ हैं, समूह की इच्छा, आकाँक्षा, भावना, विचार और कल्पना की उड़ान इनमें लिपटकर एकल व्याप्ति का स्थान और ‘‘कवि’’ लोगों द्वारा रचित गीतों में ‘‘भनहि विद्यापति’’ जुड़ता चला गया, उसी प्रकार गोनू झा के किस्सों में भी अधिकांश किस्से लोक मानस द्वारा सृर्जित होकर गोनू झा के नाम से चल रहे हैं, उसमें नए-नए किस्से जुड़ रहे हैं। अर्थात् परम्परा की एक धारा निरन्तर प्रवहमान है।

लोक जीवन में हो रही ऐसी सामूहिक रचना की एक और विशेषता होती है। यह विशेषता है क्रमशः अलौकिकता, अकल्पनीय कथानक, अविश्वसनीय घटनाओं, इच्छाओं, कामनाओं आदि का समावेश होने लगना। यह प्रक्रिया विद्यापति के साथ भी लागू हुई, भगवान महादेव, उनके नचारी (शाब्दिक अर्थ : लाचारी में गाया गया

गीत, विशेष अर्थ : शिव की वन्दना में गाए जानेवाले गीत) से सम्मोहित होकर उगना नामक चाकर बन जाते हैं और गंगा उनकी ज़िद के आगे झुककर अपना रास्ता बदल लेती हैं। ''होनहार बीरवान के होते चीकने पात'' के अनुरूप कथाओं का गढ़न है। पराभौतिक, पारलौकिक और अतीन्द्रीय शक्तियों की अपदस्थता के वर्णन आने लगते हैं। इस तरह, क्रमशः वास्तविक चरित्र और सुर रिअलिस्टिक (यथार्थपरक) बाना धारण कर लेते हैं और एक मिथकीय अवधारणा का ताना-बाना गढ़ जाता है। इस ताने-बाने के आधार में होता है ऊपर वर्णित शक्तियों से जीत जाने का मानसिक आहलाद प्राप्त करना, क्योंकि वास्तविक जीवन में मनुष्य जिस अव्याख्यायित पराजय से दुःखी होता है, उससे कल्पना में जीत जाने की अन्तः चेतना यहाँ प्रमुख होती है। जिसके सम्मुख नत-मस्तक होने का परम्परा रहती है, उससे हँसी मज़ाक करके अपनी अस्मिता की स्थापना के सुख से सुखी होने का बौद्धिक उल्लास जनमता है। गोनू झा के किस्सों में ऐसे उदाहरण प्रमुखता से हैं। जैसे यमराज, कमला और काली नदी मातृक देश और शक्ति परम्परा के अनुसार और यमराज मृत्यु का प्रतीक होने के कारण भयोत्पादक और इसलिए सर्वपूजित हैं। गोनू झा अपनी बुद्धि से इन्हें भी पराजित करते हैं और गोनू झा के ब्याज से जन सामान्य इन लोगों से अपना हिसाब-किताब बराबर कर लेते हैं।

गोनू झा के चरित्र के चारों ओर संकेन्द्रित संरचना की तरह बने इस मिथक का निर्माण, मृत्युदेव यमराज, भगवती काली और जलदेवी कमला तक को छका देने के प्रकल्प के साथ एक और महत्त्वपूर्ण निष्कर्ष की ओर ले जाता है और वह है सुरक्षा एवं परिवर्तन के लिए बुद्धि का एक अस्त्र की तरह उपयोग। कुछ और आगे बढ़ते हुए कहा जा सकता है कि इस तरह किसी भी शक्ति को अपराजेय नहीं मानने की अवधारणा भी सृजित होती है। गोनू झा के किस्सों के अनुशीलन से स्पष्ट है कि गोनू झा आगे बढ़कर किसी पर आक्रमण नहीं करते हैं अपितु अपने पर लगे आक्षेपों, अपने पर हुए प्रहार का निराकरण मात्र अपनी बुद्धि से करते हुए उसे किसी शुभ दिशा में मोड़ने का प्रयास करते हैं। ये प्रयास एक विशेष जीवन मूल्य, मान्यता एवं आदर्श के अन्तर्गत होती सांस्कृतिक विशिष्टता को रेखांकित करती है, जहाँ विदेह-भावना के आदर्श में मनुष्य को मनुष्य और सर्वोपरि समझने की मान्यता/अवधारणा है।

गोनू झा के नाम के प्रचलित प्रायः प्रत्येक कथा लोकोक्ति के रूप में प्रचलित है। बातचीत के क्रम में अक्सर इनका प्रयोग घटना, तथ्य विशेष को एक अर्थ प्रदान करता है। जैसे, गोनू झा की गाय, गोनू झा की ढाकी, गोनू झा का नाटक, गोनू झा का जादू, गोनू झा की महाजनी, गोनू झा की बिल्ली, गोनू झा की लाठी, गोनू झा की कविता, गोनू झा की मोटरी, गोनू झा का अलग होना, गोनू झा का मेला, गोनू झा की मृत्यु, गोनू झा की स्वर्ग यात्रा, गोनू झा का ज्योतिष, गोनू झा का भोज,

गोनू झा की मिठाई, गोनू झा की खटाई, गोनू झा के बंगौर, गोनू झा का घाव, गोनू झा का कबूल, गोनू झा के रुपए...। इन सब कथाओं को यदि परिवेश के आधार पर विभाजित किया जाए तो वह मुख्यतः चार भागों में विभक्त होता है।

पहले भाग में है चोरों के किस्से। इसमें पहली बात यह आती है कि चोरी तात्कालिक मिथिला का एक पेशा था। अभी यह एक सर्वव्याप्त पेशा है। चोरी की विद्या को रजविद्या से भारी माना गया है। और ऐसी विद्या पर गोनू झा की बुद्धि भारी पड़ती है। परन्तु किसी भी किस्से में चोरों को प्रशासन के सुपुर्द नहीं किया जाता है। क्यों? हो सकता है, प्रशासन की व्याप्ति इतनी सुलभ नहीं रही होगी। गोनू झा परोक्ष अथवा प्रत्यक्ष रूप से बुरा काम करते हुए पकड़ाए हुए चोरों को श्रम की ओर मोड़ने की बात करते हैं। प्रकारांतर से ये चोरी विद्या के चलन पर भी बात को मोड़ते है। आखिरकार चोरी की परम्परा कब जड़ पकड़ती है? जब श्रम का मूल्य कम होता है और प्रशासन जनहित से उदासीन, ऐसे में जनता क्या करें! गोनू झा के किस्से एक विकल्प प्रस्तुत करते हैं।

गोनू झा की कथा का दूसरा भाग है राज दरबार के किस्से। राज-दरबार की बौद्धिक परिस्थिति और राज-काज में जनता के प्रति व्यवस्था का सरोकार यहाँ स्पष्टतः ध्वनित होता है। दरबार, गप्पबाजी का अखाड़ा रहा होगा और स्वभावतः जन-समस्याओं की ओर उन्मुख होने का मौक़ा नहीं होगा। वे मात्र अपने पोषण के लिए चिन्तित और सक्रिय रहे होंगे। गोनू झा के इस सन्दर्भ वाले किस्से यही निष्कर्ष देते हैं।

गोनू झा के किस्सों के तीसरे भाग में है समाज। यहाँ नाई है, स्त्रियाँ हैं, महाजन हैं और हैं पड़ोसी इन कथाओं का मूल स्वर है अज्ञान, लोभ, ईर्ष्या और कटुता। कथाएँ क्रमशः इन प्रवृत्तियों का परिदर्शन और बौद्धिक परिमार्जन करती हुई अपना निष्कर्ष देती ही देती हैं। इस तरह से ये तीनों भाग कहीं से भी ठेठ मनोरंजन के आग्रही नहीं लगे मुझे। यह व्यापक रूप से काल विशेष का सम्पूर्ण चित्र प्रदर्शित करते हुए चौथे भाग, अर्थात-अलौकिकता के प्रवेश से, जिसका वर्णन ऊपर कर आया हूँ, मनुष्य के सर्वसत्तात्मक चरित्र पर आकर टिक जाता है।

परन्तु अभी गोनू झा को "धूर्त" का प्रतिरूप मानने की प्रवृत्ति चल पड़ी है। धूर्त अर्थात्-स्वार्थ में भरकर दूसरों को ठगने की मूल प्रवृत्ति। मेरी समझ से यह गोनू झा के मिथक की अनर्गल और अनुचित व्याख्या होगी। दरअसल, जिस तरह से विद्यापति के गीतों की कमोबेश असली और नकली रूप में पहचान कर ली गई है, वैसी सुविधा गोनू झा के किस्सों को मिलना सम्भव नहीं है। फलतः रहस्य का एक आवरण बनता है जो मिथकीय स्वरूप का निर्माण करते हुए कहता है कि "गोनू झा मरते नहीं है।" अर्थात् यहाँ एक अप्रत्यक्ष आग्रह है, लोक जीवन की मानसिक शक्ति की निरन्तरता को उद्घाटित करने की, समाज विशेष के "विट" को रेखांकित करने की, बुद्धि का उपयोग, अर्थात गोनू झा का योग देने की।

आग्रह की अप्रत्यक्षता की नाटकीय युक्ति का प्रभावी रस (अंगीरस) है हास्य, किस्से को किस्सा बना देने के प्रयास से उत्पन्न हास्य, रुक्षता और सपाट होने की सम्भावना को नकारने के प्रयास के उत्पन्न हास्य, परिस्थिति की दुःखदायी परिणति को उलट देने के प्रयास से जन्मा हास्य, जैसे बुरे और अमानवीयता के पक्ष में गोनिहार को को मूर्खराज की संज्ञा से उत्पन्न हास्य, यह शृंखला अन्ततः एक प्रतिमान है तथा इसकी सामूहिक व्याप्ति है। यह व्याप्ति ढके-तुपे ढंग से परखने की चुनौती देता है। मुझे लगता है, विभा रानी की यह पुस्तकीय प्रयास इसी चुनौती से आमने-सामने होता है।

–कुणाल

सबसे बड़ा झूठ

राजा, दीवान और सेठ—तीनों के बेटे आपस में घने मित्र थे। उनका खाना-पीना, घूमना-फिरना सब साथ-साथ होता था। तीनों में से किसी को भी किसी के बग़ैर चैन नहीं मिलता था।

एक बार तीनों दोस्त कहीं घूमने गए। वहाँ आपस में बात-चीत होते-होते बात झूठ पर आकर टिक गई। सब एक से बढ़कर एक झूठ बोलने में उस्ताद! झूठ बोलते-बोलते उनमें बाजी लग गई कि जो सबसे बड़ा झूठ बोलेगा उसे एक हज़ार रुपए मिलेंगे।

सबसे पहले दीवान के बेटे ने कहना शुरू किया—"आज से सौ साल पहले मेरे दादा यहाँ के राजा थे और आज के जो राजा हैं न, उनके दादा बड़े ही निर्धन व्यक्ति थे, जिन्हें कृपा-पूर्वक हमारे दादा ने अपने यहाँ चाकरी दे दी थी।

यह सुनते ही राजा का बेटा मारे क्रोध के लाल हो उठा। आवेश के वेग से वह काँपने लगा। फिर बोला—"झूठ! एकदम झूठ!" उसने आव देखा न ताव, तड़ाक से एक थप्पड़ दीवान के बेटे के गाल पर जमाया—"झूठे मक्कार कहीं के! तुम्हारे दादा कब और किस राज्य के राजा थे रे?"

दीवान का बेटा बोला—"बस! यह सबसे बड़ा झूठ हुआ। लाइए, एक हज़ार रुपए।" राजकुमार को हज़ार रूपए देने पड़े।

अब व्यापारी के बेटे की बारी आई। उसने कहना शुरू किया—"बहुत पहले की बात है। एक बार राजा साहब मेरे पिता के पास भीख माँगने पहुँचे।"

राजकुमार यह सुनते ही क्रोध से काँपने लगा। उसने बग़ैर सोचे-समझे व्यापारी के बेटे की धुनाई कर दी और कहा—"मेरे पिता राजा हैं। तेरे पिता जैसे न जाने कितने व्यापारी मेरे पिता के राज्य में हैं। ऐसे-ऐसे हज़ार व्यापारी मिलकर भी मेरे पिता जैसे नहीं बन सकते। वे एक दिन में हज़ारों लोगों को न जाने कितना भीख में दे देते हैं और तुम कहते हो कि मेरे पिता तुम्हारे पिता के पास भीख माँगने गए थे?"

व्यापारी का बेटा बोला–यह तो झूठ था ही क्योंकि हम यहाँ सबसे बड़ा झूठ ही बोलने के लिए इकट्ठे हुए है। मैं जीत गया। लाइए मेरे हज़ार रुपए!'' राजकुमार क्या करता! उसे हज़ार रुपए व्यापारी पुत्र को भी देने पड़े।

अब बारी राजकुमार की थी। मगर दिन भर एक के बाद एक झूठ और अपने दोनों मित्रों पर अकारण क्रोध करने के कारण उसका मन उखड़ चुका था। इसलिए उसने कहा–''आज तो मैं बहुत थक गया हूँ। कल इसी समय मैं अपनी कहानी सुनाऊँगा।''

सभी अपने-अपने घर लौट गए। राजकुमार सोच रहा था कि इन दोनों ने तो मुझे ख़ूब छकाया अब इन सबको छकाना चाहिए। परन्तु कैसे? वह काफी देर तक सोचता रहा। किन्तु उसके दिमाग़ में एकदम से घर कर जानेवाली कोई भी योजना नहीं आई। वह क्या करे, यही सोच रहा था, तभी उसे गोनू झा की याद आई। उसने सोचा कि गोनू झा तो बहुत चालाक और होशियार व्यक्ति हैं। उन्हीं से परामर्श लेना चाहिए। ऐसा सोच वह गोनू झा के पास गया और सारा वृतान्त कह सुनाया।

गोनू झा बोले–''तो इसमें ऐसी कौन सी बड़ी बात है! कल मैं भी आपके साथ चलूँगा वेश बदलकर। वे लोग पूछे तो कह दीजिएगा कि मैं आपका ममेरा भाई हूँ। आप अपने मित्रों को केवल इस बात के लिए राजी कर लीजिएगा कि आपके बदले कहानी मैं सुनाऊँगा। परन्तु आपको उन्हें मारना नहीं चाहिए। कल आपको इसके लिए उनसे क्षमा माँगनी होगी, तभी मैं आपका साथ दूँगा। मरता क्या न करता! राजकुमार राजी हो गया।

नियत समय और नियत स्थान पर तीनों मित्र इकट्ठे हुए। राजकुमार के साथ वेश बदलकर गोनू झा भी थे। राजकुमार ने वायदे के मुताबिक अपने दोनों मित्रों से क्षमा याचना की और फिर गोनू झा का परिचय देते हुए कहा–''ये मेरे मामा के पुत्र हैं। कल ही आए हैं। हमारी इस प्रतियोगिता की बात सुनकर बोले कि हमारे पास एक कहानी है। क्यों न आज हम उन्हीं से कहानी सुनें। आखिर हमारे मेहमान हैं। देखें तो कि ये कैसा झूठ बोलते हैं।'' वे दोनों मान गए।

गोनू झा कहने लगे–''एक हज़ार तो कल की बात थी। आज तो दो हज़ार होने चाहिए।

दोनों ने कहा–''हमें स्वीकार है। परन्तु अगर वह सबसे बड़ा झूठ साबित न हुआ तो आपको हम दोनों को दो-दो हज़ार रुपए देने होंगे।''

गोनू झा मान गए। अब उन्होंने कहना आरम्भ किया–''मेरे पिता के पास एक घोड़ा था। वह घोड़ा दस हाथ ऊँचा था। उसे सामने देखकर हाथी भी भाग खड़े होते थे। वह घोड़ा देखने में बड़ा ही सुन्दर था। मेरे दरवाज़े पर बरगद का एक बहुत ही विशालकाय पेड़ था। घोड़ा उसी के नीचे बँधा रहता था। एक दिन

घोड़े ने उस पेड़ का एक फल खा लिया। कुछ दिन बाद उसके पेट में बरगद का पेड़ जनम गया। वह पेड़ बढ़ते-बढ़ते तीन कोस में फैल गया। यह देखकर मेरे बाबा ने उस पेड़ पर मिट्टी पसरवा दी, फिर क्या था? देखते ही देखते तीन कोस का एक सुन्दर खेत तैयार हो गया। उस पर खेती होने लगी।

एक बार भयंकर अकाल पड़ा। वर्षा का कहीं नामो-निशान नहीं था। कहीं-कहीं दो-चार कोस पर ज़रा सी बरसात हो जाती थी। अन्न के अभाव में लोग अकाल मृत्यु के शिकार होने लगे। व्यापारी के दादा और दीवान के दादा—वे दोनों भी अन्नाभाव में मरने लगे।

मेरे बाबा ने घोड़े की पीठ पर जमे उसी खेत में गेहूँ की खेती की थी। जहाँ-कहीं बरसात होती, वे उस घोड़े पर चढ़कर उस जगह पहुँच जाते थे। फिर तो सारी बरसात हमारे ही खेत में होती थी। फल यह हुआ कि हमारे उसे खेत में ख़ूब गेहूँ उपजा, पकने पर गेहूँ काटा गया और तोला गया तो हज़ारों मन गेहूँ! सेठ और दीवान दोनों के बाबा मेरे बाबा के पास आकर रोने-कलपने लगे। मेरे बाबा को दया आ गई, उन्होंने तीन हज़ार मन गेहूँ सेठ के बाबा और छह हज़ार मन गेहूँ दीवान के बाबा को दे दिया। उस समय उन दोनों ने क़ागज़ पर लिखकर दिया था कि जब उनकी स्थिति सुधर जाएगी तब वे उन्हें मय सदू के साथ वापस कर देंगे। परन्तु आज तक उन्होंने वह कर्ज़ा सधाया नहीं। आज भी वह क़ागज़ मेरे पास मौज़ूद है। अब तो अकाल भी नहीं है और आप लोग समृद्ध भी काफी हो गए, हैं। अब आप लोग हमारा कर्ज़ सधाइए।

यह सुनते ही सेठ और दीवान दोनों के बेटे एक साथ बोल पड़े—एकदम सफ़ेद झूठ! यह बिल्कुल झूठ है।''

''यदि झूठ है तो लाइए दो-दो हज़ार रुपए और यदि नहीं तो मेरा कर्ज़ चुकाइए।''

सेठ और दीवान के बेटे के पास अब कोई चारा नहीं था। उनके लिए एक तरफ़ कुआँ तो दूसरी ओर खाई थी। अगर वे शर्त के पैसे न देते तो तीन और छह हज़ार मन गेहूँ का मयसूद-कर्ज़ा चुकाना पड़ता। लाचार उन दोनों को शर्त के मुताबिक राजकुमार को दो-दो हजार रुपए देने पड़े।

राजकुमार शर्त जीतकर बड़ा प्रसन्न था। और गोनू झा वे सदा की भाँति तम्बाकू मलते हुए मन्द-मन्द मुस्कुरा रहे थे।

हवाई महल

मिथिला नरेश बहुत ही विनोद प्रिय, रसिक व विलक्षण बुद्धि के थे। विनोद प्रियता उनके हर कथन में झलकती। किसी भी अच्छी वस्तु के वे सही पारखी थे और बुद्धि की विलक्षणता ऐसी थी कि हमेशा कुछ न कुछ ऐसे प्रश्न ले आते कि उनके उत्तर ढूँढ़ने में लोगों की जान साँसत में आ जाती। कई बार प्रश्नों के उत्तर मिल जाते परन्तु अधिकांश ऐसा होता जब किसी के पास कोई भी समाधान न होता।

राजा अनुभव करते कि यदि उनके दरबार में उनसे भी विलक्षण बुद्धि का कोई होता तो कहना ही क्या था! वैसे भी राज-काज शारीरिक बल की अपेक्षा, मन और बुद्धि के बल पर सही ढंग से चलता है। अतः अति गुणवान, बुद्धि सम्पन्न व्यक्ति की वे इच्छा करने लगे। उन्होंने पूरे राज्य में मुनादी करवा दी कि जो सबसे अधिक बुद्धिमान होगा, उसे राजा साहब अपने दरबार में विशेष सलाहकार के रूप में नियुक्त करेंगे।

फिर क्या था! प्रार्थना-पत्रों का अम्बार लग गया। हर कोई राजा का क़रीबी होना चाहता था क्योंकि विशेष सलाहकार का अर्थ ही होता है राजा का खासमख़ास। ऐसा खासमख़ास, जो कभी भी, कहीं भी राजा से प्रत्यक्ष बात कर सकता है, सलाह दे सकता है।

इतने प्रार्थना-पत्रों पर विचार करना सम्भव नहीं था। इसलिए पात्रता के आधार पर पहले प्रार्थना-पत्रों की छँटाई की गई। अब उचित पात्रता वाले प्रार्थना-पत्रों की जब गिनती की गई, तब वे संख्या में दो सौ निकले। इन सभी दो सौ उम्मीदवारों को साक्षात्कार के लिए बुलाया गया।

सभी उम्मीदवार अपनी विशेष सज-धज व तैयारी के साथ पहुँचे थे। कई थे जिन्होंने रात भर जगकर तरह-तरह के विषय पढ़े थे, कुछ अतिरिक्त बुद्धिमान थे जो यह मानते थे कि उन्हें सब कुछ मालूम है।

नियत समय पर सभी उम्मीदवार एक विशालकाय कक्ष में एकत्र हुए। सबके

चेहरे आशंकित थे उनकी आँखों में लालसा की लहर और ह्रदय में कामनाओं के ज्वार के साथ-साथ अज्ञात भय भी दुबककर बैठा हुआ था। सभी सोच रहे थे, पता नहीं, राजा साहब क्या प्रश्न पूछेंगे? सभी कामना कर रहे थे कि यह पद उसे ही मिल जाए।

आखिर राजा साहब पधारे। पूरे कक्ष में शान्ति छा गई। राजा साहब ने सभी उम्मीदवारों पर एक दृष्टि डाली और पूछा–"आप लोगों में से कौन मेरे विशेष सलाहकार बनना चाहते हैं?"

तुरन्त दो सौ के दो सौ हाथ ऊपर उठ गए। राजा मुस्कुरा उठे। फिर बोले मेरा मन एक महल बनवाने का है। वह महल न तो पृथ्वी पर रहेगा न आकाश में। हवा में वह आलीशान महल खड़ा किया जाएगा। सुन्दरता और सजावट में उसका कोई सानी नहीं रहेगा। उसके ठाठ-बाट और सुख-सुविधा को देखकर इन्द्र महाराज भी ईर्ष्या करेंगे। आप लोगों में से जो कोई भी ऐसा महल बना सकता हो, वे कृपया हाथ उठाएँ। वे जब हमें हमारा महल बनाकर दे देंगे तभी हमारे विशेष सलाहकार बन सकेंगे।

राजा साहब के इस अद्‌भुत प्रश्न को सुनकर सभी अवाक् रह गए। किसी के मुँह से "क" अक्षर तक नहीं फूटा। सब यही सोचने लगे कि हो न हो, राजा सनकी है। किसी-किसी ने यह भी सोचा कि शायद राजा की इच्छा नहीं है सलाहकार नियुक्त करने की, तभी तो ऐसी बेतुकी बातें कर रहे हैं, भला हवा में महल बनाया जा सकता है क्या? सभी चुप थे, जो स्वयं को बहुत बुद्धिमान समझते थे, वे भी और जो रात भर किताबें घोंटकर आए थे, वे भी।

राजा बहुत देर तक प्रतीक्षा करते रहे कि कोई तो ऐसा व्यक्ति निकलेगा जो उनका यह महल बनाने के लिए तैयार हो जाएगा। परन्तु सभी के मुँह जैसे सिले हुए थे। बकार तक नहीं फूटी किसी के मुँह से। राजा साहब कहने लगे–"जब आप लोगों में से कोई भी मेरे लिए यह छोटा सा काम तक नहीं कर सकता, वह कैसे मेरा विशेष सलाहकार बन सकता है–ऐसा सलाहकार, जो संकट के समय हमें उबार सके। आप लोगों की परीक्षा हो गई, अब आप लोग जा सकते हैं।"

उम्मीदवारों में गोनू झा भी थे। राजा की बात सुनकर वे उठ खड़े हुए और कहने लगे–"यदि महाराज मुझे चार मास का समय दे तो मैं महाराज की आज्ञा का पालन करने के लिए तैयार हूँ। इस हवाई महल को बनाने वाले कारीगर का इन्तज़ाम तो मैं कर लूँगा परन्तु महल निर्माण के लिए लगनेवाले सामान आदि पहुँचवाने की व्यवस्था महाराज को करनी होगी।

राजा ने गोनू झा की बात मान ली। सारे उपस्थित जन आश्चर्य से फटी आँखों से गोनू झा को निहार रहे थे। वे सभी सोच रहे थे–जैसा पागल राजा वैसा ही पागल यह भी है। जभी तो इस हवाई महल को बनाने के लिए तैयार हो गया है।

गोनू झा चतुर सुजान थे। उन्होंने राजा के सामने अपना प्रस्ताव रखने के पहले ही उस प्रश्न का उत्तर ढूँढ़ लिया था और अब वे इस काम को अन्जाम देने में जी-जान से जुट गए।

इधर राजा के मन में बड़ी उत्कन्ठा समाई हुई थी "हवाई महल" देखने की। पूरे राज्य में भी इस बात की चर्चा फैल गई थी। लोग-बाग भी बड़े उत्सुक थे, उस चार महीने की समाप्ति की बेसब्री से प्रतीक्षा कर रहे थे जिसके बाद महल का निर्माण-कार्य प्रारम्भ होनेवाला था।

जिस दिन चार महीने पूरे हुए, उस दिन अहले सुबह से ही राजा के दरबार के बाहर लोगों की भीड़ लगनी शुरू हो गई। राजा साहब स्वयं भी बड़े उत्कन्ठित थे, इसलिए वे भी उस दिन सवेरे ही अपने दैनिक कार्यों से निवृत्त हो लिए और दरबार पहुँच गए। वे जब पहुँचे तो उन्होंने देखा कि बाहर बड़ी भीड़ जमा है और सभी आकाश की ओर देख रहे हैं।

आकाश से आवाज़ आ रही थी—"ईंट लाओ, सीमेंट लाओ। महल बनाओ।"

राजा साहब पहले तो चकरा गए। फिर बाद में देखा कि सामने गोनू झा खड़े मुस्कुरा रहे हैं। राजा ने गोनू झा से पूछा—"क्या बात है?"

गोनू झा ने हँसते हुए उत्तर दिया—"कुछ नहीं। हवाई महल बनानेवाले कारीगर पहुँच चुके हैं और वे मज़दूरों को बुला रहे हैं तथा सामान मँगवा रहे हैं।

तब तक आकाश की ओर से फिर से आवाज़ आई—"समय जा रहा है बेकार, ईंट सीमेंट लाओ यार! बँसुली लाओ, छेनी लाओ, सब मिलकर महल बनाओ।"

अब राजा गोनू झा की चालाकी समझ गए। भला आकाश में ईंट-सीमेंट आदि कैसे पहुँचाई जा सकती है! वे मुस्कुरा उठे। उन्होंने गोनू झा की पीठ ठोकते हुए कहा—"आप मेरी परीक्षा में पास हो गए। आज से आप मेरे विशेष सलाहकार नियुक्त हुए। किन्तु यह तो बताइए कि यह सब आपने किया कैसे?"

"बहुत आसानी से। आपके यहाँ से विदा होकर मैंने पहाड़ी मैनाएँ और तोते पाल लिए और चार महीने तक मैं उनको यह सब बोलने का अभ्यास कराता रहा। आज वे ही कारीगर हवाई महल के लिए सामान माँग रहे हैं। अब आप अपने मज़दूरों से कहें कि वे सामान वहाँ पहुँचाएँ।"

राजा यह सुनकर हँसने लगे। सभी गोनू झा की बुद्धिमता से अवाक् भी थे और प्रसन्न भी। और स्वयं गोनू झा? वे सदा की भाँति मन्द-मन्द मुस्कुराते हुए तम्बाकू मलते रहे।

सेर का सवा सेर

गोनू झा के पास एक नौकर था। उसका नाम तो था बासुदेव। परन्तु जैसा कि मिथिला की परिपाटी है, कालान्तर में वह बासुदेव से बसुदेवा और फिर उसके बाद बसुआ होकर रह गया। कहने को बसुआ नौकर था। परन्तु था बड़ा ही तेज़ व हाज़िर दिमाग़ लड़का। अपनी तीक्ष्ण बुद्धि के कारण वह गोनू झा को बड़ा प्रिय था। इधर बसुआ भी परछाई की नाई गोनू झा के संग लगा रहता क्योंकि उनके साथ रहने से उसे बहुत कुछ सीखने का अवसर मिलता था।

एक दिन उसने गोनू झा से कहा–"मालिक! आप बुद्धि, चतुराई व हाज़िर जवाबी में अद्वितीय हैं। कोई आपका मुकाबला नहीं कर सकता। मैं भी आपके साथ पिछले दस वर्षों से हूँ। आपसे सीखने का प्रयत्न हरदम करता आया हूँ। एक बार मेरी भी तो परीक्षा लेकर देखिए कि मैं आपसे कुछ सीख पाया हूँ या नहीं।

गोनू झा ने हँसते हुए कहा–"अरे बसुआ! मुझे मालूम है, तुम आजकल बहुत चालाक हो गए हो। मुझे विश्वास है कि तुम कहीं भी मेरा नाम नहीं हँसाओगे। और रही बात परीक्षा लेने की तो वह भी हो जाएगी किसी दिन।"

बात आई गई हो गई। बसुआ पूर्ववत उनके यहाँ काम करता रहा। वह उनके ढेर सारे काम करता; यहाँ तक कि कभी कभार उनके खेत भी जोत देता।

एक बार गोनू झा का हरवाहा बीमार पड़ गया। उस दिन खेत जोतना बहुत ही आवश्यक था। इसलिए गोनू झा ने बसुआ को बुलाकर कहा–"देख बसुआ! आज 'जितना' तो बीमार पड़ गया है और आज खेत की जुताई परमावश्यक है। इसलिए जाओ, आज तुम्हीं जोत दो। और देखो, खेत बड़ा मन लगाकर जोतना। अगर मैं तुम्हारे काम से ख़ुश हुआ तो तुम्हें हलुआ खिलाऊँगा हलुआ! समझे?

हलुआ का नाम सुनकर बसुआ के मुँह में पानी भर आया। वह ख़ुशी-ख़ुशी हल जोतने चला गया। वह ख़ूब मन से हल जोतने लगा। उसके दिमाग़ में हलुआ नाच रहा था। अच्छी जुताई देखकर गोनू झा बड़े ख़ुश होंगे और ख़ुश होकर ढेर

सारा हलवा खिलाएँगे।

नाश्ते का समय हो गया था। आस-पास के सभी हरवाहे अपना-अपना नाश्ता लेकर बैठ गए थे। केवल बसुआ ही जोत रहा था क्योंकि गोनू झा पहुँचे नहीं थे। वह सोचने लगा कि लग रहा है मालिक आज बहुत मन से हलुआ बनवा रहे हैं। इसीलिए शायद उनके आने में देर हो रही होगी। घी से चपचप मीठे हलुए का स्वाद वह मन ही मन लेने लगा। उसे भूख भी लग आई थी। परन्तु उसने सोचा कि अगर मैं कुछ और ख़ा लूँ नाश्ते में और इधर मालिक आ जाएँ तो फिर तो वह हलुआ ठीक से खा भी नहीं सकेगा। इसलिए बेहतर है कि अब सीधा कलेवा (दोपहर का भोजन) ही करे। उस समय तक तो मालिक हलवा लेकर आ ही जाएँगे। फिर वह जी भरकर हलुए का आनन्द लेगा।

दिन का एक बज गया। दोपहर के भोजन का समय हो गया था। आसपास के सारे हरवाहे भोजन के लिए चले गए थे। उनके भोजन-पदार्थों की सुगन्ध वातारण में पसर रही थी जो बसुआ के नथुनों से टकराकर उसकी क्षुधा को और भी जाग्रत कर देती थी। परन्तु, जब तक गोनू झा न आएँ तब तक खाना कैसे मिले! और बग़ैर भोजन के ख़ाली हाथ बैठना तो और भी दुश्कर काम है, इसलिए वह हल जोतता ही रहा कि चलो, हल जोतने से थोड़ा मन तो बहला रहेगा। परन्तु भूखे पेट तो भजन भी नहीं हो पाता; यहाँ तो बीच दोपहर की तेज़ धूप में हल जोतने जैसा भारी काम था।

दो बज गए। तब दिखाई पड़े गोनू झा—एक बड़ा पतीला माथे पर लिए धीरे-धीरे आते हुए। उनके हाथ में पानी का लोटा भी था। अब तो बसुआ के सब्र का प्याला छूट गया। उसने हल चलाना बन्द कर दिया और मन ही मन सोचने लगा—"लगता है, मालिक इतने बड़े पतीले में हलुआ भरकर ला रहे हैं। पतीला भारी है और उसे उठाकर चलने में उनको दिक़्क़त हो रही है, इसीलिए वे इतना धीरे-धीरे चलकर आ रहे हैं।"

गोनू झा खेत पर पहुँचे। खेत की जुताई देखकर वे बड़े प्रसन्न हुए। जो काम दो दिनों में समाप्त होना मुश्किल था; वही काम बसुआ ने आधे दिन में कर दिया था। गोनू झा ने बसुआ को बड़े प्यार से बुलाया और कहा—"आओ बासु! भूख लगी होगी। मैं तुम्हारे लिए हलुआ लेकर आया हूँ। अब बाक़ी खेत खा-पीकर जोतना। देर न करो, नहीं तो हलुआ ठन्डा हो जाएगा।

बसुआ झटपट हाथ-मुँह धोकर खाने के लिए पहुँच गया। गोनू झा ने पतीले की ओर इशारा कर दिया। बसुआ ने झट से पतीले पर से ढक्कन हटाया। परन्तु यह क्या! वह बुरी तरह से चौंका, इतने बड़े पतीले में मुश्किल से एक कौर के लायक हलुआ था। दिन भर का भूखा-प्यासा और थका-हारा बसुआ क्रोध से अन्धा हो गया। वह खिसियाता हुआ बोला—"यह कैसा मज़ाक है मालिक? दिन-भर का भूखा-प्यासा हूँ? इतने से हलुए से क्या होगा भला?"

गोनू झा ने हँसते हुए कहा—"अरे थोड़ा ही है तो क्या हुआ! देखो तो, हलुआ कितना बढ़िया और स्वादिष्ट बना है?"

गोनू झा की बात बसुआ को जले पर नमक छिड़कने के समान लगी। वह झुंझलाता हुआ बोला—होगा बढ़िया और स्वादिष्ट! परन्तु आप तो पूरे झूठे निकले। बताइए तो क्या कहा था आपने?"

"यही न कि आज मैं तुम्हें हलुआ खिलाऊँगा। सो हलुआ लेकर आया हूँ!"

"मगर इतना सा हलुआ? इतने से हलुए से क्या होगा?"

"देखी बासो, मैंने तुम्हें कहा था कि आज मैं तुम्हें हलुआ खिलाऊँगा। यह तो नहीं कहा था कि भर पेट हलुआ खिलाऊँगा।"

बसुआ समझ गया कि गोनू झा उससे चालाकी कर गए हैं। परन्तु फिलहाल उपाय ही क्या था! वह चुप तो लगा गया मगर मन ही मन उसने प्रतिज्ञा की कि जब तक वह इसका बदला गोनू झा से नहीं ले लेगा, तब तक चैन से नहीं बैठेगा। वह अवसर की ताक में रहने लगा।

संयोग से वह अवसर भी जल्द ही आ गया। गोनू झा का हरवाहा फिर एक दिन किसी काम से बाहर चला गया। बसुआ ने बिना कुछ कहे हल कन्धे पर उठाया, बैल खोले और खेत की ओर बढ़ चला। खेत पर पहुँचकर उसने हल जोतना शुरू कर दिया।

बसुआ गोनू झा के उस दिन के हलुएवाली बात भूला नहीं था वह बदले की ताक में था। इसलिए उस दिन वह सिर्फ़ एक धुर के भीतर ही खेत जोतता रहा। बारह बजे के क़रीब जब गोनू झा उसका खाना लेकर खेत पहुँचे तो देखा कि पूरा का पूरा खेत उसी तरह से अनजुता पड़ा हुआ है और केवल एक धुर के इलाके में ही बसुआ हल चलाए जा रहा है, चलाए जा रहा है। गोनू झा मारे गुस्से से लाल-पीले होते हुए बोले—"क्यों रे बसुआ! यह क्या बदमाशी है? दिन भर में सिर्फ़ एक धुर खेत जोता है? क्या मतलब है तुम्हारा?"

बसुआ बोला—"थोड़ा ही खेत जोता है तो क्या हुआ मालिक! देखिए तो कितनी सुन्दर जुताई मैंने की है। मिट्टी को आटा जैसा महीन और चिकना बना दिया है।

गोनू झा सर ठोकते हुए बोले-ख़ाक किया है। इससे क्या लाभ हुआ? सारा खेत तो पड़ा ही हुआ है। अब फिर से कल मुझे हल रखना होगा। वह नुक़सान होगा सो अलग!"

बसुआ बोला—"आपने कहा था खेत जोत आओ। यह तो नहीं कहा था कि पूरा खेत जोत दो। सो मैंने खेत जोत दिया है। और देखिए, कितना सुन्दर मैंने जोता है।"

गोनू झा को उस दिन की हलुएवाली बात याद आ गई। तो इसका मतलब यह हुआ कि आज बसुआ ने उनको छका दिया। उन्होंने बसुआ को देखा। उसके चेहरे पर शरारत थी और वह मन्द-मन्द मुस्कुरा रहा था। गोनू झा का गुस्सा पलभर में काफूर हो गया। उन्होंने बसुआ को अपने गले लगा लिया और कहा—"तुम परीक्षा में पास हो गए। मुझे अब विश्वास हो गया कि तुम मेरी परम्परा का आगे निर्वाह करोगे। अब तुम्हें कोई भी नहीं छका सकेगा, यह मेरा आशीर्वाद है।

बछड़ा पुराण

गोनू झा के गाँव में एक ग़रीब किसान रहता था। वह दूसरों की ज़मीन बँटाई पर लेता था। कहने को उसके पास अपना भी खेत का एक छोटा सा टुकड़ा था; मगर टेंट में पैसे न होने के कारण वह अच्छी तरह से खेती नहीं कर पाता था। खेती करने में उसकी सबसे बड़ी बाधा थी—बैल का न होना। जब खेत में हल चलाने का समय आता वह दूसरे किसानों के पास जाता और नेहोरा-पाँती (अनुरोध) करके हल-बैल लाता। मगर वे सब उसे हल-बैल अपने खेत का काम पूरा होने के बाद ही देते थे। इससे उसके खेत में समय पर काम नहीं हो पाता था जिसका असर उसकी फसल पर पड़ता। वह किसी भी हालत में एक हल व बैल ख़रीदना चाहता था।

उसने थोड़ा-थोड़ा करके कुछ पैसे बटोरे थे; मगर बैल के लिए वे पूरे न थे।

उसकी पत्नी ने सलाह दी कि क्यों न वह एक बाछा (बछड़ा) ही ख़रीद ले। कुछ दिनों में बधिया कराके उसे बैल बना लिया जाएगा। किसान को यह बात जँच गई।

संयोग से दो दिन बाद ही हाट का दिन था। किसान ने हाट में गया और काफी देख-सुनकर, मोल-मोलाई करके एक बछड़ा ख़रीद लिया। वह बहुत ख़ुश था। उसकी जाने कब की मुराद पूरी हो गई थी। मारे ख़ुशी के उसने बछड़े को अपने कन्धे पर बिठा लिया और घर की ओर चल पड़ा।

वहीं चार ठग रहते थे। उन्होंने जब किसान को कन्धे पर बछड़े को उठाकर लाते देखा तो वे बड़े हँसे फिर उनमें से एक बोला—या तो यह किसान बेवकूफ़ है या यह बछड़ा उसे बहुत प्रिय है। बछड़ा वैसे बड़ा सुन्दर है। इसकी क़ीमत बाज़ार में अच्छी मिलेगी। उन लोगों ने बछड़े को हड़पने की योजना बनाई।

"किसान अपने रास्ते जा रहा था। एक ठग उसके पास जाकर चलते-चलते बोला—राम, राम गनेसी भाई। कहाँ से आ रहे है?"

"किसान आश्चर्य में पड़ा। फिर भी बोला—मेरी नाम गनेसी नहीं माधो है।

और मैं हाट से आ रहा हूँ। मगर तुम कौन हो?"

"छोड़िए, आप हमको नहीं पहिचानिएगा, तो हाट आप ई बकरी ख़रीदने गए थे, बड़ी सुन्दर बकरी है। कितना दूध देती है? घर में कोई छोटा बच्चा है क्या?

किसान को बड़ा गुस्सा आया, बोला—तुम आँख रहते अन्धे हो क्या? देखते नहीं, यह बाछा है।

"मुझे तो जो दिख रहा है, बोल रहा हूँ। पता नहीं, आपकी आँखों को ऐसा भ्रम क्यों हो रहा है? वैसे बकरी है अच्छी।"

किसान थोड़ा और आगे बढ़ा; तब तक उसे दूसरा ठग मिला। उसने भी छूटते ही पूछा—अरे भाई, यह बकरी कहाँ से ख़रीदी? कितने में ख़रीदी?

किसान को और भी गुस्सा आया—बोला-तुम्हारी आँख है या कनस्तर का पतड़ा जो बाछा को बकरी बो रहे हो?"

ठग बोला—मैं तो आपको जानता भी नहीं। इसलिए आपसे मज़ाक भी नहीं कर सकता। लेकिन आप ही बताइए, बकरी को मैं बाछा कैसे बोल दूँ?"

अब किसान भी थोड़े भ्रम में पड़ गया। मगर वह कुछ नहीं बोला। चलता रहा।

तब तक उसे तीसरा ठग मिला। बोला—आप हाट के रास्ते से आ रहे हैं तो निश्चित ही यह बकरी आपने वहीं से ख़रीदी होगी।

"किसान को लगने लगा, हो न हो, निश्चित रूप से मैं ठग लिया गया हूँ। फिर भी वह बोला नहीं भाई, यह बकरी नहीं है, बाछा है। मैंने पूरे डेढ़ सौ रुपए में इसे ख़रीदा है।"

फिर तो आप ठग लिए गए। इस-पन्द्रह बीस रुपए की बकरी के लिए डेढ़ सौ रुपए ख़र्च कर दिए?

किसान कुछ नहीं बोला। लेकिन आशंका से उसका मन धुकधुकाने लगा। वह सोचने लगा कि घर जाकर पत्नी को क्या जवाब देगा, कि उसने बाछा की क़ीमत पर बकरी ख़रीदी है। फिर भी, इतना बड़ा धोखा उसके साथ हुआ हो, वह यह समझने को तैयार नहीं था।

तब उसे चौथा ठग मिला। अबकी वह कुछ पूछता, उसके पहले किसान ही उससे पूछ बैठा—क्यों भाई साहेब; मेरे कन्धे पर जो बैठा है, वह बाछा ही है न?

"बाछा? अरे किस उल्लू के पट्ठे ने आपको यह कह दिया। यह तो पूरी की पूरी बकरी है बकरी।

अब तो किसान को पूरा विश्वास हो गया कि वह बाछा के धोखे में बकरी उठा लाया है। आखिर एक-दो लोग ग़लत बोलेंगे। सब के सब तो ऐसा नहीं बोलेंगे। उसने गुस्से में बछड़े को ज़मीन पर पटक दिया ख़ुद सिर पकड़कर बैठ गया। चौथा ठग उसकी मिजाजपुसी करने लगा। तब तक पीछे से वे तीनों ठग भी आ गए। चारों उससे पूछने लगे कि क्या हुआ?

"किसान कलपते हुए बोला—अब मैं किस मुँह से घर जाऊँ मेरी घरवाली तो मुझे कहीं का न छोड़ेगी अब मैं क्या करूँ?"

एक ठग ने कहा—भइया, तुम्हारे साथ धोखा हुआ है, यह तो हम सभी समझ रहे हैं। मगर अब क्या किया जाए। अब तो साँझ होनेवाली है। वापस हाट जाते-जाते तो हाठ उठ चुका रहेगा। फिर बेचनेवाला तो गाल ही नहीं लगने देगा कि उसने तुमको बाछा के बदले बकरी दी है।

"तो अब मैं क्या करूँ?"

"तुम इसको यहीं छोड़ दो।"

"पर मेरे रुपए?"

"अब तुम धोखा खाए हो। कोई भी दूसरा बकरी को बाछे की क़ीमत पर थोड़े न ख़रीदेगा।"

चौथा ठग बोला—कितने में ख़रीदा था?

पूरे डेढ़ सौ में?

"हूँ माने 150 रु. में, अच्छा भाई, ऐसा करो, हिसाब-किताब में शून्य का तो कोई महत्त्व होता नहीं है।"

"हाँ, यह बात तो हैं।" भोला-भाला किसान बोला। "तो ऐसा करो, एक सौ पचास के आगे जो शून्य है, उसे हटा दो और जो बच जाते हैं, उतने में यह बकरी हमें बेच दो।" एक ठग बोला।

बिचारे किसान ने बिना सोचे-समझे हाँ कर दिया। ठगों ने उसे पन्द्रह रुपए पकड़ाए और बछड़े को लेकर चलते बनें।

घर पहुँकर किसान ने जब सारा माजरा पत्नी को सुनाया तब उसने अपना माथा पीट लिया। पत्नी किसान को लेकर गोनू झा के पास गई और सारा हाल कह सुनाया। गोनू झा सारी बातें समझ गए।

अगले सप्ताह फिर हाट था। गोनू झा ने पता करवा लिया था कि वे लोग कौन थे। उन्हें यह मालूम था कि ये लोग अच्छी क़ीमत ऐंठने के लिए बछड़े को हाट में लेकर ज़रूर जाएँगे। ये भी अपने कुछ आदमियों के साथ हाट पहुँचे। गोनू झा ने वहाँ पहुँचकर ठगों से कहाँ अरे भैया लोग! ई एतना बढ़िया उज्जर-उज्जर खरहा कहाँ से लाए भाई! वाह-वाह! क्या बढ़िया कान है, क्या सुन्दर आँख है। केतना कीमत है भाई इस खरहा का?

ठगों को बड़ा गुस्सा आया। एक बोला—अरे, अन्धे हो क्या कि बाछा तुमको खरहा नज़र आता है।

दूसरा बोला—कोई पागल बुढ़ाता है।

तीसरा बोला—इसके दिमाग़ में गोबर-भूसा भरा हुआ है।

सभी गोनू झा पर हँसने लगे। पर गोनू झा यही रट लगाते रहे कि ई तो खरहा

है—ई तो खरहा है। धीरे-धीरे वहाँ खासी भीड़ जुट गई। लोग-बाग भी हँसने लगे। एकाध गोनू झा को चीन्ह भी गए। इन लोगों को भी लगा, गोनू झा सठिया गए हैं।

अब ठग ज़ोर-ज़ोर से बोलने लगे। भगाओ, इस पगला को, यहाँ आकर हमारा बोहनी ख़राब किया। दूँ सौ पैसा रुपैया का ई बाछा-आ इसको खरहा बुझाता है।

गोनू झा ने बड़े भोलेपन से जुट भाई भीड़ से पूछा—तो क्या भाइयों, ई सचमुच बाछे है न!

भीड़ ने कहा—हाँ बाछह ही है।

गोनू झा ने कहा—अगर ई बाछा है तो भी दू सौ रुपैया इसका दाम तो बहुते है। कुछो मोल-भाव कीजिए भाई साहेब!

"अरे, चलो दस रुपया कम दे देना।"

"भाई साहेब ऐसा कीजिए न कि इस पर का दुनू सुन्ना (शून्य) हटा दीजिए। सुन्ना का तो अइसे ही कोनों मोजर (महत्त्व) नहीं होता।"

"ऐसा कहीं होता है? तब तो ई दू रुपैया हो जाएगा।"

अब गोनू झा ने पैंतरा बदला। पूरी भीड़ से कहा—सुन रहे हैं न भाई साहेब आप लोग? यह बाछा है। और हिसाब-किताब में शून्य का भी बड़ा महत्त्व होता है। लेकिन पिछले हफ़्ते इन्हीं लोगों ने एक भोले-भाले किसान को बहकाकर और उन्हें इस बाछे को बकरी बताकर और एक सौ पचास रुपए में से शून्य घटाकर सिर्फ़ पन्द्रह रुपए में इसे ले लिया था।

ठग अपना राज खुलते ही भागे। गोनू झा के आदमी तैयार थे ही। उन्हें पकड़ लिया और बाँध-बाँधकर हवालात में ले गए। किसान को उसका बाछा मिल गया। किसान और उसकी पत्नी गोनू झा का गुणगान करते हुए बाछे को लेकर अपने घर आ गए।

गोनू झा और चोर–1

ग्रहों से छुटकारा

गोनू झा की बढ़ती प्रसिद्ध और सम्मान से लोगों में यह बात फैल गई कि उनके पास बहुत धन भी हो गया है। चोरों का एक गिरोह इस फिराक में लग गया कि कब मौक़ा लगे और गोनू झा के घर पर हाथ साफ़ किया जाए।

एक दिन गोनू झा के यहाँ कोई आयोजन हुआ। खूब लोग जुटे। ख़ूब न्यौता पड़े। सामान का ढेर लग गया। चोरों ने सोचा, मौक़ा बढ़िया है। इतनी चीज़ें अभी घर में हैं। इन्हें अगर बाज़ार में बेच दिया जाए तो छह महीने तक दाना-पानी की चिन्ता नहीं रहेगी। वे सही दिन और मौक़े का इन्तज़ार करने लगे।

अमावस्या आई। चोरों ने इसी काली रात को चोरी करने की ठानी। रात होने पर वे सभी उनके बग़ीचे में जाकर छुपकर बैठ गए, और इन्तज़ार करने लगे कि कब लोग सोएँ और कब हाथ मारा जाए।

रात में खाना खाकर गोनू झा जब हाथ धोने बाहर निकले, तब बग़ीचे में उन्हें कुछ हलचल सी महसूस हुई। उन्होंने ग़ौर से देखने की कोशिश की परन्तु अमावस्या की काली रात और गहरे हरे और घने पत्तों के बीच उन्हें कुछ भी दिखाई न दिया। उन्होंने एक ढेला उठाया और उस तरफ़ फेंक दिया जहाँ से उन्हें हलचल सी महसूस हुई थी। ढेला चोरों के सरदार के माथे पर लगा। वह छटपटाया परन्तु चीख़ चिल्ला न सका। किन्तु इस छटपटाहट से झाड़ी में एक तेज़ हलचल हुई। गोनू झा समझ गए।

उन्होंने पत्नी को आवाज़ दी और बग़ीचे के दूसरे किनारे पर पड़े बड़े-बड़े ढेलों को उठा-उठाकर लाने को कहा। पत्नी की समझ में कुछ नहीं आया कि गोनू झा इतनी रात को ढेले क्यों माँग रहे हैं। गोनू झा ने कहा—देखो, यह माघ महीने की अमावस्या है। इस अमावस की रात में पश्चिम की तरफ़ 108 बार ढेला फेंकने

से सारे ग्रह शान्त रहते हैं। इसलिए अब तुम देर मत करो, जल्दी से ढेले लाती जाओ, मगर ध्यान रखना; एक बार में एक ही ढेला लाना, जितना बड़ा लाओगी, ग्रह उतनी ही तेज़ी से शान्त होंगे। पत्नी ढेले ले लेकर आने लगी। गोनू झा निशाना लगा-लगाकर ढेले चोरों की तरफ़ फेंकने लगे। ढेले चोरों के सर में, पीठ में, हाथ में लगते। माघ महीने के ठन्डे मौसम में हल्की चोट भी बड़ी ज़ोर से लगती है, वही बड़े-बड़े ढेले, जब पटापट उनके ऊपर गिरने लगे तो उनकी तो आफत आ गई।

इधर गोनू झा पर भी आफत आ गई। बार-बार ढेले लाते-लाते उनकी पत्नी तंग आ गई। उसने चिल्लाना शुरू कर दिया, "आपके व्यर्थ काम अब मैं नहीं करनेवाली। जाड़े से मेरे हाथ-पैर कठुआ रहे हैं, और आपको टोना-टोटका से फुर्सत नहीं है।"

गोनू झा भी गरम हो गए—तुम्हारी यह हिम्मत कि तुम मुझे आँख दिखाओ, जैसा मैं कहता हूँ, वैसा करो वरना अभी खड़े-खड़े घर से निकाल दूँगा।"

गोनू झा की पत्नी भी गोनू झा की तरह ही तेज़ तर्रार थी। वह भी जमकर पिल पड़ी—आप मुझे घर से निकालेंगे? देखती हूँ, किसमें इतना हिम्मत है?

बहस ने बढ़ते-बढ़ते झगड़े का रूप ले लिया। झगड़ा इतना बढ़ा कि मोहल्ले के लोगों को उठ-उठकर आना पड़ा।

अच्छी खासी भीड़ जमा हो गई। सभी लड़ाई का कारण जानने को बेचैन थे। परन्तु दोनों थे कि लगातार लड़े चले जा रहे थे। औरतें गोनू झा की पत्नी की और मर्द गोनू झा को रोकने में लग गए। काफी भीड़ जमा हो गई। गोनू झा यही चाहते थे। उन्होंने अब कहना शुरू किया—"अरे, पत्नी का धर्म होता है कि वह पति की आज्ञा का पालन करे। आज मैंने इन्हें 108 बार ढेले लाने को कहा और 40 बार में ही ये भड़क गईं। ढेले लाने में इन्हें तकलीफ़ होती थी, जबकि ये मेरी पत्नी है। और उधर देखिए, जो हमारे कोई नहीं है; वे 40 ढेले खाकर भी कुछ नहीं बोल रहे। इससे अच्छे तो वे लोग ही हैं ना।"

अब तक चोर चोट खाकर भी दम साधे बैठे थे। मगर अब जैसे ही उन्होंने गोनू झा को यह कहते सुना तो जान लेकर भागे। तब तक पड़ोसियों ने मिलकर उन सबको दबोच लिया। गोनू झा ने चोरों से कहा—आदरणीय भाई बन्धु मुझे बड़ी पीड़ा है कि आपको मैंने अकारण ढेले मारे। अब इस पर मलहम हमारे कोतवाल साहब लगाएँगे।

चोरों को हवालात में बन्द कर दिया गया। सभी पड़ोसी और गोनू झा की पत्नी भी गोनू झा के सूझ-बूझ को सराहने लगे। और गोनू झा? वे अपनी चिर-परिचित हल्की मुस्कान के साथ खैनी मलते रहे।

गोनू झा और चोर-2

पोटरी

सज़ा भुगतने के बाद सभी चोर जेल से छूटे वे सभी के सभी बदले की आग में जल रहे थे। चोरों ने शपथ ली कि वे इसका प्रतिशोध अवश्य लेंगे।

इधर गोनू झा को भी चोरों की रिहाई का पता चल गया। वे समझ गए कि ये चोर चुप नहीं बैठेंगे और बदला लेंगे ही। वे सतर्क हो गए।

चोरों ने फिर से चोरी की योजना बनाई। इस बार उन्होंने एक चोर को साधारण नागरिक के रूप में उनके पास यह पता लगाने के लिए भेजा कि उनकी धन सम्पति कहाँ रखी है?

एक ग्रामीण आदमी के रूप में चोर गोनू झा के पास गया। उनके पैर छूते हुए उनके गुणों की, बुद्धि की ख़ूब बड़ाई की। फिर बातचीत करते-करते वह असली मकसद पर आ गया—"आजकल तो इतना चोरी-चमारी बढ़ गया है कि दिन में भी काम-धन्धे के लिए निकलिए तो लगता है, पीछे में कोई सेंध न काट लें। आजकल के चोर तो इतने चालाक हो गए हैं कि आपकी आँख के सामने आपको लूट ले जाएँगे और आपको पता भी नहीं चलेगा।

"हाँ, भाई! कह तो ठीक ही रहे हो।" गोनू झा ने हामी भरी।"

अब देखिए ना! आपके यहाँ कुछ दिन पहले चोर आए थे। वह तो आपकी बुद्धिमानी ही थी कि वे सभी के सभी पकड़ लिए गए, वरना आपके घर का तो वे तसला-बटलोही तक हँसोथ ले गए होते।"

इस तरह वह लगातार चोर और चोरी की चर्चा करता रहा। गोनू झा भी हाँ-हूँ में जवाब देते रहे।

शाम हुई। चोर ने जाने की आज्ञा माँगी। गोनू झा ने उसे भोजन करने का आग्रह करके रोक लिया। चोर भी ख़ुश हो गया। उसने सोचा; इस बहाने वह इस

घर को और बढ़िया तरीक़े से देख सकेगा, कहाँ क्या है, इसका पता लगा सकेगा।

इधर गोनू झा ने पत्नी से कहना शुरू किया—भई, आजकल फिर से चोरों का उत्पात बढ़ गया है। मैं सोचता हूँ कि तुम्हारे गहने-जेवर कुछ किसी सुरक्षित जगह पर रख दूँ।''

पिछली बार की घटना में से अब पत्नी भी गोनू झा की बुद्धि का लोहा मानने लगी थी। बोलते वक़्त गोनू झा का स्वर अपेक्षाकृत तेज़ था जिससे बाहर बैठा चोर भी सुन ले।

इधर सचमुच चोर के कान खड़े हो गए। वह दीवाल से कान सटाकर खड़ा हो गया। गोनू झा इधर पत्नी से बोल रहे थे—''तुम बताओ, तुम्हारा क्या इरादा है?''

''मेरा? मैं सोचती हूँ, कल सब गहने ले जाकर माँ के पास रख आऊँ।''

''धत् पगली! चोर जब यहाँ पहुँच सकते हैं तो क्या वहाँ नहीं पहुँच सकते?''

''फिर?''

''फिर क्या? तुम एक पोटरी तैयार करो। मैं उसे बग़ीचे में आम के पेड़ पर लटका आता हूँ। पेड़ों के झुरमुट में वह किसी को दिखाई भी नहीं पड़ेगा और चोरों से सुरक्षित भी रहेगा।

''चोर बहुत ख़ुश हुआ। इधर गोनू झा ने लकड़ी, क़ागज़ व आलतू-फालतू चीज़ों की एक गठरी तैयार की और बाहर निकले। चोर ने पूछा—हो गोनू भाई; ई क्या है और कहाँ लिए जा रहे हैं?''

गोनू झा ने बड़े भोलेपन से जवाब दिया—भाई हो, आपके मुँह से चोर का किस्सा सुन-सुनकर मुझे तो डर सा समा गया है। इसलिए मैं घरवाली के सभी गहने ले जाकर अपने आम के गाछ पर टाँग आता हूँ। वहाँ चोर क्या, उसके बाप तक को पता नहीं चल पाएगा।

चोर मन ही मन हँसा। गोनू झा! बचके कहाँ जाओगे? आज तो तुम्हारा बाप ही यहाँ बैठा है।

इधर गोनू झा बगीचे की ओर चल पड़े। इधर-उधर देखकर गठरी खोली; सारी चीज़ें इधर-उधर फेंक दी और लौट पड़े।

रात में चोर के साथ उन्होंने खाना खाया। खाते हुए बोले—अब भाई जी, मन बहुत हल्लुक बुझा रहा है। गहना जेवर घर में हो तो नींद नहीं आता है। आज तो मैं फोंफ काट-काटके सोऊगा।''

जब रात आधी से ज़्यादा हो गई तब चोर उठा और चुपके से बग़ीचे में घुसा। वहाँ कई आम के पेड़े थे। वह ग़ौर से सभी पेड़ देखने लगा। अन्त में उसे एक पेड़ दिखा, जिसमें एक थैला लटक रहा था। वह ख़ुशी-ख़ुशी ऊपर चढ़ा और लटक रहे थैले को खोलने के लिए थैले में हाथ लगाया कि बाप-बाप कहके चिल्ला उठा।

दरअसल वह थैला नहीं मधुमक्खी का छत्ता था। गोनू झा को इस छत्ते का पता था, इसलिए उन्होंने यह नाटक खेला था। इधर सारी की सारी मधुमक्खियाँ चोर के ऊपर पिल पड़ी। डंक के दर्द से छटपटाता चोर-पेड़ से उतर भी नहीं पाया, वह गिर पड़ा और किसी तरह से जान बचाकर वहाँ से भागा।

गोनू झा तो जगे ही हुए थे, वे खिड़की के पास खड़े हो गए और चोर का बिगड़ता हाल देखते रहे और मुस्कुराते रहे। चीख़ सुनकर तब तक पत्नी भी जग आई थी। गोनू झा ने उसे सारा हाल सुना दिया। पत्नी भी सुनकर बिना हँसे न रह सकी।

गोनू झा और चोर–3

मेहनताना

अपने साथी चोर की यह हालत देख सभी चोर बहुत बौखलाए। अब उन्होंने ठान ही लिया कि किसी भी तरह से गोनू झा से बदला लेना ही लेना है। वे मौक़े का इन्तजार करने लगे।

इस बार चोरों के मुखिया ने दो बड़े और अनुभवी चोरों को भेजा। वे वहाँ पहुँचे और गोनू झा के घर का, बग़ीचे का मुआयना करने लगे। उन्हें यूँ घूमते हुए गोनू झा की पत्नी ने देख लिया। उसे कुछ समझ में नहीं आया। तब महिलाएँ पर पुरुषों से बातें करती नहीं थी। लेकिन उन्हें सन्देह होने लगा कि कहीं कोई बात है। उन्हें खटका हुआ कि कहीं फिर से तो चोर-वोर...

"शाम को जब गोनू झा लौटे, तब पत्नी ने उन दोनों आदमियों के बारे में गोनू झा को बताया। गोनू झा ने कहा–तुम चिन्ता मत करो। मैं देखता हूँ।"

तब तक शाम गहरा गई थी। गोनू झा लालटेन लेकर निकले और घर के चारों ओर रूक-रूककर यूँ देखने लगे, जैसे कुछ खोज रहे हों। उन्हें यूँ खोजते देखकर वे दोनों चोर उधर आए और पूछा–"क्या खोज रहे हैं भाई साहेब?"

"अरे मत पूछिए" आजे हमको राजा साहेब सौ ठो अशर्फी दिए थे, घर ले जाकर गिनता हूँ तो पाँच ठो कम है, लगता है, यही कहीं गिर-उर गया है। ओही खोज रहे हैं।"

सौ अशर्फियाँ! अगर आज यह हाथ लग जाए तो हम लोग तो मालामाल हो जाएँगे। वे भी अशर्फी खोजने में गोनू झा का साथ देने लगे। इधर गोनू झा ने फुर्ती से एक अशर्फी गिरा दी। और तुरन्त उसे उठाते हुए बोले–"एक तो मिली।"

"कहाँ?" दोनों चिल्लाए।

"यहाँ!" गोनू झा ने तलहथी फैला दी। फिर अशर्फी जेब में डाल ली।

इस तरह से गोनू झा ने पाँच बार ऐसा किया। फिर बोले—चलो, पास में ही गिरी हुई थी। सो मिल गई। क्या करें भाई साहेब, मेरी घरवाली तो रूठकर बैठी हुई है कि जब तक पाँचों अशर्फी नहीं मिलेगी तब तक न ता बिछावन से उठेगी न ही खाना-पीना बनाएगी। अब जाकर फेंकता है उसके सामने ये अशर्फियाँ!"

इतना कहकर गोनू झा अन्दर चले आए। इधर चोरों के मन में खलबली मच गई। वे यह जानने को बेताब हो गऐ कि गोनू झा ये अशर्फियाँ कहाँ रखेंगे?"

इधर गोनू झा पत्नी से बोलने लगे— लो जी; अपनी पाँचों अशर्फी। अब गिन लो, पूरे सौ हैं या नहीं?

गोनू झा सिक्के खनखनाते रहे और एक से लेकर सौ तक गिनते रहे। फिर बोले—अब तो ख़ुश हो न! अब उठो, मेरे लिए खाने-पीने का इन्तजाम करो। मैं तब तक इन्हें कहीं हिफाज़त से रखकर आता हूँ?"

"परन्तु कहाँ रखेंगे?"

"इन्हें एक डिब्बे में बन्द करके कुएँ में डाल आता हूँ। जब बात पुरानी पड़ जाएगी तब इसे कुएँ में से निकाल लाऊँगा।"

"लेकिन कुआँ तो भरा हुआ है पानी से। निकालेंगे कैसे?"

"अरे, तुम भी पूरी बेवकूफ़ हो? पानी इसे भरे घड़े में अगर कोई चीज़ चली जाती है तो तुम उसे कैसे निकालती हो?"

"घड़े का पानी ख़ाली करके।"

"बस वैसे ही कुएँ का पानी ख़ाली करके इस डिब्बे को निकाल लूँगा।"

कहकर गोनू झा एक डिब्बा लेकर घर से निकले और सीधा कुएँ के पास गए। फिर ढप्प से वह डिब्बा उन्होंने कुएँ में डाल दिया और हाथ-झाड़ते घर चले आए।

चोरों ने सारी बातें सुन ली थीं। सौ अशर्फियाँ की कल्पना से ही वे बाग-बाग हुए जा रहे थे। वे रात गहराने का इन्तजार करने लगे।

रात होने पर वे दोनों कुएँ के पास पहुँचे। कुएँ के जगत पर बाल्टियाँ रखी हुई थीं। दोनों ने मिलकर आव देखा ना ताव, दनादन कुएँ में से पानी निकाल-निकालकर फेंकने लगे। परन्तु; भला इससे कुएँ का पानी ख़ाली होता।

पानी निकालते-निकालते वे थक गए। अब तक झुटपुटा होने लगा था, अब चोर घबराए कि कहीं पकड़ लिए गए तब तो अपनी जमकर मरम्मत हो जाएगी।

तब तक गोनू झा वहाँ पहुँचे। चोरों ने जैसे ही उन्हें देखा, रस्सी-बाल्टी छोड़कर सरपट भागे, गोनू झा ने आवाज़ देखकर कहा—अरे भाइयों, आपने रातभर इतनी मेहनत से मेरे बगीचे में पानी पटाया है। इसका मेहनताना तो लेते जाइए।"

मगर चोर भला कहाँ सुननेवाले थे। वे तो सर पर पाँव रखकर भाग लिए। गोनू झा खैनी मलते हुए मन्द-मन्द मुस्कुराते रहे।

गोनू झा और चोर–4

चोर भी छके

गोनू झा को दरबार से लौटने में हमेशा विलम्ब हो जाता। शाम ढलने और दीप जलने के बाद ही वे घर लौट पाते थे। आने के बाद स्नान-ध्यान, पूजा-अर्चन करते। इसके बाद ही भोजन हो पाता। और इस सभी कार्यों को निपटाते-निपटाते रात के बारह बज ही जाते।

एक दिन की बात है सदा की तरह उस दिन भी गोनू झा शाम ढले घर लौटे। खाते-पीते रात के बारह तो बज ही गए थे। वे सोने चले गए। अभी उनकी आँख लग ही रही थी कि उन्हें खटका सा लगा। उन्हें महसूस हुआ जैसे कोई दीवार को कोड़ रहा हो। वे थोड़ी देर तक कान लगाकर सुनते रहे। उन्हें पता चल गया कि चोर महाराज पदार्पण कर चुके हैं और अपने क्रिया-कलाप में जुट गए हैं।

गोनू झा की इससे पूर्व भी चोरों से भिड़न्त हो चुकी थी और हर बार उन्होंने चोरों को अच्छा मज़ा चखाया था। दरअसल दरबार में रहने और अपनी बुद्धिमता के बल पर महाराज का मन जीत लेने के कारण हमेशा वे पुरस्कृत और सम्मानित किए जाते थे। पुरस्कारस्वरूप मिले धन आदि को देखकर जहाँ लोगों के मन में ईर्ष्या की ज्वाला धधकती रहती थी, वहीं चोर उस धन को हथियाने के लिए आकुल-व्याकुल रहते थे। बार-बार मुँह की खाकर भी वे इधर का रास्ता न भूले थे। इसीलिए आज वे फिर से आ गए थे।

इधर बार-बार चोरों को छकाते रहने के बावज़ूद गोनू झा को पता था कि चोर कभी भी फिर से आ सकते हैं। इसलिए वे सोते हुए भी सतर्क रहा करते थे। आज भी यही हुआ और यह समझते ही कि चोर आ पहुँचे हैं, वे तुरन्त उनसे निबटने की योजना बनाने लगे। लेकिन चोर सेंध लगा रहा था। कुछ ही पलों में वह अन्दर आ सकता है। वे संख्या में ज़्यादा हुए और अन्दर घुसकर उनके और पत्नी के हाथ-पैर

ही बाँध दें और सब कुछ लूट ले जाएँ तो वे कर ही क्या सकेंगे। उल्टा बदनामी होगी सो अलग कि गोनू झा को चोरों ने डाकू बनकर लूट लिया। इसलिए उनके घर में घुसने से पहले ही कोई उपाय करना होगा। किन्तु हड़बड़ी और चिन्ता में तत्काल कुछ भी उन्हें सूझ नहीं रहा था। जब कुछ न सूझा तो उन्होंने पास में सोई पत्नी को ज़ोर से चूँटी काट ली। उन्होंने सोचा था कि कुछ नहीं तो पत्नी जाग तो जाएगी ही और चूँटी काटने के कारण वह लड़ाई तो करेंगी ही। चोरों को यह तो पता चल ही जाएगा कि घर के लोग जाग रहे हैं।

इधर पत्नी नींद में सोई हुई थी। इतनी ज़ोर से चूँटी काटने से वे बिलबिला उठीं और लगी गोनू झा को खरी-खोटी सुनाने। जितनी देर में पत्नी उठी और बकझक करने लगीं। उतनी देर में गोनू झा के दिमाग़ में चोरों को छकाने की एक योजना मूर्त रूप ले चुकी थी।

पत्नी उन पर बिगड़ भी रही थीं। और चूँटी काटनेवाली जगह सहला भी रही थीं। इधर गोनू झा मुस्कुराते हुए चुपचाप उन्हें देखते जा रहे थे।

थोड़ी देर बकने-झकने के बाद जब पत्नी का गुस्सा थोड़ा शान्त हुआ तब उन्होंने पूछा—"आखिर बात क्या हो गई थी कि इस तरह से कच्ची नींद में आपने मुझे जगा दिया है?"

गोनू झा पूरी गम्भीरता से बोले—"आज शाम एक महत्त्वपूर्ण बात तुमसे बताना भूल गया था। इसी के वास्ते तुम्हें उठाया।"

पत्नी से पूछा—"ऐसी कौन सी महत्त्वपूर्ण बात थी जिसके लिए सुबह तक की प्रतीक्षा नहीं की जा सकती थी? इतनी ज़ोर से चूँटी काटा है कि अभी तक जलन हो रही है।"

गोनू झा कहने लगे—"बाबूजी जब स्वर्गवासी होने लगे तब उन्होंने मुझे एकान्त में बुलाकर एक बात बताई थी।"

"वह क्या?"

"अपने पिछवाड़े में भाँग की बाड़ी (खेत) है न!"

"हाँ, हाँ, कहिए तो, क्या हुआ उसे?"

"हुआ कुछ भी नहीं है। बस बाबूजी ने मुझे बुलाकर कहा था कि समय कब किसके साथ कैसा खेल करे, कोई नहीं जानता। आज भगवान की दया से हमारे पास खाने-पीने को है। यदि दुर्भाग्य से कल को कोई विपत्ति आ जाए तो तुम क्या करोगे? यही सोचकर मैंने ढेर-सारा सोना, रुपया आदि भाँग की बाड़ी में जगह-जगह गाड़कर रख दिए हैं कि जब-जब तुम मुसीबत में पड़ो, उसमें से थोड़ा-थोड़ा निकालकर ख़र्च कर सको।"

"तो क्या बाबूजी ने अपनी पूरी ज़िन्दगी की ......उसी भाँग की बाड़ी में गाड़ रखी है?

गोनू झा ने पत्नी को रोकते हुए कहा—"अरे रे रे; धीरे बोलो। आजकल चोर उचक्कों का आना-जाना बहुत बढ़ गया है। राह चलते कोई चोर सुन ले तो गजब ही हो जाएगा। वह तो सीधा भाँग की बाड़ी में जाएगा और उसे कोड़कर सारा धन हथिया कर चम्पत हो जाएगा।"

इतना कहते-कहते गोनू झा खर्राटे भरने लगे। परन्तु पत्नी को तो अब बेचैनी होने लगी। वे यह जानने के प्रयास में थी कि भाँग की बाड़ी में कितना धन होगा और कहाँ-कहाँ? पर, गोनू झा तो तुरन्त गहरी नींद में आ गए थे। थोड़ी देर तक पत्नी ने उन्हें उठाया, झकझोरा; परन्तु कोई परिणाम निकलता न देख वे भी बकती-झकती सो गईं।

वास्तव में गोनू झा सोए नहीं थे। वे खर्राटा मारने की नकल करके पड़ गए थे और चोरों की गतिविधियों का अन्दाजा लगा रहे थे। थोड़ी देर बाद उन्होंने पाया कि सेंध लगाने की आवाज़ आनी बन्द हो गई है। अब उन्होंने अपना ध्यान भाँग की बाड़ी में केन्द्रित करने की कोशिश की। दरअसल यह बाड़ी नहीं; परती पड़ी ज़मीन थी। जो जुताई-कुड़ाई के अभाव में बन्जर पड़ गई थी और जंगली पौधे की तरह वहाँ भाँग उग आई थी। उन्हें भाँग की बाड़ी में फावड़ा चलने की हल्की आवाज़ सुनाई दी। अब वे प्रसन्नचित होकर गहरी नींद में सो गए।

जब भोर का झुटपुटा फैलने लगा तब वे उठे और भाँग की बाड़ी की ओर चल पड़े। वहाँ उन्होंने देखा कि सारे चोर जी-प्राण से लगे हुए भाँग की बाड़ी दनादन कोड़े जा रहे हैं। गोनू झा के आने का भी उन्हें पता न चला। गोनू झा थोड़ी देर उन्हें देखते रहे फिर धीरे से बोले-अच्छी तरह से तमाना (कोड़ने के बाद मिट्टी के ढेले तोड़कर धरती को समतल बनाने की प्रक्रिया) मैं तुम लोगों के लिए जलपान लेकर आता हूँ।

गोनू झा की आवाज़ सुनकर चोरों का ध्यान भंग हुआ। देखा तो भोर हो रही थी और सामने गोनू झा मन्द मन्द मुस्कुराते हुए खड़े थे। चोरों के हाथ से कुदाल छूट गई। वे सभी के सभी जान लेकर भाग खड़े हुए। और गोनू झा झा! सदा की तरह कमर में खोंसी तम्बाकू की डिबिया निकाली और उसमें से तम्बाकू-चूना लेकर मन्द-मन्द मुस्कुराते हुए तलहथी पर मलने लगे।

गोनू झा और चोर–5

गोनू झा के बेटे

गोनू झा और चोरों में मानो लुका छिपी का खेल चलता ही रहता था। गोनू झा की समृद्धि और धन के लोभ में फँसे चोर हर बार उनके यहाँ चोरी का प्रयास करते और हर बार वे गोनू झा के बुद्धि चातुर्य के आगे मात खा जाते। हर बार की पराजय अगली बार के लिए उन्हें और ज़्यादा प्रेरित करती और एक चुनौती मानकर वे फिर से नए सिरे से उनके यहाँ चोरी की योजना बनाने लगते।

इसी योजना के तहत वे सबके सब एक बार फिर से गोनू झा के यहाँ पहुँचे। रात गहरी हो गई थी। पंडिताइन सोने की प्रक्रिया में थीं दिन भर के काम-काज से थकी वे सोना चाह रही थीं, परन्तु उस दिन गोनू झा पूरी तरह से बतियाने के मूड में थे। लिहाजा सोने जा रही पत्नी को जगा-जगाकर वे बातें किए जा रहे थे, किए जा रहे थे।

चोर हर बार उनके क्रिया-कलाप की बाहर से ही थाह लेकर सब घर में घुसने या तदनुसार कोई अन्य कार्यक्रम बनाने की सोचते थे। चूँकि गोनू झा और उनकी पत्नी में बताचीत धीमे स्वर में हो रही थी, इस लिए चोरों ने यह निष्कंटक समय जानकर उनके घर में सेंध मारी और अन्दर घुस आए।

जब वे अन्दर घुस आए तब गोनू झा की बातचीत का स्वर उनके कानों में पड़ा। चोर अवग्रह की स्थिति में आ गए। अब क्या किया जाए? जब तक गोनू झा जगे हुए हैं, तब तक चोरी करना मुश्किल क्या असम्भव है। और चूँकि सेंध मारकर इतनी मुश्किल से घर के अन्दर घुसे हैं, इसलिए बिना कुछ माल पानी समेटे-ख़ाली हाथ बाहर निकल जाना भी बुद्धिमानी नहीं थी। सोच-विचार के बाद उन्होंने यही तय किया कि गोनू झा के सोने की प्रतीक्षा कर ली जाए। ऐसा सोच वे सभी धरन पर चढ़ कर बैठ गए और उनके सो जाने की बाट जोहने लगे।

इधर घर में हलचल और फुसफुसाहट से गोनू झा सारा माजरा समझ गए। वे चोरों को छकाने का उपाय सोचने लगे। वे मन ही मन लगातार सोच भी रहे थे और इधर लगातार पत्नी से बतियाए भी जा रहे थे। बतियाते-बतियाते ही अचानक उन्होंने पत्नी से कहा–

"सुनती हो?"

"हूँ।"

"मुझे एक पंडित ने मेरा हाथ देखकर बताया कि मेरे भाग्य में चार-चार बेटे हैं।"

"धत!"

"शर्मा गई?"

'शर्माऊँगी क्यों? मगर जैसे आप है, वैसे ही आपके पंडित भी।"

"सो क्यों? क्या मुझे बेटे नहीं होंगे?"

"जाइए, सोने दीजिए मुझे। आधी रात से ज़्यादा हो गई और आप अभी तक अदगोई-बदगोई (फालतू की बातों) में ही लगे हुए हैं।"

मगर गोनू झा अपने ही सुर में बोलते चले जा रहे थे–"सुनो तो। मैंने तो अपने होनेवाले चारों बेटों के नाम भी सोच लिए हैं।"

पुत्रवती और वह भी चार-चार पुत्रों की! इस बात की कल्पना से ही पंडिताइन गदगद हुई जा रही थीं। परन्तु इस मनोभाव को छुपाते हुए उन्होंने एक बार फिर से मीठी झिड़की के साथ कहा–"अब नाम सोच लिया है तो रखिए अपने तक ही जब होंगे चारो, तब एक-एक को उनके नाम दे दीजिएगा।"

किन्तु गोनू झा अपने ही सुर में बोलते जा रहे थे। पत्नी के अन्तिम वाक्य पर वे पल भर को रूके, पत्नी की ओर देखा और फिर पालथी लगाकर बिस्तर पर बैठ गए और कहा–"नहीं, मैंने जो नाम सोचे हैं, उन्हें तुम भी सुन लो ताकि समय आने पर यदि कहीं मैं भूल भी गया तो तुम मुझे याद दिलाओगी।" और उन्होंने कहना शुरू किया–"हाँ, तो सुनो। बड़के का नाम रखूँगा लूटन, दूसरे का भूखन, तीसरे का छोटन और चौथे का चोर।"

पत्नी खिलखिला उठी–"मर्र! और नाम तो, चलिए, रख भी लिए जाएँगे। मगर चोर भी कहीं किसी का नाम हुआ है?"

"नहीं हुआ है तो हम रखेंगे। आखिर बेटा किसका होगा वह? मेरा न!"

"हाँ, ऐसा महाज्ञानी पुरुष मिथिला में भला कोई और है क्या?"

"तो इसमें भी तुम्हें कोई सन्देह है क्या?"

"जाइए, जो मर्ज़ी हो कीजिए। वो एक कहावत है न, कि पानी में मछली, नौ-नौ कुटिया (टुकड़ा) बखरा (हिस्सा)" इतना कहते हुए उन्होंने दूसरी तरफ़ करवट बदल ली और सोने का उपक्रम करने लगीं।

लेकिन गोनू झा के गप्प की गठरी अभी भी ख़ाली नहीं हुई थी। पंडिताइन

की कलाई पकड़कर उसे अपनी ओर घुमाते हुए बोले–"सोचो। हम पाँच बाप बेटे रहेंगे। जब कभी कोई ज़रूरत लगेगी और वे यहाँ पर, पास में नहीं रहेंगे तो यहीं से उन्हें आवाज़ दूँगा–"लूटन, भूखन, छोटन चोर हो ऽऽऽऽ??"

गोनू झा की इस असमय लीला पर पंडिताइन को हँसी आ गई। फिर भी उन्होंने मना करते हुए कहा–"अब इतनी रात में इस तरह से चिल्ला-चिल्लाकर क्यों आस पड़ोस की नींद ख़राब कर रहे हैं। लोग जग जाएँगे और यहाँ आ जाएँगे तो पूछेंगे ही कि बात क्या है? और आपकी इस बेटोंवाली बात पर सोचिए कि लोग कितना हँसेंगे कि इस उम्र में इनको भी बेटों की अच्छी सूझी है।" कहते-कहते वे एक बार फिर से शर्मा गई।

मगर गोनू झा थे कि पत्नी की बात पर ध्यान दिए बग़ैर लगातार एक सुर में चिल्लाए जा रहे थे–लूटन, भूखन, छोटन, चोर होऽऽऽऽऽ??

कि तभी दरवाज़े पर खटखटाहट हुई। गोनू झा की आवाज़ पर अड़ोस-पड़ोस के लोग जाग गए थे और लट्ठ ले लेकर उनके घर के दरवाज़े के पास जमा हो गए थे और दरवाज़ा पीटने लगे थे।

गोनू झा चट्ट से चौकी पर से छलाँग मारते हुए नीचे उतरे और दरवाज़े के पास पहुँचकर उसकी सिटकनी खोल दी।

बाहर पड़ोसीगण जमा थे। सबने एक स्वर में पूछा–"कहाँ हैं जी?"

"हे, वहाँ, धरन पर जी।" गोनू झा ने धरन की ओर इशारा करते हुए कहा।

फिर क्या था! न तो चोरों को पकड़ने में कोई दिक़्क़त हुई और न उनकी ढुकाई-सिंकाई करने में।

दरअसल एक बात तो हम आपको बताना भूल ही गए। लूटन झा, भूखन चौधरी और छोटन कामत उनके पड़ोसी थे। अब आपको उनके बेटों और उनके नामकरण का रहस्य समझ में आ गया होगा न!

सो इधर लोग चोरों की आव-भगत कर रहे थे और उधर गोनू झा परम संतुष्ट भाव से हथेली पर तम्बाकू मल रहे थे।

गोनू झा और चोर–6

गोनू झा की पंचैती

अपनी सामान्य दिनचर्या के मुताबिक गोनू झा जब घर से बाहर निकलते तो घर लौटने में अक्सर देर कर देते। उनकी पत्नी खाना बनाकर उनकी प्रतीक्षा करती रहतीं। खाना पड़े-पड़े ठन्डा हो जाता, थकान और नींद से पत्नी की देह ऐंठ जाती, मगर वे विवश थीं। मिथिला में आज भी पत्नियाँ पति को भोजन कराए बग़ैर स्वयं भोजन नहीं करती हैं तो उस समय तो यह एक तरह से अलिखित कानून ही था। उस पर से यह कि वे पति से पूछ भी नहीं सकती हैं कि आप इतनी देरी से क्यों आए?

उस दिन गोनू झा के लौटने में असामान्य रूप से देरी हो रही थी। प्रतीक्षा करते-करते पंडिताइन की आँखें जैसे पथरा गई और उन पथराई आँखों में नींद जैसे ज़बरदस्ती घुसकर अपना डेरा जमाने लगी। पंडिताइन चिन्तित हो रही थीं कि आधी रात बीत गई। मगर ये हैं किधर, पता नहीं। ऐसे ही चोर-उचक्के मौक़े की ताक में रहते हैं, कहीं कुछ अघटित न घट गया हो। कहकर गए थे कि आज कोई काम नहीं है, तुरन्त लौट आऊँगा। मगर यह "तुरन्त" तो हिमालय पहाड़ हो गया।

नींद, चिन्ता और थकान के साथ-साथ पंडिताइन को भूख भी लग रही थी। इधर गोनू झा के आने में लगातार देरी हो रही थी। शनैःशनैः उनकी चिन्ता खीझ और खीझ क्रोध में बदलने लगी। वे बड़बड़ाने लगी–"सात पागल की एक पागल तो मैं ही हूँ न कि आँखों की बाती जलाकर रात भर इनकी बाट ताकती रहूँ। इन्हें तनिक भी मेरी चिन्ता है? सोचते भी होंगे कि मैं यहाँ अकेली भूखी-प्यासी बैठी हूँ। ये सारे पुरुष होते ही ऐसे हैं। घरवाली तो इनके लिए सुविधा का एक सामान भर है। कुछ मतलब ही नहीं है। तो ठीक है, आज मैं भी सारा मतलब निकाल देती हूँ। जब इन्हें मेरी कोई परवाह नहीं है तो मैं ही क्यों इनके पीछे अपनी भूख-प्यास, नींद ख़राब करके अपनी देह क्यों गलाऊँ, जाएँ, जहाँ जाना हो।"

और मारे गुस्से में पंडिताइन ने खाना निकाला और खाने लगीं। परन्तु आधी रात से ज़्यादे का समय और ऊपर से नींद, चिन्ता, और क्रोध-ये सब मिलकर उन पर सवार थे। लिहाजा, वे ठीक से खा भी न सकीं। उठ गईं। गोनू झा के लिए खाना निकाला और उसे ढक-तोपकर ख़ुद बिस्तर पर जाकर लेट गई। लेटे-लेटे उनको नींद आ गई।

कि अचानक दरवाज़ा पीटे जाने के स्वर से उनकी नींद खुली। रात्रि का तीसरा पहर हो रहा था। गोनू झा भाँग के नश में डूबे-झूमते हुए घर पहुँचे थे। उनकी यह हालत देखकर पंडिताइन का पारा और भी सातवें आसमान पर चढ़ गया।—''जाइए, जाइए, अभी क्यों आए? आज तो कोई ज़रूरी काम भी नहीं था। यह अकस्मात् काम निकल आया था न! तो जाइए और इसे भी ख़ूब अच्छी तरह से निपटाकर फिर आइए। और इस बखत क्यों आए? सीधा भोर में ही आते। भाँग पीने के बाद आपको किसी भी चीज़ का होश रहता है क्या? जानते है, कितना बज रहा होगा?''

भाँग के नशे में डूबी लाल आँखों और मस्त शरीरवाले गोनू झा को पत्नी का यह प्रवचन अच्छा नहीं लगा। भाँग अपनी पूरी मस्ती में उन पर चढ़ी हुई थी। सो उसके प्रभाव से उनका पारा भी तुरन्त चढ़ गया। वे मारे गुस्से से उठे, परन्तु तत्क्षण ही कुछ सोचकर गुस्से को पी गए। पंडिताइन की बातों का कोई जवाब नहीं दिया। और चौकी पर बैठकर लगे पराती (भोर के समय गाया जानेवाला गीत) गाने ''जुनि करू राम विरोग है जननी, जुनि करू राम विरोग...''

इस गीत ने पंडिताइन की क्रोधाग्नि में घी का काम किया। वे एकदम से भड़क उठीं—''इसे कहते हैं चोरी और सीनाजोरी। एक मैं अभागन हूँ जो इनकी प्रतीक्षा करते-करते आँखें फोड़ बैठी हूँ और एक ये गुणवान पुरुष है जो इस निस्तब्ध रात्रि में बैठकर पराती गा रहे हैं। जाने किस जनम का अपराध था कि उसकी सज़ा विधाता ने मुझे दे दी मेरा हाथ इनके हाथ में देकर।''

गोनू झा ने पंडिताइन की इस कटूक्ति का भी कोई जवाब नहीं दिया। वे पूर्ववत पराती गाते रहे। अब इधर पत्नी का प्रवचन चल रहा था तो उधर उनकी पराती। कुछ देर तक तो यूँ ही बीता। गोनू झा को सारी बातों से असंलग्न देखकर पंडिताइन का धीरज खोता जा रहा था। और जैसे-जैसे धीरज खोता जा रहा था वैसे-वैसे उनकी आवाज़ में तेज़ी और भाषा में कटुता बढ़ती जा रही थी।

कि बस! गोनू झा एकदम भड़क उठे। लगे पत्नी को लताड़ने—गए अलच्छी! तुम मुझे परताड़ोगी? मैं तुम्हारा खंबास कि तुम्हारा बहिया? मैं तुम्हारी मर्ज़ी से चलूँगा? तुम्हारा गुलाम बनकर रहूँगा। ''और लगे पंडिताइन पर अपनी ताकत आजमाने।

पंडिताइन ने भी आज जैसे ठान ही लिया था कि किसी भी हालत में आज इन्हें नहीं छोड़ना है। लिहाजा गोनू झा के हाथ उठाते ही वे लगीं ज़ोर-ज़ोर से चिल्लाने—''बचाओ रे लोगों, बचाओ। यह गुणवान आदमी आज मेरे प्राण लेकर रहेगा।

रे लोगों, दौड़ों।"

निस्तब्ध रात्रि में तो धीमी आवाज़ भी दूर तक सुनाई देती है, और यहाँ तो पंडिताइन की आवाज़ ही सप्तम सुर में थी। क्षणभर में ही गाँव भर के लोग गोनू झा के दरवाज़े पर जुट गए। सभी इनका बन्द दरवाज़ा पीटने लगे। जब बड़ी देर तक लोग दरवाज़ा पीटते रहे, तब जाकर गोनू झा ने दरवाज़े की सिटकनी खोली।

सभी के ज़बान पर एक ही प्रश्न—"क्या हुआ? पंडिताइन वध की जाती गइया की तरह चिल्लाई क्यों?"

और इस प्रश्न पर गोनू झा और इनकी पत्नी में आरोपों-प्रत्यारोपों की झड़ी लग गई। पंडिताइन हालाँकि बोल घर के भीतर से रही थीं, मगर पूरे ठोस भाव से बोल रही थीं। काफी देर तक यह वाद-विवाद चलता रहा। दोनों में से कोई भी अपनी ग़लती न सुनने को तैयार न मानने को राजी।

काफी देर तक यूँ ही सब कुछ चलता रहा। नतीजा कुछ न निकलते देख गोनू झा ही एकाएक पलटे और गाँववालों को सम्बोधित करते हुए कहा—"सुनिए भाई गाँवों में बात यूँ तो निपट नहीं सकती। इसलिए आप लोग जाइए, हम लोग आपस में निपट लेंगे। और वैसे भी कहा गया है—सांय-बहु (मियाँ-बीबी) का झगड़ा, पंच पड़े तो लबड़ा।"

"नहीं, सो नहीं हो सकता। आज तो इस झगड़े की पंचैती करके ही गौवाँ लोग जाएँ।" पंडिताइन अड़ती हुई बोली।

"तो ठीक है", गोनू झा ने कहा—"आज हो ही जाए पंचैती इनकी भी मनोकामना पूर्ण हो जाए। मगर मेरा कहना है कि हम दोनों में जिस कारण को लेकर लड़ाई शुरू हुई, उसे तो आप लोगों ने देखा नहीं, तो पंचैती कैसे करेंगे? इसलिए बेहतर तो यह होगा कि ऐसे लोगों को बुलाइए जो इस झगड़े के प्रत्यक्षदर्शी हों। वे ही आज के पंच हो सकते हैं?"

"मगर...गाँववालों ने सम्मिलित शंका उठाई—"हमलोग तो पंडिताइन के चिल्लाने की आवाज़ सुनकर यहाँ आए। हमें क्या मालूम कि झगड़ा कि बात पर शुरू हुआ था। हम तो आप दोनों की बातें सुनकर ही अपनी राय दे सकते हैं। प्रत्यक्षदर्शी हम कहाँ से लाएँगे?"

"क्यों? प्रत्यक्षदर्शी क्यों नहीं मिलेंगे?" गोनू झा ने अपनी कोठी (अनाज रखने के लिए बनाया गया मिट्‌टी का विशाल बर्तन) की ओर इशारा करते हुए कहा—"देखिए, माघ माह के इस ठिठुरते जाड़े में इस कोठी के पीछे बैठे हैं—पाँच माननीय पंच लोग जो इस सारी घटना को आरम्भ से ही देख रहे है। इसलिए, उनसे ही बुलाकर पूछ लिया जाए।"

गोनू झा के इतना कहने की देर कि कोठी के पीछे हलचल हुई और वहाँ से एक-एक करके पाँचों व्यक्ति निकलकर भागने की कोशिश करने लगे।

वे पाँचों उस इलाके के नामी चोर थे जो गोनू झा के यहाँ चोरी के इरादे से घुसे थे और मौक़े की तलाश के लिए कोठी के पीछे छुपकर बैठ गए थे। गोनू झा ने घर में प्रवेश करते ही माजरा भाँप लिया था और यह सारा खेल रचाया था।

फिर क्या था! पूरा का पूरा परिदृश्य ही बदल गया। गोनू झा की इस लीला से पूरे गाँववासी दंग रह गए। चोरगण गाँववालों के कब्ज़े में आ गए और पत्नी गोनू झा के। पत्नी को अन्दर ले जाते हुए गोनू झा ने पूछा—"रात भर न सोने से देह में दर्द हो रहा होगा न? दबा दूँ क्या?"

पंडिताइन लजा गई। और गोनू झा सदा की तरह मन्द-मन्द भाव से मुस्कराते हुए हथेली पर चैतन्य चूर्ण लेकर मलने लगे।

असली ब्राह्मण कुमार कौन?

एक ब्राह्मण था। आमतौर पर मिथिला के ब्राह्मणों और निर्धनता में जैसे चोली दामन का साथ होता है, वैसा ही साथ इस ब्राह्मण का भी दरिद्रता के साथ था। यजमानी से जो कुछ भी मिलता था; वह उन्हें और उनके परिवार को पूरा नहीं पड़ता था।

ब्राह्मण का एक बेटा भी था। पढ़ने में अत्यन्त मेधावी उसकी मेधाविता की चर्चा सुनकर पड़ोस के गाँव के एक संपन्न ब्राह्मण ने इस परिवार की दरिद्रता का ख्याल न करते हुए अपनी बेटी का हाथ ब्राह्मण कुमार के हाथ में दे दिया था। उनका मानना था कि सपूत और पढ़ा-लिखा व्यक्ति मिट्टी के ढेर पर भी बैठेगा तो उसे सोने में बदल देगा जबकि कपूत और अनपढ़ के लिए हीरा भी पत्थर के एक टुकड़े से ज्यादा नहीं है।

कालान्तर में ब्राह्मण-कुमार को एक बेटा भी हो गया। घर की स्थिति बद से बदतर होती चली गई। ऐसे में ही ब्राह्मण-कुमार ने प्रस्ताव रखा—काशी विद्याध्ययन का।

"काशी विद्याध्ययन?" पंडित जी जैसे आकाश से गिरे। कहाँ तो घर में दरिद्रता का अखंड राज्य, कहाँ उनके ऊपर इतने बड़े परिवार के भरण-पोषण का उत्तरदायित्व और कहाँ यह पढ़ाई-कोढ़ में खाज जैसा उन्होंने साफ़-साफ़ शब्दों में बेटे से कह दिया—"देखो, अब तक तो मैं जैसे भी हो सकता था, अपने पति-पत्नी के अलावा तुम तीनों प्राणियों का पेट भी पालता आ रहा था। परन्तु अब मेरी सामर्थ्य नहीं रही। वैसे भी शास्त्रों में कहा गया है कि यदि बेटा जवान हो जाए तो उसे परिवार का भरण-पोषण करना चाहिए और बूढ़े माता-पिता की देख-रेख करनी चाहिए।"

"मैं इससे इन्कार कहाँ कर रहा हूँ पिताजी!" ब्राह्मण कुमार ने पिता को समझाने की चेष्टा करते हुए कहा—"मैं काशी से अध्ययन करके लौटूगा तो पूर्ण कहलाऊँगा। तब मेरी साख और प्रतिष्ठा बढ़ेगी फिर मैं अपना गुरुकुल स्थापित कर सकूँगा या किसी भी राजा के यहाँ राजपंडित बनकर मर्यादा और प्रतिष्ठा से जीवन व्यतीत कर

सकूँगा। आप लोग भी सुख और आराम से रह सकेंगे। इसलिए पिताजी, मुझे आप कृपया विद्याध्ययन के लिए काशी जाने की अनुमति दें।

परन्तु ब्राह्मण इसके लिए राजी न हुआ। ब्राह्मण कुमार भी पिता की नाराज़गी मोल लेकर घर से निकलना नहीं चाहता था। उसने अपनी पत्नी से सलाह ली। पत्नी ने कहा—"यदि उसकी पढ़ने की इच्छा इतनी ही प्रबल है तो मैं माता जी (सास) से कहती हूँ कि "वे मुझे माँ-बेटे को मायके भेज दें। इससे हमारे परिवार का बोझ पिताजी पर न रहेगा। बच जाएँगे केवल वे ही दो प्राणी! तो जन का बोझ उठाना उन्हें भी कठिन नहीं लगेगा।"

ब्राह्मण कुमार को पत्नी की यह युक्ति भा गई। ब्राह्मण भी मान गया। तय हुआ कि ब्राह्मण कुमार पत्नी और बेटे को अपनी ससुराल में छोड़ता हुआ उधर से ही काशी के लिए प्रस्थान कर जाएगा। और इस नियत कार्यक्रम के अन्तर्गत ब्राह्मण कुमार काशी के लिए चल पड़ा। पत्नी ने रास्ते के लिए ढेर सारे पकवान आदि बनाकर दे दिए।

ब्राह्मण कुमार चल पड़ा। रास्ते में जहाँ भूख लगती, साथ लाए पकवान में से कुछ खा लेता, प्यास लगती तो आस-पास के कुएँ-तालाब में से पानी पी लेता। थकान महसूस होती तो किसी वृक्ष के नीचे पड़ जाता।

ऐसे ही एक दिन भरी दोपहर को ब्राह्मण कुमार को सामने एक विशाल बरगद का पेड़ दिखाई दिया। उसने उसी पेड़ की छाँव के नीचे खा-पीकर आराम करके फिर आगे बढ़ने का निश्चय किया। पेड़ के पास ही एक छोटी सी तलैया भी थी, ब्राह्मण कुमार तलैया से हाथ-पैर धोकर आया और अपनी भोजन सामग्री निकाली।

उस पेड़ पर एक भूत रहता था। वह कई युगों से (12 वर्ष का एक युग माना जाता है) उसी पेड़ पर रहता आया था। वह इस योनी से मुक्ति चाहता था, जो उसे मिल नहीं पा रही थी। मनुष्य योनी में जब वह था तब वह एक भला मानुस था। कभी किसी को नुक़सान नहीं पहुँचाता था। उसका यह स्वभाव भूत बनने के बाद भी नहीं गया था। इसलिए, उस पेड़ के पास से गुजरनेवाले या उसे पेड़ के नीचे आराम करनेवालों को उसने कभी कोई नुक़सान नहीं पहुँचाया था। बल्कि वह किसी को भनक तक लगने न देता कि वह यहाँ पर है।

परन्तु इस ब्राह्मण कुमार और उसके पकवानों की सुगन्ध ने उसे ऐसा बाँधा कि वह स्वयं को रोक न सका और नीचे आ गया। ब्राह्मण कुमार पहले तो उसे देखकर डरा फिर अपनी शिक्षा याद की, कि संकट में घबड़ाने से संकट और गहराता है। वह हिम्मत बाँधे रहा। इधर भूत ने भी उसे दिलासा दिया कि वह उसे कोई नुक़सान नहीं पहुँचाएगा। वह तो इतने दिनों बाद एक ब्राह्मण कुमार और इन पकवानों को देखकर नीचे उतर पड़ा है।

दोनों में बातचीत शुरू हो गई। ब्राह्मण कुमार ने अपना उद्देश्य बताया। भूत

बड़ी देर तक उससे गप्पें लड़ाता रहा। ग़जब की बात कि ब्राह्मण कुमार को भी भूत बहुत पसन्द आया।

आराम करने के बाद ब्राह्मण कुमार आगे की ओर चल दिया। परन्तु भूत उधेड़बुन में पड़ा रहा। इतने दिनों से भूत योनी में रहते-रहते वह तंग आ चुका था। वह फिर से मनुष्य बनकर जीना चाहता था, मनुष्य जीवन के सुख-दुख आदि का लाभ उठाना चाहता था। उसने बातों-बातों में ही ब्राह्मण कुमार के घर का पता भी पूछ लिया था।

लिहाजा, इधर ब्राह्मण कुमार काशी के रस्ते विदा हुआ। उधर भूत ने ब्राह्मण कुमार का रूप धारण किया और उसके गाँव पहुँच गया। ब्राह्मण बेटे को देखकर चौंका। ब्राह्मण-कुमार बने भूत ने बहाना बनाया कि वह इतने दिनों तक उनके बिना नहीं रह सकता, इसलिए वापस आ गया है और अब यहीं रहेगा।

ब्राह्मण बड़ा प्रसन्न हुआ। उसने बेटे से बहू और पोते को भी ले आने को कहा, पर वह टाल गया। बोला–"हमारी माली हालत थोड़ी ठीक होते ही बुला लेंगे। तब तक उसे वहीं रहने दीजिए।"

और भूत वहीं पर रहने लगा, इधर ब्राह्मण कुमार काशी पहुँचकर विद्याध्ययन में डूब गया। एक वर्ष, दो वर्ष...पूरे बारह वर्ष बीत गए। अपनी शिक्षा समाप्त कर जब वह निकला तब ज्ञान के आलोक से उसका सर्वांग दीपित हो रहा था। इन बारह वर्षों में एक बार भी उसे अपने माता-पिता या पत्नी-पुत्र की याद नहीं आई थी। परन्तु अब वह उन सबसे मिलने को एकदम से व्याकुल हो उठा।

ब्राह्मण कुमार सबसे पहले अपने घर पहुँचा। उस समय सुबह हो चुकी थी और ब्राह्मण अपने घर के दरवाज़े पर बैठकर दतुअन कर रहा था। पूरे साजो समान के साथ जब ब्राह्मण ने उसे आते देखा तो उसे आश्चर्य हुआ। वह कुछ पूछे, इससे पहले ही उसने ब्राह्मण को प्रणाम किया।

ब्राह्मण ने तनिक अचरज से पूछा—"कहाँ से आ रहे हो बेटे? रात तक तो तुम यहीं थे। फिर कब कहाँ चले गए थे बिना बताए?"

"ब्राह्मण कुमार ने आश्चर्य से कहा—"पिता जी! आपने मुझे पहचाना नहीं? मैं आपका बेटा हूँ। बारह वर्ष पूर्व मैं विद्याध्ययन के लिए काशी चला गया था। वहाँ अपनी शिक्षा समाप्त कर, पूर्ण पंडित बनकर आपका आशीर्वाद लेने आया हूँ।'

ब्राह्मण ने तनिक गुस्साते हुए कहा—"कौन है रे तू ढोंगी? मेरा बेटा तो मेरे पास है। और मेरी हालत देखकर तो वह काशी गया ही नहीं। बीच रास्ते से ही लौट आया था। अब तू कौन धोखेबाज यहाँ आ गया है? जा भाग जा, वरना मैं कोतवाल साहब से पकड़वा दूँगा।"

दरवाज़े पर कुछ हो हल्ला सुनकर भीतर से ब्राह्मण कुमार बना भूत भी बाहर आ गया। असली ब्राह्मण कुमार तो उसे देखकर हक्का-बक्का रह गया। एकदम उसी की शक्ल-सूरत का यह आदमी! ऐसा कैसे हो सकता है। उसने घबड़ाकर ब्राह्मण की और देखा और बोला—"पिताजी, आप विश्वास कीजिए। मैं ही आपका असली बेटा हूँ जो काशी पढ़ने गया हुआ था। मुझे नहीं मालूम कि यह व्यक्ति कौन है?"

इधर भूत समझ गया कि असली ब्राह्मण कुमार आ गया है। कायदे से अब उसे वापस अपनी भूत योनी में चले जाना चाहिए। परन्तु बारह वर्षों तक मनुष्य जीवन जीते रहने के कारण उसे इस जीवन का स्वाद लग चुका था और अब वह वापस अपनी दुनिया में नहीं लौटना चाहता था। इसलिए उसने भी ब्राह्मण से कहा—"पिताजी! देखिए यह धोखेबाज मुझे और आपको दोनों को उल्लू बना रहा है। ज़रा सोचिए, मैं आपकी खातिर आधे रास्ते से लौट आया था और तब से लगातार आपकी सेवा कर रहा हूँ। आप इस आदमी को यहाँ से जल्दी से भगाएँ।"

लेकिन असली ब्राह्मण कुमार क्या इतनी जल्दी हार माननेवाला था! बात बढ़ते-बढ़ते कोतवाल तक पहुँची। कोतवाल कोई निर्णय नहीं कर सका, तब मामला राज दरबार में पहुँचा।

दोनों कुमारों ने अपने-अपने तर्क रखे। दोनों की बाते अकाट्य थीं। सारा दरबार और राजा स्वयं भी समझ नहीं पा रहे थे कि दोनों में से कौन असली ब्राह्मण कुमार है। राजा ने दरबार में मौज़ूद गोनू झा की ओर देखा। गोनू झा उनका इशारा समझ गए परन्तु वह भी उस समय निर्णय लेने की स्थिति में नहीं थे। उन्होंने कहा—"महाराज! मुझे एक दिन का समय दीजिए। कल मैं आपको बता पाऊँगा कि इन दोनों में से असली कुमार कौन है? तबतक इन दोनों कुमारों को राजकीय अतिथिशाला में एक

रात ठहरने की व्यवस्था कर दें।''

राजा मान गए। दोनों कुमारों को राजकीय अतिथिशाला के दो कमरों में टिका दिया गया। रात में गोनू झा बारी-बारी से दोनों के कमरों में गए। उनसे ख़ूब बातें की घर-परिवार, पत्नी-बेटा आदि-आदि। परन्तु आश्चर्य था कि असली ब्राह्मण के अलावा भूत भी उनकी सभी बातों का बड़े विश्वसनीय तरीके से उत्तर दे रहा था। गोनू झा भी चकरा गए। फिर भी, उन्होंने हिम्मत नहीं हारी। हिम्मत ही हार गए तो गोनू झा क्या हुए! रात भर वे इसके बाबत सोचते रहे।

अगले दिन दरबार खचाखच भरा हुआ था। सभी को गोनू झा के फैसले की अधीरता से प्रतीक्षा थी। अतिथिशाला से दोनों कुमारों को भी बुलवाया गया। ब्राह्मण भी आया।

गोनू झा ने कहा—''महाराज! ये दोनों ही ब्राह्मण कुमार बड़े होनहार; मेधावी और ज्ञानवान हैं और दोनों ही मुझे पूरे सच्चे, बेहद सच्चे लगते हैं।'' गोनू झा ब्राह्मण की तरफ़ मुड़े—ब्राह्मण देवता! आप ऐसा क्यों नहीं कर लेते कि इन दोनों को ही अपना पुत्र मान लें। आपके दो-दो बेटे हो जाएँगे।

ब्राह्मण बिगड़ उठा—''एह! ऐसा भी कहीं हुआ है! मैं कैसे मान लूँ! और जो मान भी लूँ तो मेरी जो बहू है वह इनमें से किसी पत्नी कहलाएगी? आप भी तो गोनू झा, हद करते हैं!''

ब्राह्मण कुमार भी दुःखी स्वर में बोला—''आपके नीर-क्षीर न्याय की चर्चा मैंने बहुत सुनी थी परन्तु अभी आपकी ऐसी बचकानी बातें सुनकर मुझे घोर आश्चर्य और दुःख हो रहा है।''

पर भूत बोला—''हाँ, हाँ! मुझे कोई आपत्ति नहीं है। मैं पिताजी और इस युवक के साथ रहने को तैयार हूँ। मुझे पत्नी भी नहीं चाहिए। वह भी इसी युवक की हुई।''

राजा को भी गोनू झा का प्रस्ताव पसन्द नहीं आया। वे भी बोले—''गोनू झा! यह कैसा मज़ाक आप कर रहे है?''

गोनू झा मुस्कुराए फिर बोले—''क्षमा चाहता हूँ महाराज कि मेरा प्रस्ताव सिर्फ़ एक इस ब्राह्मण कुमार को छोड़ किसी को पसन्द नहीं आया। मुझे तो लगता है कि यही ब्राह्मण कुमार असली हैं। क्योंकि इसमें उत्तम मनुष्य के स्वभाव की उदारता है। फिर भी यही असली ब्राह्मण कुमार है, इसके प्रमाण के लिए इसे एक परीक्षा और देनी होगी।'' गोनू झा ने एक बोतल निकाली और दोनों ''ब्राह्मणों कुमारों को दिखाते हुए कहा—''देखिए, इस बोतल में जो भी कुमार घुसकर दिखा देगा, वही असली कुमार होगा।''

असली ब्राह्मण कुमार फिर से दुःखी हो गया और अत्यन्त क्षुब्ध स्तर में बोला—''छिः-छिः! मैं तो समझता था कि यहाँ पर मुझे असली न्याय मिलेगा, परन्तु

यहाँ तो और भी अंधेर नगरी चौपट राजावाली बात है। मैंने बारह वर्ष तक विद्याध्ययन अवश्य किया है; परन्तु ऐसी विद्या मैंने नहीं सीखी है कि मैं सशरीर इस बोतल में समा जाऊँ। आप लोग अपना फैसला करते रहिए। मैं चलता हूँ, जहाँ मेरा भाग्य मुझे लेकर जाएगा।''

फिर से सभी गोनू झा के इस निर्णय को सुनकर धिक्कार कर उठे। मगर इधर भूत बड़ा प्रसन्न हुआ। उसने गर्व से कहा—यह तो मेरे बाएं हाथ का खेल है। अभी मैं इसमें घुसकर दिखाता हूँ। फिर तो यह पूरी तरह साबित हो जाएगा न कि मैं ही असली कुमार हूँ। और इतना कहता हुआ वह धुएँ में बदलकर बोतल में समा गया।

गोनू झा ने आव देखा न ताव, झटपट बोतल के मुँह को ढक्कन से अच्छी तरह से कस दिया और फिर दूसरे ब्राह्मण कुमार की ओर इशारा करते हुए ब्राह्मण से कहा—''ब्राह्मण देवता! यह है आपका असली बेटा जो काशी से पढ़कर, पंडित बनकर लौटा है। और यह कोई भूत था जो इतने दिनों तक आपके साथ रहा। वरना कोई आदमी अपनी ब्याहता पत्नी को किसी दूसरे को कैसे सौंप सकता है और एक मनुष्य किसी बोतल में कैसे घुस सकता है! लीजिए यह बोतल, इसे किसी जंगल में ख़ूब गहरा गड्ढा खोदकर दबा दीजिए और अपने ज्ञानी पंडित बेटे के साथ सुख भोगिए।

अब सभी गोनू झा के चालाकी भरे निर्णय को देखकर प्रशंसा से झूम उठे। राजा ने गोनू झा को ढेर सारा इनाम दिया और ब्राह्मण कुमार को ससम्मान अपने दरबार में जगह दी। ब्राह्मण बड़ा प्रसन्न हुआ। ब्राह्मण कुमार भी और गोनू झा? वे मन्द-मन्द मुस्कुराते हुए हथेली पर खैनी मलते रहे।

बँटवारा

गोनू झा के भाई थे भोनू झा उम्र में तो छोटे थे ही, बुद्धि और व्यवहार में भी गोनू झा के पासँग भर भी नहीं थे। उस पर से गोनू झा की प्रसिद्धि, नाम राज दरबार में सम्मान आदि कई बातें ऐसी थी जो उन्हें कचोटती रहती थीं। अपने अपने इन मनोभावों को वह अक्सर अपने पड़ोसियों के बीच व्यक्त किया करते थे। अब पड़ोसी और सीमा पार दुश्मन में कोई फर्क नहीं होता। सो वे सब भोनू झा की बातों को सुनकर उसे समझाने के बजाए उल्टा उसे गोनू झा के खिलाफ़ भड़काते ही रहते थे। जिस प्रकार सीमा पार के दुश्मन सम्मिलित और योजनाबद्ध प्रयास से इस पार घुसने और स्थितियों को बिखरा देने की फिराक में रहते हैं, उसी तरह से पड़ोसीगण भी हमेशा गोनू झा को हराने, नीचा दिखाने के प्रयास में रहते थे। और इसके लिए उन्हें भोनू झा जैसा परम खाँटी (शुद्ध) माध्यम मिल ही गया था।

सो एक दिन पड़ोसियों के सत्प्रयास से दोनों भाइयों में झगड़ा हो गया। झगड़े की लपट कुछ ऐसी बढ़ी कि लपट में भस्म होने से बचने के लिए दोनों भाइयों को अलग होना पड़ा। इस अलगाव में उनके सामानों का भी बँटवारा हो गया।

सब कुछ तो बंट गया। अन्त में बच गया एक कम्बल और एक भैंस। अब इसे कैसे बाँटा जाए? कम्बल आधा-आधा फाड़ दिया जाए तो वह किसी भी काम का नहीं रह जाएगा, उसी प्रकार भैंस भी अगर आधी-आधी काटकर बाँट दी जाए तो सिर्फ़ भैंस की जान ही जाएगी, काम वह किसी के नहीं आएगी।

पड़ोसियों ने फिर से अपना पड़ोसी धर्म का पुनीत कर्तव्य निभाया उन्होंने एक पंचायत बुलाई और इस समस्या का समाधान कुछ इस रूप में प्रस्तुत किया—"चूँकि गोनू झा बड़े और भोनू झा छोटे भाई हैं, इसलिए इन चीज़ों के बँटवारे में भी इसका ख़्याल रखा जाना चाहिए। पिता के न रहने पर बड़ा भाई ही पिता समान होता है। अतः गोनू झा को एक साथ पिता और बड़े भाई का कर्तव्य पूरा करना चाहिए और यह प्रयास करना चाहिए कि उनके किसी भी व्यवहार से पुत्र सरीखे छोटे भाई भोनू

झा को कोई कष्ट न पहुँचे।" चूँकि दोनों भाइयों के बीच का यह झगड़ा इन पड़ोसियों की मेहरबानी से ही सम्पन्न हुआ था, और अन्य चीज़ों के बँटवारे में भी भोनू झा को अधिक और फायदेमन्द हिस्सा दिलाने की पुरजोर कोशिश की गई थी, इसलिए इस बार भी स्वभावतः वही प्रयास किए गए। अन्त में पंचों की राय कुछ इस प्रकार बनी—"चूँकि भैंस और कम्बल काटे और फाड़े नहीं जा सकते, इसलिए इनका बँटवारा इनके मूल स्वरूप को बनाए रखते हुए ही करना होगा। सबसे पहले भैंस का बँटवारा लें, तो गोनू झा चूँकि बड़े हैं, बुद्धिमान भी हैं और मुँहजोर भी, इसलिए इसके मुँह की तरफ़ से पेट तक का आधा भाग गोनू झा के हिस्से और पूँछ की तरफ़ का आधा भाग भोनू झा के हिस्से आएगा। अब रहा कम्बल का सवाल तो दिन में कम्बल गोनू झा के कब्ज़े में रहेगा और रात में भोनू झा के।

जनता-जनार्दन ने इस फैसले की ख़ूब वाहवाही की। गोनू झा पंचों की चाल समझ गए। वे उनके इस छलपूर्ण व्यवहार से दुःखी भी हुए, मगर पंचों का मामला था, जिनका निर्णय भगवान के निर्णय से भी ऊपर था। इसलिए वे कुछ बोल न सके। बस मन मसोसकर रह गए।

बँटवारे का रंग अब दिखना शुरू हो गया। गोनू झा सुबह से ही भैंस की सेवा में लग जाते। भैंस को नहलाना-धुलाना, खिलाना-पिलाना तो वे करते, परन्तु दूध दुहने के समय भोनू झा आते और दूध दुहकर ले जाते। भैंस जो गोबर देती, उसे भी वे बटोर लेते।

इसी तरह से कम्बल का हाल था। जाड़े के दिन थे। फिर भी दिन में कोई कम्बल क्या ओढ़ता गोनू झा कम्बल को धूप दिखाकर, साफ़ करके रखते और रात में भोनू झा उसे ओढ़ते। गोनू झा बड़े दुःखी और परेशान थे।

पर गोनू झा की बुद्धि ने फिर से इस बार उनका साथ दिया और वे फिर से इस संकट का सामना करने को तैयार हो गए। वे भैंस की पूर्ववत देख-रेख करते, उसे खिलाते-पिलाते। इधर भोनू झा जैसे ही दूध दुहने को बैठते, वैसे ही उधर गोनू झा भी अपना सोंटा लेकर तैयार हो जाते। भोनू झा दूध दुहने का उपक्रम आरम्भ करते ही, गोनू झा भैंस को अपने हिस्से की तरफ़ से पीटना शुरू कर देते। भैंस बिदक जाती। भोनू झा दूध तो नहीं ही दुह पाते, उल्टा भैंस की लात भी उन्हें खानी पड़ जाती।

इसी तरह कम्बल के साथ उन्होंने किया। ऐन शाम से पहले से कम्बल को पानी में भिगोकर रख देते। अब रात में भोनू झा कम्बल ओढ़ें तो कैसे ओढ़ें। भोनू झा बड़े नाराज़ हुए। उन्होंने फिर से पंचायत बुलाई। गोनू झा ने उसे बहुत समझाया कि लोग हमसे जलते है, इसलिए जानबूझकर यह झगड़ा करवाया गया है। इसलिए तुम इस पंचैती का चक्कर छोड़ो। तुम मेरे छोटे भाई हो। मेरा पूरा प्रेम तुम पर है, चीज़ें तुम्हारी हैं। तुम जैसे चाहो, इसका उपयोग कर सकते हो। परन्तु पड़ोसियों

के हाथ में अपनी नकेल थमा चुके भोनू झा रूपी घोड़े को इतनी समझ कहाँ, इतना विवेक कहाँ! उसने फिर से पंचायत बुलाई।

पंचों ने सारी बातें सुनीं। भोनू झा का प्रतिवाद सुना और फिर से गोनू झा को ताकीद दी कि भोनू झा को वे नुक़सान न पहुँचाए।

गोनू झा ने विनम्र स्वर में उत्तर दिया—"मान्यवर! पहली बात तो यह कि यह हम दोनों का निजी मामला था, जिसे कुछ लोगों की मेहरबानी ने सार्वजनिक कर दिया। दूसरे, जब माननीय पंचों ने अपना फैसला सुनाया तब पंचों की आज्ञा मैंने बग़ैर मुँह खोले शिरोधार्य कर ली। पंचों ने भैंस और कम्बल का बँटवारा जिस तरह से किया है, उसमें भैंस के शरीर के हिस्से का और कम्बल के उपयोग के समय का बँटवारा है। अब यह मेरे ऊपर है कि मैं अपने हिस्से की भैंस के साथ क्या करूँ और अपने हिस्से के समय में कम्बल का क्या करूँ!"

"मान्यवर! जिस तरह से आदमी बच्चे को खिलाता-पिलाता और दुलारता है, उसी तरह से वह बच्चे को डाँटता-मारता भी है। उसी तरह से कपड़े इस्तेमाल करने के बाद जब गन्दे हो जाते हैं तो आदमी उन्हें धोता ही है। सो जब मैं अपनी भैंस को खिला-पिला और पुचकार सकता हूँ तो उसे मार क्यों नहीं सकता और इसी तरह से रात भर के उपयोग के बाद कम्बल गन्दा हो जाता है तो मुझे तो उसे धोना ही पड़ेगा न!"

"और तीसरी बात मान्यवर कि भैंस और कम्बल के बँटवारे समय यह निर्णय नहीं दिया गया था कि इस सामानों का उपयोग कौन कब और किस रूप में करेगा। इसलिए अपने हिस्से की भैंस के साथ चाहे मैं जैसा सलूँक करूँ और अपने समय में कम्बल को सुखाऊँ या गीला करूँ, यह मेरे ऊपर है। पंचों को इसमें हस्तक्षेप करने का कोई अधिकार नहीं है।"

गोनू झा की बात सुनकर पंचगण फक्क पड़ गए, भोनू झा को भी अपनी ग़लती का अहसास हुआ और वे गोनू झा के पैरों पर गिर पड़े और माफी माँगने लगे। गोनू झा ने उसे गले से लगा लिया और कहा—"तुम मेरे छोटे भाई हो और सदा से प्रिय हो। याद रखो, मैं कभी तुम्हारा अनिष्ट सोच भी नहीं सकता। करना तो दूर की बात है। परन्तु घर की बात घर में ही निपट जाए तो अच्छा रहता है। बाहर जाकर वह तमाशा बन जाती है, जिसे देखकर लोग मज़ा लेते रहते हैं।"

और इस प्रकार से गोनू-भोनू फिर से एक होकर एक साथ रहने लगे।

दामाद-पुराण

दरबार लगा हुआ था। राजा साहेब कुछ हल्के मूड में थे। हल्की-फुल्की बातें हो रही थीं। तभी राजा साहेब ने एक प्रश्न दरबारियों से पूछ लिया—"बताइए, इस दुनिया में सबसे कृतघ्न प्राणी कौन है?"

किसी ने शेर, किसी ने कुत्ता, किसी ने मित्र आदि बताया। गोनू झा चुप थे। राजा ने उनसे पूछा। गोनू झा ने कहा—"मैं इसका उतर कल दूँगा।"

दूसरे दिन दरबार खचाखच भरा था। सब यह जानने को उतावले थे कि देखें तो गोनू झा की नज़र में सबसे कृतघ्न प्राणी कौन है?

तभी गोनू झा ने प्रवेश किया। उसके साथ एक नवयुवक भी था। राजा ने अपने प्रश्न की याद दिलाई। गोनू झा बोले—जी महाराज, मुझे याद है।" फिर साथ आए नौजवान की तरफ़ इशारा करते हुए कहा—महाराज, यह मेरा दामाद है और दुनिया में सबसे कृतघ्न प्राणी दामाद ही होता है।"

"सो कैसे?" सभी आश्चर्यचकित थे।

"देखिए, मैंने अपनी पाली-पोसी हुई कन्या इसके हाथ में दी। उत्तम वर के लिए उतम कन्या। परन्तु इसे सिर्फ़ कन्या से ही तुष्टि कैसे मिलती? सो दान-दहेज भी दिया। तब भी, इसकी शिकायत है कि यह नहीं मिला, वह नहीं मिला। यह अन्धे कुएँ की तरह है। चाहे जितना आप डालें; यह कभी भरता नहीं। इसीलिए मैंने इसे सबसे कृतघ्न प्राणी कहा है।"

राजा को बड़ा गुस्सा आया। एकदम से हुक्म सुना दिया—"इस कृतध्न को फाँसी दे दो।"

गोनू झा के दामाद के तो होश ही उड़ गए। कहाँ तो वह राज दरबार के ठाठ-बाट देखने आया था; राजा के दर्शन को आया था और कहाँ तो यहाँ सिर मुँड़ाते ही ओले पड़े। ख़ुद गोनू झा भी ऐसा आदेश सुनकर चौंक गए।

परन्तु गोनू झा तो गोनू झा थे। ऐसे कैसे उस आदेश को मान लेते। उन्होंने

तुरन्त कहा—महाराज; यह आपने जो प्रश्न किया था; मैंने उसका उत्तर उदाहरण सहित दिया था। यह सही है कि दुनिया में दामाद सबसे कृतघ्न जीव होता है; परन्तु यह मैंने थोड़े ही कहा था कि मेरा ही दामाद सबसे कृतघ्न है। मैं तो दुनिया के सभी दामादों की बात कर रहा हूँ। महाराज! हम सभी किसी न किसी के दामाद हैं—मैं भी और आप भी। आपके आदेश के मुताबिक तो हम सभी को फाँसी पर लटकना होगा; और क्षमा करें महाराज; आपको भी।"

राजा की समझ में बात आ गई। उन्होंने अपना आदेश वापस ले लिया। गोनू झा के दामाद की जान में जान आई।

जामन अन्त न पाइयो

किसी गाँव में चार नवयुवक थे—बुद्धि में हीन मगर ख़ुद को समझने में तोप, न पढ़ाई-लिखाई से वास्ता था; न कमाई-धमाई की फिक्र। किसी के पिता किसान थे, किसी की किराये की दुकान थी। मगर पिता के काम में हाथ बँटाना उनकी मर्यादा के विरूद्ध था। बस एक ही धुन थी—कैसे पैसा तुरन्त आ जाए चारों नित नई योजनाएँ बनाते, सोचते और बहस करते, बस! इसके आगे कभी उनकी गाड़ी नहीं बढ़ी।

"एक दिन वे चारो इसी आनन-फानन में धन प्राप्ति की योजना बना रहे थे कि उनमें से एक बोला—भई, मैंने तो सुना है कि कवि बनने से ख़ूब धन प्राप्त होता है।"

"सो कैसे?"

"कविता बनाकर राजा को सुनाओ। राजा ख़ुश होते हैं और ख़ूब धनधान देते हैं।"

"और जो ख़ुश ना हुए तो धन-धान देने के बदले जान-प्राण ले लेंगे?"

"चल, चल ऐसे ही जान ले लेंगे क्या? और हम लोग कालिदास या विद्यापति से कम हैं?"

"तो चलो, बनाओ कविता।"

"अरे, ऐसे कैसे मैं अकेले बनाऊँ? आखिर धन मिलेगा तो उस पर तो सभी हक़ जमाओगे न! चारो मेहनत करो, सोचो।"

दूसरा बोला—"अरे कविता बनाना कोई राजा का महल बनाना है क्योंकि उसके लिए सोचना और मेहनत करनी पड़े। कविता तो हमारे मुँह से ऐसे झड़ेगी जैसे हरसिंगार के पेड़ से उसके फूल...और देखा, मैंने कितना अच्छी कविता में अपनी बात कही है।

चारों को यकीन हो गया कि वे न केवल कवि हैं, बल्कि बहुत अच्छे कवि है। बस, वे चारों राजा के दरबार की ओर चल पड़े। हालाँकि किसी को कुछ सूझ

न रहा था, फिर भी खम ठोके पिले पड़े थे कि उन जैसा कवि तो दूसरा कोई हो ही नहीं सकता।

जब चारों आधा रास्ता पार कर गए तब पहला युवक बोला–भाई, इसमें तो सन्देह नहीं कि हम बहुत महान कवि हैं। परन्तु बढ़िया होता अगर राजा को तत्काल सुनाने के लिए एक कविता बना लें।

चारों सोचने लगे। तभी रास्ते में लगे गूलर के पेड़ से गूलर का एक फूल टूट कर गिर पड़ा। पहले ने झट से कहा–

"पककर गूलर गिर गया।"

और ख़ुशी से चिल्ला उठा–देखा, मैं जीत लिया। मैंने अपने हिस्से की कविता बोल दी।

वे और आगे बढ़े। कुछ दूर जाने पर उन्होंने देखा कि एक औरत पीपल के पत्ते बटोरकर ला रही थी। दूसरा बोला–"ये रही मेरे हिस्से की कविता–

"लायो पीपर नारी"

अब तीसरा मन ही मन सोचने लगा कि वह क्या बोले! सोचने के क्रम में उसने इधर-उधर देखना शुरू किया। उसे जामुन के पेड़ दिखाई दिए जो जामुन से लदे हुए थे। वह बोल पड़ा–

"जामुन अन्त न पाइयो"

अब बारी चौथे की थी। उसने देखा कि सामने कुछ बच्चे खेल रहे हैं। खेलते-खेलते ही उनमें कुछ बाताबाती हुई और वे खेल भूलकर लड़ने लगे। यह देख चौथे ने कहा–

"बरबस ठानो रारी"

अब चारो बड़े ख़ुश हुए कि कविता तो बन गई। अब तो राजा से बहुत धन प्राप्त होगा।

अगले दिन वे राज दरबार में पहुँचे। राजा से कहा कि वे लोग कवि हैं और राजा को कविता सुनाना चाहते है। राजा ने अनुमति दे दीं अब चारों बारी-बारी से अपनी पंक्ति बोल गए–

"पककर गूलर गिर गयो
लायो पीपर नारी
जामुन अन्त न पाइयो
बरबस ठानो रारी।"

राजा की समझ में कुछ भी नहीं आया। उन्होंने कहा कि वे इस कविता का अर्थ स्पष्ट करें। अब वे चारों बग़लें झाँकने लगे। यह देख राजा को बड़ा गुस्सा आया और आदेश दिया कि इन्हें निकाल बाहर किया जाए। सिपाहियों ने ऐसा ही किया।

"वे चारों बड़े दुःखी और निराश हुए और सोचने लगे कि अब क्या किया

जाए। उनमें से एक ने सुझाया—चलो गोनू झा के पास। अब वे ही हमारी बिगड़ी बात को बना सकते हैं।''

वे गोनू झा के पास गए। गोनू झा ने सारा हाल सुनकर कहा—''तुम लोग चिन्ता मत करो। तुम्हें धन मिल जाएगा। लेकिन याद रखो उस धन का सही इस्तेमाल करोगे और इस तरह की कविताई करके लोगों को उल्लू नहीं बनाओगे। चारों ने हामी भर दी।

अगले दिन वे सभी पुनः दरबार में पहुँचे। राजा उन्हें देखते ही आग-बबूला हो उठा। गोनू झा ने उन्हें शान्त कराते हुए कहा—महाराज, कविता और तीर होते तो छोटे हैं; मगर इनकी समाई बड़ी गहरी होती है, इनका वार बड़ा मितरिया होता है। मेरा अनुरोध है कि आप फिर से इन्हें सुनें। ये लोग बड़े पहुँचे हुए कवि हैं।

गोनू झा ने चारों को कविता सुनाने को कहा। उन्होंने फिर से सुनाया—

''पककर गूलर गिर गयो
लायो पीपर नारी
जामुन अन्त न पाइयो
बरबस ठानो रारी।''

गोनू झा ने कहा—महाराज, इसमें तो बहुत गूढ़ की बातें है। यह तो राम रावण युद्ध का प्रसंग है। जब रावण राम के हाथों मारा जाता है तब मन्दोदरी विलाप करते हुए कहती है—

''पककर गूलर गिर गयो''

यानी-पूरी की पूरी सोने की लंका इस तरह से बर्बाद हो गई जैसे पका हुआ गूलर पेड़ का साथ छोड़ देता है। यानी अधिक अभिमान से आदमी अपने विवेक और धर्मरूपी पेड़ का साथ छोड़ देता है। पूरी लंका गूलर की तरह नष्ट क्यों हो गई? क्योंकि

''लायो पीपरनारी''

यानी पति अर्थात् रावण परनारी यानी दूसरे की पत्नी, मतलब राम की पत्नी सीता को उठा ले आए।

''जामन अन्त न पाइयो''

ये कवि भगवान राम का गुणगान करते हुए कह रहे हैं कि वे तो साक्षात् परम ब्रह्म हैं; ये तो अथाह और अनन्त हैं; जिनके मन की थाह कोई नहीं ले सकता, ऐसे परम ब्रह्म, विष्णु रूपा श्रीराम से रावण यानी मेरे पति ने

''बरबस ठानो रारी''

यानी अकारण, बिना किसी बात के रार यानी लड़ाई ठान ली। नतीजा, पूरी लंका नष्ट हो गई; पूरा का पूरा रावण-कुल नष्ट हो गया।

कविता की व्याख्या करने के बाद गोनू झा ने निवेदन किया—''महाराज; इतने

गूढ़ अथवाली कविता को निकृष्ट कैसे कहा जा सकता है। पूरी की पूरी रामायण सिर्फ़ चार पंक्तियों में सुना दी गई है।''

राजा गोनू झा की चालाकी समझ गए कि वह इन चारों की मदद करना चाहते हैं। दूसरी तरफ़ वे गोनू झा को व्याख्या से भी बड़े प्रसन्न हुए। वे समझ गए कि यह व्यक्ति बिना तिल के भी तेल निकाल सकता। उन्होंने चारों को ढेर सारा पुरस्कार देकर विदा किया साथ-ही गोनू झा को भी ख़ूब सारे उपहारों से भर दिया।

चारो-राजा और गोनू झा का गुणवान करते लौटे गोनू झा को दिए वचन के अनुसार घर लौटकर उन्होंने अपना-अपना धन्धा-पानी शुरू किया और दुबारा कविता की तरफ़ सोचा तक नहीं।

खरहे का आकार

गोनू झा को हाजिर जवाबी, तुरन्त बुद्धि और चतुराई के लोग जहाँ एक ओर कायल थे, वहीं दूसरी ओर ऐसे लोग भी थे, जो उनके इन गुणों से बेहद जलते थे। उन सभी को यही चाह रहती थी कि गोनू झा मात खाएँ और उन्हें ताली बजाने का मौक़ा मिले। ऐसे लोगों में उनके पड़ोसी, राजा के दरबारी तथा अन्य लोग तो थे ही; उनके कुछ रिश्तेदार भी इसी जमात में शामिल थे।

ऐसे ही एक रिश्तेदार थे–गोनू झा उनके दूर के रिश्ते के भाई वह शरीर से जितना सींकिया था, बुद्धि से उतना ही मोटा; मगर अपने-आपको कुशाग्र बुद्धि का समझने में सबसे आगे रहता था। उसे यह देखकर बड़ी ईर्ष्या होती थी कि गोनू झा न केवल राज दरबार में आते-जाते हैं, बल्कि वहाँ महाराज तक उनकी कद्र करते हैं और उन्हें उपहार और पुरस्कार देते रहते हैं। और एक वह है जो इन उपहारों या पुरस्कारों की बात तो दूर, राजा के दर्शन तक नहीं कर पाया है, राज दरबार की शोभा और शान-शौकत तक नहीं देख पाया है। अखिर ऐसा क्या गुण भरा हुआ है गोनू झा में, जो उसमें नहीं है। अगर वह ख़ुद को बुद्धिमान कहता है तो क्या हुआ! वह भी तो उसी का भाई है। उसके पास भी बुद्धि है...और बुद्धि क्या! वह तो मनगढ़न्त बातें, जिस पर विश्वास भी नहीं किया जा सकता है, सुनाता रहता है और वाहवाही तथा इनाम पाता है। बस बहुत हो चुका। अब वह भी दिखा देगा कि उसके पास भी कला कौशल है, बुद्धि है और वह भी राजा से इनाम पाने का हक़दार है। और जब उसे राजा से इनाम मिलेगा तब गोनू झा के दिल में यह सब देखकर कितनी आड़ियाँ चलेंगी, इसका तो वही और दूसरे लोग अनुमान कर सकते हैं। फिर तो यह होगा कि राजा साहब इसके बाद से गोनू झा को नहीं, मुझे अपने दरबार में बुलाएँगे और मुझे वहाँ स्थान देंगे।

यह सब सोच-सोचकर भोनू झा इतने प्रसन्न हो गए जैसे उन्होंने सचमुच में गोनू झा को परास्त कर दिया है और गोनू झा उनके पैर पर गिरकर उन्हें अपनी

शरण में लेने की गुहार कर रहे हैं दरबारी सहित महाराज उनकी बातों पर वाह-वाह कर रहे हैं। महाराज के दिए उपहारों से अब उनका घर भर गया है।

उस रात उन्हें बड़ी सुख और चैन की नींद आई। अगली सुबह ब्रह्म मुहूर्त में ही उठकर उन्होंने स्नान-ध्यान किया, गुलाबी धोती पर पीताम्बरी ओढ़ी, माथे पर चन्दन का बड़ा सा त्रिपुंड्र लगाया और, चल पड़े राज दरबार की ओर।

वे फाटक पर दनदनाते हुए घुसे जा रहे थे कि दरबान ने कड़ककर पूछा—"ऐ! कौन हो तुम और कहाँ जा रहे हो?"

भोनू झा ने जीवन में पहली बार ऐसी कड़कदार आवाज़ सुनी थी। सैनिक की तरह की वर्दी और हाथ में नंगा भाला लिए पहरे पर तैनात सिपाहियों को देख उनके तो होश ही उड़ गए। उनके मुँह से कोई बकार ही नहीं फूटा।

दरबान ने फिर कड़ककर पूछा—"बोलते क्यों नहीं कि कौन हो तुम? और कहाँ जा रहे हो?"

भयभीत भोनू झा ने हकलाते हुए कहा—"जी, हम एक ठो ब्राह्मण हैं। भोनू झा हमारा नाम है। हम गोनू झा के भाई है। और राजा जी का दर्शन करना चाहते हैं। हम भी बताना चाहते हैं कि हम भी गोनू झा से कोनो कम नहीं है।"

भोनू झा कितने पानी में हैं, यह उनकी बात से दरबान तक को पता लग गया। वे सब हँस पड़े। एक ने कहा—तो आप गोनू झा से भी बड़े और बुद्धिमान हैं?"

भोनू झा तमककर बोले—"और नहीं तो क्या? अरे ऊतो हमरे से सब कुछ सीखकर जाता है और राजा को सब कुछ सुना देता है और इनाम पाता है। और

हमको उस इनाम में से कुछ देबो नहीं करता है। देखते नहीं, हम कितने निर्धन और दुर्बल हो गए हैं। इसी लिए हम सोचे जो हम खुदे राजा जी से मिलेंगे और उनको खुश करेंगे जिससे कि सबठो इनाम हमी को मिले।"

दरबान समझ गए। उन्होंने भोनू झा को अन्दर भेज दिया। अकड़ते हुए भोनू झा आगे बढ़े जब वे राजदरबार में पहुँचे तब दरबार की ठाठ-बाट देखकर हैरत में पड़ गए। पहली बार इतनी शानो-शौकत देखी थी। उनके मन में डर और घबड़ाहट दोनों होने लगा। उनका गला सूखने लगा।

दरबार में उस दिन गोनू झा भी थे। भोनू झा को देखकर वे चौंके। परन्तु भोनू झा ने भाई से नज़र मिलते ही उनकी तरफ़ से मुँह फेर लिया। गोनू झा मुस्कुरा पड़े, पर ख़ामोश रहे।

राजा आए सभी दरबारियों ने उठकर उनका स्वागत किया। परन्तु भोनू झा बैठे रहे और मन ही मन सोचते रहे—अभी तो जब मैं अपना चमत्कार सुनाऊँगा तब राजा सहित सभी दरबारी मुझे साष्टाँग दण्डवत करेंगे, यह गोनू झा भी। इस अकड़ में वे बैठे रहे।

राजा की दृष्टि भोनू झा पर पड़ी उन्हें यह देखकर बड़ा क्रोध आया कि यह ब्राह्मण सामान्य शिष्टाचार भी नहीं जानता। फिर भी उन्होंने स्वयं को संयत रखते हुए पूछा—"आप कौन हैं और यहाँ आने का आपका उद्देश्य क्या है?"

भोनू झा ने बड़े अभिमान से कहा—"महाराज मेरा नाम भोनू झा है और मैं आपको अपनी बुद्धि का चमत्कार दिखाने आया हूँ ताकि आप भी मेरी अक्ल का लोहा मान जाएँ।"

यह व्यक्ति कितने झूठे दंभ का शिकार है, यह तो उन दरबानों को भी पता चल गया था। ये तो राजा ही थे। फिर भी उन्होंने कहा—"अच्छा! तो दिखाइए अपना चमत्कार!"

भोनू झा ने कहना शुरू किया—"महाराज! कल जब मैं दरबार की ओर आ रहा था तो रास्ते में मुझे एक इतना बड़ा खरहा मिला—बिल्कुल हाथी जितना बड़ा उसकी आँखें शेर जैसी थीं और उसकी सूँढ़ भी थी। उसके सिर पर किसी लड़की जैसे सुन्दर बाल थे और वह कोयल की तरह कूक रहा था। महाराज! मैंने सोचा कि मैं उसे पकड़ लूँ, परन्तु वह भाग गया। है न महाराज यह अद्भुत चीज़!"

"बहुत अद्भुत! लेकिन ऐसी अद्भुत चीज़ों पर हम तब तक विश्वास नहीं करते, जब तक उसे अपनी आँखों से न देख लें। आप हमें ऐसा अद्भुत खरहा दिखा सकते हैं?

अब तो भोनू झा की हालत ख़राब। राजा सब कुछ समझ गए। उन्होंने आदेश दिया—"इसे ले जाकर जेल में बन्द कर दो। यह पूरा ढोंगी, झूठा और मक्कार है।"

अपनी जान मुसीबत में फँसते देख अब भोनू झा को अपने भाई गोनू झा

की याद आई। उन्होंने गोनू झा की तरफ़ देखा। सिपाही जब भोनू झा को पकड़ने के लिए आगे बढ़े तब गोनू झा ने कहा—महाराज! ऐसा अनर्थ न कीजिए। वास्तव में ये जो कहना चाह रहे थे उसका मतलब कुछ और था।

हाथी जितने बड़े खरहे से अभिप्राय था कि खरहे की दिमाग़ में बुद्धि रहती है; इसलिए वह अकल में हाथी जितना ही विशाल है। उसकी आँखें ऐसे भी लाल होती हैं, शेर की आँखों से तात्पर्य था कि वह तीक्ष्ण दृष्टिवाला और दूर अंदेशी भी है। लड़की जैसे बाल से इनका मतलब था कि जितने सुन्दर और मुलायम बाल किसी लड़की के होते हैं, उतने ही नर्म रोए और त्वचा इसकी भी होती है। और कोयल की कूक का अर्थ इसका मितभाषी होना है। कोयल की आवाज़ बारहो महीने नहीं सुनाई पड़ती उसी तरह से यह भी हमेशा नहीं बोलती। तो महाराज; ऐसे अद्भुत खरहे को देखने के लिए तो ऐसी ही अद्भुत और पारखी दृष्टि होनी चाहिए।

राजा मुस्कुरा पड़े। गोनू झा की चतुराई वे समझ तो गए ही, साथ ही उनकी विद्वता से भी बड़े प्रभावित हुए। उन्होंने भोनू झा को छोड़ देने का आदेश दिया और गोनू झा को ढेर सारे उपहारों से सम्मानित किया।

भोनू झा की अक्ल का ताला अब खुला। अब उनकी समझ में आया कि क्यों गोनू झा राजा के इतने प्रिय है। वे गोनू झा के घर पहुँचे और उनके पैरों पर गिर पड़े। गोनू झा ने कहा "बताओ कहीं राजा से ऐसी अद्भुत बातें थोड़े ही की जाती है!"

भोनू झा ने फिर दुबारा राजदरबार का रूख न करने की शपथ खाई। और गोनू झा! उनके साथ थी फिर से उनकी वही परिचित मुस्कान और खैनी।

'कुछ' का दान

गोनू झा के पास आम के बग़ीचे थे। हर साल इतने आम होते कि पूरे मौसम में आम खाते अघाते न थे। मिथिला वैसे भी आम के लिए प्रसिद्ध है। आम के मौसम में पूरी मिथिला जैसे आम के रसमय संसार में डूब जाती है। आम की चटनी, आम का अचार, खटमिट्ठी, अमझोरा से लेकर अमावट और सुबह से लेकर रात तक में चारों-पाँचों वक़्त आम। सुबह में आम-चूरे का नाश्ता; दिन में आम-भात, दोपहर में बीजू आम के रसों का आस्वादन, शाम में फिर आम-मूढ़ी और रात में रोटी आम।

मगर दुःसंयोग रहा था कि पिछले वर्ष भयंकर और असमय बारिश होने और ओले गिरने से आम की बौर ही नष्ट हो गई। नतीजन, पेड़ों पर आम इतने कम लगे कि लोगों के लिए आम सपने हो गए।

इस बार माघ माह चढ़ते ही आम के पेड़ों पर बौरें आ गई। इतनी बौरें कि पेड़ों के पते उनमें छुप गए। बौर की सुगन्धि से पूरा गाँव मह-मह कर उठा मगर इस गमक के पीछे आशंका की एक धमक भी थी कि कहीं इस बार भी पिछली बार की तरह मुदइया ओले-पत्थर गिराकर आम की इस भरी-पूरी मंजर को बर्बाद ना कर दें।

आशंकित गाँववालों ने अपनी-अपनी सामर्थ्य के अनुसार इष्ट देवता—देवी की मन्नत मान ली। किसी ने पहले पाँच टिकोले चढ़ाने की मन्नत मानी, तो किसी ने सौ आम ग़रीबों में बाँटने की मन्नत माँगी; किसी ने हर रोज़ दो आम देवी के मंदिर में चढ़ाने की बात कबूली, तो किसी ने आम का अर्घ्य कमला मैया को कबूला।

नगर इन सबसे निस्पृह गोनू झा मौन धारण किए रहे। न कुछ स्वीकारा, न कुछ कबूला। वे कुछ-कुछ नियति और कुछ-कुछ संयोग की बात करते रहे। उनका मानना था कि यह प्राकृतिक आपदा से फलों को नुक़सान पहुँचना रहेगा, यदि फिर से आँधी पानी, पत्थर गिरेंगे तो वह होकर ही रहेगा। हमारे मन्नत मानने से वह दूर नहीं हो जाएगा। हाँ, फसल की बेहतरी के लिए निकौनी, खाद डालने आदि जितने

भी उपाय हो सकते थे, उन्होंने किया था। पेड़ों की अच्छी देखभाल से सभी पेड़ जवान और ख़ूबसूरत स्त्री की तरह लग रहे थे—स्वस्थ और भरी-पूरी।

किन्तु, गाँववालों की नज़र एक तरफ़ उनके आम की बौर से ढँके पेड़ों पर थी, वहीं उन पर भी कि देखें गोनू झा ने क्या मन्नत मानी है? मगर गोनू झा ने कोई मनौती मानी होती तब तो। उन्होंने इस बात पर बल दिया कि यह सब एक रस्म या रूढ़िवादिता जो कह लें, परन्तु धर्म भीरू गाँववाले ऐसे कैसे उन्हें छोड़ देते। धर्म के नाम पर दस तरह की मन्नतें आनन-फानन में मान लेनेवाले ग्रामीणों के मन में गोनू झा की ये तार्किक बातें पल्ले नहीं पड़ती।

गाँववालों की बातों में बँधकर उन्होंने कहा—"ठीक है। यदि यदि मेरी आम की फसल अच्छी हुई तो मैं भी कुछ चढ़ा दूँगा।

बात आई गई हो गई। आम ख़ूब फले, घर-घर अचार से लेकर अमावट तक बनने लगे। गोनू झा का घर भी इसका अपवाद न था।

एक दिन गोनू झा किसी से मिलने गए। उस आदमी ने गोनू झा का दिल खोलकर स्वागत किया। उसने अपने बेटे को पुकारा—"देखो बेटे, काकाजी आए हैं। इनके बैठने के लिए कुछ ले आओ।"

बेटा एक पीढ़ा ले आया। मोनू झा ने कहा—बस, बस, बस! मुझे आज "कुछ" मिल गया। अब मैं अपनी मन्नत उतार सकूँगा।

वह आदमी कुछ समझ नहीं पाया। इसलिए बोला—"गोनू झा! यह आप क्या कह रहे हैं? आपको क्या मिल गया जो आप इतने प्रसन्न नज़र आ रहे हैं।

"मुझसे गाँववालों ने कमला माई को मन्नत मानने के लिए कहा था, मेरी समझ में नहीं आया कि मैं क्या मनौती मानूँ, इसलिए मैंने कहा कि अगर मेरे पेड़ों में आम अच्छे लगेंगे तो मैं कमला माई को "कुछ" चढ़ा दूँगा। तब से मैं इसी "कुछ" की खोज में था कि येह मुझे मिले तो मैं अपनी मनौती पूरी कर सकूँ। आज तो बड़े भाग से मुझे यह मिल गया है। आज की आपसे भेंट मेरे लिए इतनी शुभ रही है, मैं बता नहीं सकता!"

"लेकिन आपको ऐसा क्या मिल गया कि आप इतने प्रसन्न हो रहे हैं?" उस आदमी ने कहा।

गोनू झा ने पीढ़े की ओर इशारा करते हुए कहा—आपने अपने बेटे से कुछ ले आने को कहा। आपका बेटा यह लें आया—यह कहते हुए उन्होंने पीढ़े की ओर इशारा किया। अब मुझे यह 'कुछ' मिल गया है। शुभ काम में देरी नहीं करनी चाहिए इसलिए मैं अभी जाता हूँ और कमला माई को यह चढ़ाकर आता हूँ।" कहते हुए उन्होंने पीढी उठाई और जाकर कमला माई को भेंट चढ़ा दी। आदमी हक्का-बक्का देखता ही रहा और गोनू झा इस "कुछ" का दान करके मन्द-मन्द मुस्कुराते रहे और खैनी मलते रहे।

सिक्कों का खेल

गोनू झा के एक मित्र थे—पक्के लंगोटिया यार। दोनों जब तक एक-दूसरे को देख न लें; मिल-बतिया न लें; उनका खाना हज़म नहीं होता था।

एक दिन मित्र ने कहा—यार गोनू, तुम्हारी अक्ल के डंके चारों ओर बज रहे हैं। सुना है कि अपनी अक्ल के बदौलत तुम दुश्मन को दोस्त और दोस्त को दुश्मन और मूर्ख को महाकवि (देखें कहानी "जामन अन्त न पाइयो) बना देते हो। मुझे भी बताओ यार। ऐसे कैसे कर लेते हो।"

गोनू झा हँस पड़े—"देखो, दरबार में हर कोई कुछ न कुछ आस लेकर आता है। मैं उसकी आस पूरी कर देता हूँ। दुष्ट, चोरों, बदमाशों के अक्ल ठिकाने लगा देता हूँ ताकि वे अपनी करनी से बाज आएँ। बस, इसके आगे तो और कुछ भी नहीं करता।"

पर मित्र इतनी आसानी से पीछा छोड़नेवाला कहाँ था उसने कहा—" "तुम्हारी बुद्धि का लोहा तो मैं तब मानूँ जब तुम मुझे इसकी झलक दिखाओगे।"

गोनू झा ने टालने की बहुत कोशिश की, कहा—हम दोनों बचपन के मित्र हैं। इस जाच-परख में यदि हम लोगों के बीच मनमुटाव पैदा हो गया तो इतनी पुरानी दोस्ती ख़ाक में मिल जाएगी।"

मगर मित्र नहीं माना, अन्त में गोनू झा परीक्षा देने को तैयार हो गए। लेकिन फिर भी चेताया—देखो, मगर इस जाँच के कारण हमारे बीच दुश्मनी हो गई तो मुझे दोष मत देना।"

मित्र हँसा—"तुमसे और दुश्मनी?" गोनू झा भी हँसे मन ही मन" "बच्चू, वह तो बाद में पता चलेगा।"

बात आई–गई हो गई। मित्र याद दिलाता रहता, गोनू झा हाँ-हाँ करता हूँ, कर रहा हूँ में जवाब देते रहते। एक दिन गोनू झा ने कहा—"तुम मुझे मिट्टी के एक हज़ार सिक्के गढ़वा कर दो।"

"मिट्टी के? पर क्यों? तुम्हें अशर्फी की ज़रूरत है तो जितनी मर्जी मुझसे ले जाओ।

गोनू झा ने कहा—"नहीं, सोने की अशर्फी लेकर क्या करूँगा! मिट्टी की देह है, मिट्टी में मिल जाएगी, मुझे तो मिट्टी के सिक्के ही चाहिए। बोले, कब तक दे दोगे?"

"जल्द ही दे दूँगा।" मित्र बोला।

बात आई-गई हो गई। मित्र भूल भी गया। मगर गोनू झा जब-तब उसे याद दिलाते रहते, वह भी उस समय, जब देखते कि उसके पास दो-चार लोग बैठे हुए हैं—"क्यों भई, याद है न, तुम्हें मुझे हज़ार सिक्के देने हैं?"

हाँ, हाँ, याद है, दे दूँगा यार!" मित्र हँसते हुए बोलता।

दो महीने बीत गए। इस बीच मित्र ने पाँच सौ मिट्टी के सिक्के बनवा लिए थे। उसने गोनू झा को वे सिक्के दे दिए। गोनू झा ने कहा—ऐसे नहीं, किसी मखमल की थैली में दो ताकि लगे कि सचमुच के सिक्के हैं।

मित्र हँसने लगा—"क्या पागल जैसी बातें करते रहते हो।" फिर भी, उसने मखमल के थैले में वे सिक्के बन्द करके गोनू झा को दे दिए।

अब गोनू झा का तकादा पाँच सौ सिक्कों के लिए होने लगा। तरीक़ा वही पुराना—जब दो-चार लोग बैठे होते थे मित्र के पास, वे बोल पड़ते—"यार हजार में से पाँच सौ तो दे दिए। अब बाक़ी के पाँच सौ कब देगा? इतना धनी-मानी व्यक्ति है तू? पाँच सौ सिक्के तेरे से नहीं निकाले जाते?

एक दिन जब मित्र के पास गाँव के कुछ अन्य गणमान्य व्यक्ति बैठे हुए थे, तब गोनू झा पहुँचे और बड़ी गंभीर मुद्रा में कहा—"देखो, तुम्हें मुझे एक हज़ार सिक्के देने थे न?"

"हाँ देने थे,"

"उसमें से तुमने मुझे पाँच सौ दे दिए थे।"

"हाँ।"

"तो बचे हुए पाँच सौ के लिए मैं पिछले तीन माह से तगादा करता आ रहा हूँ। कब दोगे मुझे मेरे पाँच सौ सिक्के।

"अरे, बन नहीं पाए हैं। जल्दी दी बनवा कर दे दूँगा।"

"बनवाकर दे दूँगा? क्या तुम्हारे पास टकसाल है जो वहाँ से बनवाकर दे दोगे?"

"नहीं भई, मगर मिट्टी के सिक्के बनाने के लिए टकसाल की क्या ज़रूरत? और मुझे तो तुम्हें मिट्टी के सिक्के देने हैं।"

आस-पास बैठे लोगों की उत्सुकता इस बात की ओर बढ़ी। गोनू झा हँसे "मित्र! लगता है, आज सुबह-सुबह ही तुमने एकाध लोटा कच्ची भाँग चढ़ा ली है। अरे भई मैं कोई पागल हूँ जो तुमसे मिट्टी के सिक्के लूँगा। पूरा गाँव गवाह है कि तुम्हें

मुझे 1000 सिक्के देने थे। जिसमें से 500 सिक्के तुमने मुझे दे दिए थे। अब पाँच सौ के लिए अपनी नीयत बदल रहे हो?"

मित्र को काटो तो ख़ून नहीं। गोनू झा जैसा सच्चा मित्र और उसकी ईमानदारी पर सन्देह। दोनों में बहस होने लगी, जिसने बढ़ते-झगड़े का रूप ले लिया। भीड़ जमा हो गई। दोनों एक दूसरे को चोर, बेईमान; धूर्त, मक्कार कहने लगे। आखिर में लोगों ने पूछा—भई, बात क्या है?"

गोनू झा ने बड़ी शान्ति से बताया—"देखिए, यह मेरा लंगोटिया यार है, यह तो आप सबको पता है। आज से छह महीने पहले इसे पैसों की ज़रूरत थी सो मैंने इसे हज़ार सिक्के दिए थे, अब वें सिक्के इसे मुझे लौटाने थे। आप से बहुतों ने पाया होगा कि जब-तब मैं इसे उन सिक्कों को देने की बात इससे कहता रहता था और यह उसे स्वीकार भी करता था। करता था या नहीं?"

.जिन-जिन लोगों के सामने गोनू झा ने तगादे किए थे, उन्होंने हामी भरी। गोनू झा आगे बोले—"तीन महीने पहले इसने मुझे पाँच सौ सिक्के दिए थे। मखमल की थैली में, मेरे पास वह थैली, जिसमें पाँच सौ मिट्टी के सिक्के मित्र ने दिए थे, निकालकर लोगों को दिखाई और कहा—"पूछिए इससे कि यह इसी का दिया हुआ थैला है न!"...पाँच सौ देने के बाद पाँच सौ सिक्के बच गए। मैं जब-जब पाँच सौ के तगादे करता, यह कहता; दे दूँगा। तीन महीने हो गए। अभी तक इसने नहीं लौटाए हैं,"—सामने बैठे गण-मान्य लोगों की तरफ़ इशारा करते हुए बोले—"बताइए, अभी भी इसने 500 सिक्के देने की बात स्वीकारी थी या नहीं।"

"हाँ, कहा तो था।"

"यह सरासर झूठ है।" मित्र चीख़ पड़ा—"इन्होंने मुझे कहा था कि मैं उन्हें मिट्टी के हज़ार सिक्के बनवाकर दूँ। वही 500 मैंने बनवाकर दिए थे और बाक़ी के पाँच सौ के लिए ये तगादा कर रहे हैं। मैंने इसे कभी गंभीरता से नहीं लिया। इनका मज़ाक समझकर बात को हँसी में उड़ाता रहा। और अब मेरा वह पुराना मित्र मुझ पर बेईमानी के आरोप लगा रहा है।"

"सुन रहे हैं न आप लोग? क्या बढ़िया कहानी गढ़ी है। मिट्टी के सिक्के। मैंने मित्रतावश सिक्के देने की कोई लिखा-पढ़ी नहीं की इसलिए अब यह मुकर रहा है। लेकिन मैं वे 500 सिक्के लिए बग़ैर छोड़ूँगा नहीं;"

अन्त में फैसले के लिए वे लोग पंचायत में पहुँचे पंचायत खचाखच भरी हुई थी। सभी फैसला सुनने की उत्सुक। प्रधान ने सारी बातें सुनी, लोगों की, मित्र की, गोनू झा की। अन्त में उन्होंने फैसला सुनाया—जब ये (मित्र) इतने सारे लोगों के सामने स्वीकार कर चुके हैं कि इन्हें गोनू झा को 500 सिक्के देने हैं। इसलिए अब पंचायत का फैसला है कि ये गोनू झा को 500 सिक्के दें।"

मित्र को 500 सिक्के देने पड़े। अब वह गोनू झा का जानी दुश्मन हो गया।

गोनू झा को देखता तो मुँह फेर लेता, उनकी चर्चा होने पर या तो गालियाँ देने लगता या वहाँ से उठ जाता।

एक दिन गोनू झा ने मित्र की दुकान पर ही गाँव के गण-मान्य लोगों को बुलाया। प्रधान जी को भी। जब लोग एक-एक कर वहाँ पहुँचने लगे तो मित्र को बड़ी हैरानी हुई और यह पता लगने पर कि उन सबको गोनू झा ने यहाँ आने को कहा था, मित्र आग बबूला हो उठा। मगर इतने सारे प्रतिष्ठित व्यक्तियों को वह अपनी दुकान से निकाल भी नहीं सकता था। बस ख़ून के घूँट पीकर रह गया।

गोनू झा प्रकट हुए। उनके हाथों में मखमल की वही थैली थी, जिसमें मित्र ने उन्हें 500 मिट्टी के सिक्के दिए थे। गोनू झा बोले–"मैंने आप सबको इसलिए यहाँ बुलवाया है ताकि आप लोगों के बीच मैं अपने मित्र की ग़लतफहमी दूर कर दूँ।"

लोग समझे नहीं। गोनू झा ने खुलासा करते हुए कहा–"इन्होंने मेरी बुद्धि की जाँच अपने ऊपर करने को कहा था। मैंने चेताया भी था कि ऐसा करने से हमारी दोस्ती, दुश्मनी में बदल सकती है। मगर यह माना नहीं," कहते हुए उन्होंने सारी बातें बताई। फिर वह थैली निकाली और सबके सामने पलट दी। मिट्टी के सिक्के चारों ओर बिखर गए। अब गोनू झा ने दूसरी थैली निकाली और मित्र को देते हुए कहा–"यार मजार, मेरे कारण तुमको जो तकलीफ़ हुई, उसके लिए माफी चाहता हूँ। पर जो कुछ भी किया; तुम्हारी इच्छा के मुताबिक किया।"

गोनू झा ने फिर से सभी को सम्बोधित किया–"मैं चाहता तो अकेले में आकर सारी बातों को खुलासा कर सकता था। मगर तब आप लोगों के सामने इसकी बेईमानी की धूल, जो मैंने चढ़ाई थी, कैसे हटती। पूरे गाँव के सामने जब मैंने इसे दोषी ठहराया तो मेरा यह कर्तव्य बनता था कि पूरे गाँव के सामने इसे निर्दोष भी साबित करूँ।"

सभी को गोनू झा की बात समझ में आ गई। वे सबके सब हँस पड़े। गोनू झा ने मित्र को गले से लगा लिया। अपने को कलंक मुक्त पाकर मित्र का मन तो हल्का हो ही गया था, मारे ख़ुशी के उसकी आँखों से आँसू निकल पड़े। गोनू झा ने उसका पीठ पर एक धौल जमाते हुए कहा–"चल, खैनी निकाल रे मजार। आज तो तू पक्का हरिश्चंद साबित हो गया है।"

भर छींटा धान

गोनू झा के खेत में इस बार धान रोपा गया था। फसल बहुत अच्छी थी। सभी का मानना था कि इस बार उनके यहाँ धान की नहीं; सोने की बालियाँ ही फसल के रूप में आई है।

धान पक रहे थे। कुछ दिनों में कटनी शुरू होनेवाली थी। लोग रात-रात भर मचान पर चढ़कर खैनी मलते, हुक्का पीते और बतकही करते समय गुज़ारा करते। सभी की एक ही आस थी—धान बढ़िया होगा तो कम से कम छह माह तक तो दाना-पानी के बारे में सोचने की चिन्ता नहीं रहेगी।

कई लोगों ने तरह-तरह की मनौतियाँ मान लीं। किसी ने भगवती की मन्नत मानी कि उनके यहाँ यदि फसल अच्छी हुई तो वे जोड़ा छागर (दो बकरियाँ) देवी को चढ़ाएँगे। किसी ने भगवती पूजने की मन्नत मानी, तो किसी ने सवा सेर धान कमला माई को अर्पित करने की मनौती मानी। यानी ऐसा कोई भी नहीं बचा गाँव में जिसने फसल की कुशलता और कटनी से लेकर दौनी तक सब कुछ निर्विध्न समाप्त होने के लिए कुछ न कुछ मन्नत नहीं मानी।

बच गए गोनू झा। यूँ उनकी देवी देवता और पूजा-पाठ में पूरी आस्था थी। फिर भी, वे इस तरह की मन्नतों के पक्ष में नहीं थे। उनका मानना था कि भगवान पर आस्था और अपने कर्म पर विश्वास रखने से सारी मुसीबतें दूर हो जाती है। फसल की देखरेख से लेकर उसकी समय पर कटनी, दौनी आवश्यक है। और समय पर किए गए काम का बढ़िया फल मिलता ही है। इसलिए उन्होंने कोई भी मनौती नहीं मानी।

गाँव में सभी को एक-दूसरे के बारे में पता रहता ही है। यही तो गाँवों की खासियत होती है। बातों-बातों में ही यह पूरे गाँव में ज़ाहिर हो गया कि किसने क्या मनौती मानी है। सबकी बात सामने आ गई तब लोगों का ध्यान गोनू झा की तरफ़ गया—अरे, गोनू झा ने क्या मनौती मानी है फसल की रक्षा के लिए?"

सबके मन में यह उत्सुकता समाई, सभी पहुँचे गोनू झा के घर। सभी ने कहा—"गोनू झा, हम सभी ने अपनी-अपनी फसल की रक्षा के लिए मनौती मानी है। आपने क्या माना है?"

"कुछ भी नहीं।"

"एह! एहनो कतहु भेलैये" (एह! ऐसा भी कहीं हुआ है। मिथिला में यह वाक्य तकिया कलाम की तरह इस्तेमाल होता है—लेखिका) आपकी इतनी अच्छी फसल और आपने उसकी कुशलता के लिए कुछ भी मनौती नहीं मानी?"

"नहीं भाई!"

"परन्तु क्यों?"

"क्योंकि मन्नत भर मान देने से फसल बच जाएगी, ऐसा मैं नहीं समझता" कहते हुए गोनू झा ने अपने सभी तर्क दे डाले।

किन्तु, विश्वास के आगे तर्क का कोई महत्त्व नहीं होता। लिहाजा लोगों के विश्वास की ढाल के समाने गोनू झा के तर्कों का एक भी शस्त्र नहीं चल पाया। वे परास्त हो गए। अन्ततः उन्होंने कहा—"ठीक है। जब आप सब लोग इतना ज़ोर डाल रहे हैं तो मैं ना कैसे कह सकता हूँ। परन्तु धान तो अभी खेत में ही है। घर तक आते-आते पता नहीं कौन सी नज़र कौन सी व्याधि लग जाए। इसलिए मैं तो यही मनौती मानता हूँ कि यदि मेरे खेत में एक छींटा धान भी हो गया तो मैं वहीं पूरे धान का छींटा देवी भगवती को चढ़ा दूँगा।

लोग-बाग बड़े प्रसन्न हुए, सभी की प्रसन्नता का एक कारण था कि आज गोनू झा ने अपने मुँह से अपनी हार मान ली। हम लोगों से वे परास्त हो गए।

इधर गोनू झा कम नहीं थे। उन्होंने एक काफी बड़ी चौड़ी बखारी बनवाई। उसका मुँह चारों ओर से बन्द करवा दिया बीच में उतना ही मुँह खुला रखा जितने में एक छींटा (बाँस की टोकरी) आ सकता था। उन्होंने छींटे का पैदा कटवा दिया और उसे बखारी के मुँह पर रखवा दिया।

फसल कटनी शुरू हो गई। चूँकि इस बार सभी की फसल अच्छी हुई थी, इसलिए सभी बड़े प्रसन्न थे। सभी के खलिहान, बखारी धान से भर गए थे। अब सभी अपनी अपनी मानी गई मन्नतों को उतारने में व्यस्त होने लगे।

गोनू झा के खेत में भी कटनी शुरू हो गई। कटनी और दौनी के बाद सारा धान वे उसी छींटे में डाल देते। छींटा तो बिना पेंदे का था। सो, जो भी धान उसमें डाला जाता, वह सारा का सारा बखारी में चला चला। छींटा भरने का सवाल ही नहीं पैदा होता था।

गाँव में फिर से खलबली मची कि गोनू झा ने अपनी मन्नत पूरी किया या नहीं क्योंकि पूरे गाँववालों ने देखा था कि गोनू झा के खेत में इतना धान पैदा हुआ है कि एक छींटा कौन कहे, छींटे के छींटे भर गए होंगे।

गाँववाले एक बार फिर गोनू झा के पास पहुँचे और उन्हें उनकी मन्नत की याद दिलाई। गोनू झा ने पूरी मासूमियत से कहा—"एह! एहनो कतहु भेलैय" कि गोनू झा कुछ कबूलें और उसे फिर पूरा नहीं करें। मगर हे पंच परधान आप ही देखिए, यह है मेरा छींटा इसमें धान भरे तभी तो मैं इसको ले जाकर के देवी को चढ़ाऊ! मैं तो स्वयं ही इसके भरने की प्रतीक्षा कर रहा हूँ।

गाँववाले समझ गए कि उस दिन जो वे सभी गोनू झा की पराजय की ख़ुशी मना रहे थे, वह कितना खोखला था। वे सब तो उल्टा गोनू झा के हाथों ही परास्त हो गए थे।

और गोनू झा! वे अपनी सदाबहार मुस्कान के साथ चैतन्य चूर्ण (तम्बाकू) हथैली पर मल रहे थे और कभी धान के छींटे को देख लेते थे तो कभी जाते हुए गाँववासियों को। फिर एक दीर्घ मुस्कान के साथ उन्होंने तम्बाकू चुटकी में भरी और उसे होठों के बीच दबा लिया और बचे अवशिष्ट को नाक की पूर में डाल लिया। तम्बाकू की गर्द नाक में पड़ने से उन्हें पटापट तीन-चार छींके आईं। गमछे से नाक साफ़ कर के वे बोले—छींके त" नीके (यानी-छींकने से अच्छा होता है अर्थात् सारे विघ्न दूर हो जाते हैं।

(हालाँकि मिथिला में छींक को अपशकुन के रूप में देखा जाता है। किसी शुभ काम या कहीं जाने के समय कोई छींक दे तो लोग कुछ देर के लिए उस काम को या अपनी यात्रा को रोक देते हैं। परन्तु इसके साथ-साथ यह भी कहावत है कि छींकने से भला होता है।

श्राद्ध

गोनू झा की माँ काफी बूढ़ी हो गई थीं। गोनू झा को वे बहुत मानती थीं। गोनू झा भी उन्हें जी-जान से बढ़कर चाहते थे। बुढ़ापा अपने-आप में सौ बीमारियों से बड़ी एक बीमारी होती है। सो, एक तो बुढ़ापा, उस पर से आए दिन कुछ न कुछ रोग व्याधि गोनू झा उनकी हर तरह से तीमारदारी करते, उनका ख़्याल रखते, उन्हें हर तरह से आराम पहुँचाने की कोशिश करते। जब माँ की तबीयत ज़्यादा ख़राब हो जाती, तब वे बहुत चिंतित हो जाते। उन्हें लगने लगा था कि अब माँ अधिक दिनों की मेहमान नहीं। इस बात की कल्पना से ही वे व्याकुल हो उठते।

गोनू झा के खेत में इस बार गन्ने लगे थे। अच्छी फसल के आसार थे। गोनू झा ने सोचा था कि गन्ने बेचकर जो पैसे मिलेंगे, उनसे माँ का और भी बेहतर इलाज कराएँगे।

मगर होनी को कौन टाल सकता है! गन्ने तैयार हो गए थे। फसल कटने लगी थी। मकर कटी फसल और बेहतर इलाज का लाभ गोनू झा की माँ न उठा सकीं वे स्वर्ग सिधार गईं।

गोनू झा पर मानो दुःख का पहाड़ टूट पड़ा। लोग तरह-तरह से उन्हें समझाते बुझाते कि दुनिया में किसी के माता-पिता हमेशा सन्तान के साथ नहीं रहते। जो इस संसार में आया है, उसे एक न एक दिन जाना ही पड़ता है। गोनू झा तो फिर भी भाग्यशाली थे कि उन्हें इतने दिनों तक अपनी माँ की सेवा मौक़ा मिला था।

दाह संस्कार हो गया था। गोनू झा अब थोड़े-थोड़े स्थिर हो रहे थे। बात अब श्राद्ध कर्म और भोज की हुई। गोनू झा ने सोचा था कि खेत में लगे गन्नों को बेचकर पाँच ब्राह्मण जिमा तो सकेंगे ही। यथाशक्ति दान-पुण्य भी करके मातृऋण से उऋण हो सकेंगे। परन्तु पूरा गाँव तो उत्कन्ठित था यह जानने-देखने को कि देखें, गोनू झा अपनी माँ के श्राद्ध में कितना ख़र्च करते हैं, कितनों को खिलाते हैं, कैसे विराट भोज का आयोजन करते हैं।

गाँववालों ने उनसे कहा—"आखिर गोनू झा की माँ स्वर्गवासी हुई हैं, किसी ऐरे-ग़ैरे की नहीं। उनका श्राद्ध कर्म तो इतने धूमधाम से होना चाहिए कि धरती पर लोग जीमने बैठें तो स्वर्ग तक उनकी कतार लग जाए।

"परन्तु मान्यवर! मैं ठहरा ग़रीब ब्राह्मण! मेरी इतनी सामर्थ्य कहाँ। मैं तो पाँच ब्राह्मण को खिलाकर मातृ ऋण से उऋण होने का प्रयास करूँगा।" गोनू झा ने अत्यन्त विनम्र स्वर में कहा। "एह! एहनो कतहु भेलैये। (ऐसा भी कहीं हुआ है।) आपकी माँ इतनी पुण्यवती, धर्मवती और उनके अन्तिम काम में ऐसी फजीहत गोनू झा! नहीं, नहीं। हम लोग ऐसा नहीं होने देंगे। वह आपकी माँ थीं तो हमारी भी माँ थीं। स्वर्ग में उन्हें सुख मिले, यह प्रयास करना तो हमारा भी धर्म है। तो फिर आप लोग ही बताएँ, आप लोग क्या कर सकते हैं जिससे माँ की आत्मा को शान्ति मिले।" गोनू झा ने उन लोगों से पूछा...

"आप कम से कम पचीस गाँव को जिमाइए (खिलाइए)"

"पचीस गाँव?"

"और नहीं तो क्या?"

"परन्तु महाशय मैं निर्धन ब्राह्मण! कहाँ से इतना कर पाऊँगा? गोनू झा ने निवेदन किया।

तो हम लोग किसलिए है! हम लोगों ने तो अभी-अभी ही कहा था कि वे सिर्फ़ आपकी ही नहीं, हम सभी की माँ थीं। इसलिए हम सभी उनका श्राद्ध अच्छे तरीक़े से करेंगे और शुद्ध मिठाई (केवल मिठाई) का ही भोज करेंगे।

"वह कैसे?" गोनू झा ने पूछा।

"पचीस गाँव खिलाने में आपको जितने धन की जरूरत है, हम लोगों से ले लीजिए। बाद में आप धीरे-धीरे चुका दीजिएगा।"

गोनू झा ने मन ही मन कहा—"सबसे बुड़बक (बुद्धू) गोनुए झा है क्या! इन लोगों से कर्ज़ा लेकर इन्हीं को खिलाऊँ और फिर इन्हीं का कर्ज़ा भी सधाऊँ! यानी खाएँगे भी ये ही लोग और सूद तथा मूल दोनों वसूलेंगे भी ये ही लोग, तीन तरफ़ मलाई इनको और मट्ठा (छाछ) पिएँ गोनू झा।

किन्तु प्रगट में वे कुछ भी नहीं बोले। पुनः पंडितों साहूकारों आदि ने उन्हें टोका। गोनू झा ने कहा—"आप मुझे एक दिन सोचने की मोहलत दीजिए। कल इसी समय मैं आपको अपना निर्णय बता दूँगा।

सारी रात गोनू झा सोचते रहे कि क्या किया जाए। कौन सा उपाय किया जाए कि साँप भी मर जाए और लाठी भी नहीं टूटे। पत्नी उनकी उद्विग्नता समझ रही थी। वह भी अपने तई इस समस्या का समाधान सोच रही थी। परन्तु जब रात काफी हो गई और कोई भी हल नहीं निकला तब आजिज आकर उन्होंने गोनू झा से कहा—ऐहने ख़ाली मिठाइए का भोज चाहिए तो सबसे पत्तल पर एक-एक

ढेली गुड़ का रख दी दीजिएगा। अरे मिठाई तो गुड़े या चीनी से बनता है न!"

गोनू झा को जैसे समाधान का सूत्र मिल गया। पत्नी का हाथ पकड़ते हुए बड़े मृदुल स्वर में कहा–तुम तो बड़ी होशियार हो। तुमने मुझे बहुत बड़े संकट से उबार लिया। जाओ, अब सो जाओ। मैं भी निश्चिंत होकर सोऊंगा।

दूसरे दिन नियत समय पर फिर लोग जुटे। गोनू झा ने बड़े ही विनम्र स्वर में कहा–"मेरी माताजी का श्राद्ध ऋण के पैसे हो; यह तो उनकी आत्मा कभी भी सह नहीं पाएगी। दूसरी ओर; आप लोग हमारे पंच परमेश्वर हैं। कर्ज़ लेकर न तो मैं माताजी का परलोक बिगाड़ना चाहूँगा और न ही आप लोगों की बात टालकर अपना यह लोक बिगाड़ना चाहूँगा। इसलिए आप लोगों की आज्ञा शिरोधार्य करते हुए मैं पचीस गाँवों को भोज करने की बात मानता हूँ।"

"शुद्ध मिठाई भोज न?" एक ने पुष्टि करनी चाही।

"हाँ, हाँ, केवल मीठा भोज ही।" गोनू झा ने कहा। पूरे जनसमुदाय में हर्ष की लहर छा गई। पूरे पचीसो गाँव में निमन्त्रण चला गया। जो सुनता, वही आश्चर्य प्रकट करता कि गोनू झा के पास क्या इतने पैसे हैं जो एक-दो नहीं, पूरे के पूरे पचीस गाँव को जिमा रहे हैं और वह भी केवल मिठाई का ही भोज! जिन्होंने धन देने का प्रस्ताव दिया था, वे सब भी ईर्ष्या से भुने जा रहे थे कि देखो तो ज़रा गोनू झा को, अपने पास इतना धन रखे हुए था, लेकिन स्वाँग कैसा रच रहा था ग़रीबी का।

पचीसों गाँव में बड़े हुलबल का आलम था। सभी अपने अपने स्तर से भोज खाने की तैयारी कर रहे थे। परम भोजन भट्टों ने तो दो दिन पहले से ही खाना-पीना छोड़ दिया। कुछ ने अजवायन फाँक-फाँककर पेट को सोंधाना शुरू कर दिया।

श्राद्ध के दिन लोगों की पन्गत बैठी। पन्गत इतनी लम्बी थी कि घर और दालान कौन कहे, रास्ते और खेत भी लोगों से भर गए। सभी पूरी तरह से भोजन ग्रहण करने को तैयार थे और अधीरता से भोजन की प्रतीक्षा कर रहे थे।

पत्तलें बिछीं। भोजन भट्टों के मुँह से लार टपकने की थी। तरह-तरह के उपाय से ख़ाली रखे गए पेट अब तेज़ी से कुलबुलाने लगे थे। किसी की आँखों के आगे मोती चूर के लड्डू नाच रहे थे तो किसी के आगे गोल-गोल, नरम-नरम रसगुल्ले कोई सकरौड़ी (बेसन की बूँदी को दूध मेवे में पकाकर बनाया गया मिष्ठान्न) पीने के लिए गिलास की कौन कहे, अढ़ाईसेरी लोटा लेकर आए थे तो कोई दही बूँदी सुड़पने पर ज़ोर लगाए बैठे थे।

तभी पन्गत में बैठे लोगों के सामने रखे पत्तल पर गन्ने के एक-एक हाथ का टुकड़ा परोसा जाने लगा। लोग चौंके, पर कुछ समझ न सके। गोनू झा सामने आकर हाथ जोड़कर खड़े हो गए और बोले–"महानुभाव गण! जीमा जाए।

"यह! उखियार! (गन्ना!) लोग चिल्लाए।

"जी हाँ, महोदय आपने शुद्ध मीठे भोज की बात कही थी। तो वही शुद्ध

मीठा भोज आपके सामने प्रस्तुत है। कृपया ग्रहण करें।

"गोनू झा यह क्या मज़ाक है! आप हम लोगों का तो अपमान कर ही रहे हैं, साथ ही मृतात्मा के साथ भी खिलवाड़ कर रहे हैं। यह सरासर धोखाधड़ी है और इसके लिए हम आपको जेल की भी हवा खिलवा सकते है।

"सो आप जो चाहे सो कहें और करें। मगर न तो मैं आप लोगों का अपमान कर रहा हूँ और न ही मृतात्मा के साथ मज़ाक और हाँ, ना ही यह कोई धोखाधड़ी है कि जिसके कारण मुझे जेल होगी।"

लोगों में शोर मच गया। भोजन भट्टों को अब बेहोशी आने लगी। गोनू झा ने कहा—"देखिए, जब मैंने आप से निवेदन किया था कि मैं निर्धन ब्राह्मण 25 गाँव नहीं जिमा सकता, आपने मेरी बात नहीं मानी। मृत व्यक्ति चाहे जितना भी प्रिय हो, लौटकर नहीं आता उसकी आत्मा की शान्ति के लिए मैं अपने आगे की सात पीढ़ियों को कर्ज़ में डूबो दूँ तो यह तो उन्हें जीते जी नर्क में धकेल देने जैसा होता। इसलिए मैंने अपने सामर्थ्य भर खिलाने की सोची। दूसरी बात यह कि आपने ही कहा था कि शुद्ध मीठा भोज ही होना चाहिए। सभी मिठाइयाँ गुड़ से या शक्कर से बनती है और गुड़ और शक्कर गन्ने से बनता है। यानी मीठे का मूल है यह गन्ना तो मैंने मूल वस्तु ही आपकी सेवा में प्रस्तुत की है जो शुद्ध मीठा है। यह आपकी ही आज्ञा का पालन है। राजा के सिपाही मुझे पकड़कर ले जाने से पहले आपको पकड़कर ले जाएँगे क्योंकि आपने जबरन धर्म-कर्म के नाम पर मुझे अपनी साहूकारी की गिरफ़्त में लेना चाहा था। अब या तो आप इस शुद्ध मीठे भोज को ग्रहण करें या "स्वस्थानं गच्छतु।"

लोगों के पास दूसरे विकल्प पर अमल करने के अलावा और कोई उपाय न रह गया था। पत्नी गोनू झा की तारीफ़ करती न थक रही थी और गोनू झा कह रहे थे कि यदि तुमने उस रात गुड़ खिलाने की बात न कहीं होती तो आज मैं इतने बड़े संकट से न उबरा होता।

गंगा मैया को मन्नत

एक बार गोनू झा का बेटा बहुत बीमार पड़ा इतना कि उसके बचने की आशा जाती रही। जगह-जगह के वैद्य आए और उसका इलाज किया। यहाँ तक कि जब राजा को यह बात मालूम हुई तब उन्होंने भी अपने वैद्यराज गोनू झा के यहाँ उनके बेटे के इलाज के लिए भेजा। वैद्यराज भी अपनी पूरी सामर्थ्य से उसकी चिकित्सा में जुट गए।

गोनू झा और उनकी पत्नी बड़े ही चिंतित और दुःखी थे। वे हर तरह से उसकी देखभाल कर रहे थे। वे वैद्यराज द्वारा दी गई दवाइयाँ समय पर देते थे और उनके निर्देशों का पूरी तरह से पालन करते थे। गोनू झा की पत्नी के तो आँसू थमते न थे।

जैसा कि गाँव-घर में होता है, एक की हारी-बीमारी पूरे गाँव की दुःख बीमारी हो जाती है। सो गाँव के लोग गोनू झा के बेटे को देखने आने लगे। अपने यहाँ हर मौक़े पर मुफ़्त सुझाव देने की बड़ी पुरानी परम्परा है। गोनू झा का समय भी इसका अपवाद न था। लोग आते और अपने-अपने हिसाब से तरह-तरह के उपाय सुझा जाते।

लोगों ने तरह-तरह के उपायों के साथ-साथ उन्हें सलाह दिया कि वे गंगा मैया को जोड़ी छागर (बकरी) चढ़ाने की मन्नत मानें क्योंकि जान के बदले जान देने से शायद मैया प्रसन्न हो जाएँ और उसके बेटे की जान बख़्श दें।

गोनू झा की पत्नी ने जितनी तरह की मन्नतें हो सकती थी; मान ली थी। देवी की पूजा के लेकर छठ व्रत करने तक की सभी मन्नतें। मगर गोनू झा ने इस सब पर कभी ध्यान नहीं दिया। इस वक़्त भी जब लोगों ने कहा तो वे सुनकर चुप लगा गए, कुछ बोले नहीं।

परन्तु पत्नी सुन चुकी थीं। गोनू झा अब अन्दर आए तब वे पीछे पड़ गई कि आप क्यों नहीं गंगा मैया को बलि चढ़ाने की मन्नत मानते है? गोनू झा ने समझाया कि वैद्यराज का उपचार चल ही रहा है। जो भी होना होगा, वह उनके उपचार से अवश्य होगा। मन्नत मानना तो देवी देवता को रिश्वत देने जैसी बात है। और यह

कैसा रिवाज कि अपने बच्चे की जान बचाने के लिए किसी दूसरे के बच्चे की जान ले ली जाए, चाहे वह जानवर ही क्यों न हो!

परन्तु माँ की ममता तो ऐसी होती है कि उसके आगे बड़े से बड़ा पराक्रमी भी मात खा जाए। पत्नी ने ज़िद ढान ली कि यदि जोड़ा बलि गंगा मैया को चढ़ाने की मन्नत नहीं मानेंगे तो वे भी बेटे के साथ-साथ प्राण त्याग देंगी। लोग पुत्र के प्राण की रक्षा के लिए क्या-क्या उपाय नहीं करते हैं। और एक ये हैं कि इनसे एक जोड़ी बलि की मन्नत भी नहीं मानी जाती।"

पत्नी की ज़िद के आगे अन्ततः गोनू झा को झुकना पड़ा और उन्होंने गंगा मैया को एक जोड़ी बलि चढ़ाने की मन्नत मान ली।

इधर वैद्यराज के निरन्तर उपचार और कड़ी देखभाल तथा गोनू झा व उनकी पत्नी की सेवा-सुश्रुषा से बेटे की तबीयत सुधरने लगी। धीरे-धीरे वह बिल्कुल चंगा हो उठा। गोनू झा और उनकी पत्नी वे वैद्यराज का आभार व्यक्त किया और ईश्वर को धन्यवाद दिया। पत्नी तो अब अपने द्वारा मानी गई असंख्य मन्नतों को उतारने में व्यस्त हो गई। नतीजा यह हुआ कि महीने में पन्द्रह बीस दिन उनके उपवास में ही बीतने लगे। अपनी हर मन्नत पूरी करते समय वे गोनू झा से भी उनकी मन्नत उतारने की याद दिलाना न भूलती गोनू झा हाँ-हाँ करके रह जाते। दिन बीतते गए। इस बीच गोनू झा को सपरिवार गंगा स्नान का मौक़ा मिला पत्नी बड़ी उत्साहित थीं कि गंगा मैया के दर्शन होंगे, कहते हैं एकबार गंगा में स्नान कर लो तो सात जन्म के पाप धुल जाते हैं। सो अपना जन्म-जन्मातंर सफल करने के लिए वे व्यग्र हो उठीं।

गोनू झा सपरिवार गंगा घाट पहुँचे। गंगा स्नान किया। गंगा मैया की पूजा अर्चना की पत्नी ने कहा—"इतना अच्छा अवसर है। मैया के घाट पर हम लोग पहुँचे हुए हैं। अब आपने जो जोड़ा बलि चढ़ाने की मनौती मानी थी, वह अब यहाँ पूरी कर लीजिए।"

गोनू झा ने फिर से कोई जवाब नहीं दिया, दरअसल जिस समय पत्नी यह बात कह रही थी, उस समय वे आम चूरा का नाश्ता करने का मनोयोग बना रहे थे। चूरा भिगोकर रखा हुआ था और उस पर वे आम का रस निचोड़ रहे थे। रस भरे आम और चूरे का नाश्ता! यह सोच-सोचकर ही उनकी आत्मा प्रफुल्लित हो रही थी। इधर आम के रस के कारण वहाँ ढेर सी मक्खियाँ जमा हो रही थीं। गोनू झा दाएँ हाथ से रस निचोड़ते और बाएँ हाथ से मक्खियाँ उड़ाते जा रहे थे। परन्तु मक्खियाँ थीं कि बार-बार आती जा रही थीं। गोनू झा का मन बहुत खीझ उठा। मारे चिढ़ और खीझ के उन्होंने आम निचोड़ना छोड़ दिया और रस पर जमा होती मक्खियों को देखते रहे। ढेर सारी मक्खियाँ भनभन करती वहाँ जमा होने लगीं। जब काफी मक्खियाँ वहाँ भनभनाने लगी तो एक अजीब सी वितृष्णा गोनू झा के मन में पैदा हुई। उन्होंने आव देखा न ताव अपना दायाँ हाथ पूरी तरह से पीछे

की ओर फैलाया और पूरा हाथ भाँजकर मक्खियों को मुट्ठी में बंद करने की कोशिश की अधिकांश मक्खियाँ तो उड़ गई। परन्तु कुछ मक्खियाँ उनकी मुट्ठी में आ गई। अब उन्होंने मुट्ठी में भरी मक्खियाँ को पूरी ताकत से जमीन पर दे मारा।

मक्खियों में जान ही कितनी होती है। जितनी मक्खियाँ मुट्ठी में आई थीं, वे सब की सब ज़मीन पर गिरते ही मर गई। गोनू झा ने गिना—एक, दो, तीन, चार, ...आठ! पूरी आठ मक्खियाँ! वे जैसे बाल-सुलभ चंचलता से भर उठे। आम चूड़े का नाश्ता करने वे जैसे भूल गए पत्नी से नए कपड़े का एक टुकड़ा देने को कहा। फिर बड़े एतियात से आठो मक्खियों को कपड़े के उस टुकड़े पर एक-एक करके डाला। फिर वे पत्नी से बोले-चलो, चलो गंगा घाट गंगा मैया की मन्नत उतारनी है न!

पत्नी हैरानी में पड़ गई। अभी और मन्नत उतारना? पर उतरेगी कैसे? बलि तो लाई नहीं गई है। गोनू झा ने कहा—बलि का इन्तज़ाम हो गया है। तुम चलो तो सही।

पत्नी को साथ लेकर गोनू झा गंगा घाट पहुँचे। कपड़े में पड़ी मक्खियाँ निकाली और एक-एक करके आठो मक्खियाँ गंगा की बहती धार में डाला और कहा—हे गंगा मैया, मैं एक जोड़ी नहीं, पूरे चार जोड़ी बलि चढ़ा रहा हूँ एक जोड़ी मन्नत की, एक जोड़ी विलम्ब से मन्नत पूरी करने के एवज में सूद और दो जोड़ी अगाऊ (अग्रिम रूप में) आप हम पर ऐसी ही कृपा दृष्टि बनाए रखें, यही हमारी प्रार्थना है।''

पत्नी हैरान! गोनू झा कहीं सठिया तो नहीं गए हैं। गंगा मैया के साथ ऐसा मज़ाक! मैया नाराज़ हो जाएँ तो गाँव के गाँव बहा ले जाएँ!''

कहते हैं कि गोनू झा के इस बौद्धिक चातुर्य से गंगा मैया बड़ी प्रसन्न हुई और वे प्रगट होकर बोली—''पुत्र गोनू झा! मैं तुम्हारी बुद्धि और विवेक से बहुत प्रसन्न हूँ। तुमने बलि के लिए अकारण किसी निरपराध की जान भी नहीं ली और जीव की बलि देकर अपनी मन्नत भी पूरी कर ली। तुमने तो आज मुझे ही छका दिया। मैं तुम्हें आशीर्वाद देती हूँ कि तुम्हारा यह बुद्धि चातुर्य कभी भी मलिन नहीं होगा संसार में तुम्हारा नाम चाँद-सूरज की तरह चमकता रहेगा।''

गंगा मैया अन्तर्ध्यान हो गई। पत्नी तो जैसे किसी स्वप्नावस्था से जागी। उन्होंने गोनू झा के पैर पकड़ लिए। गोनू झा भी तब तक हाथ जोड़े खड़े थे। मन्द मुस्कान उनके चेहरे पर थी। पत्नी ने पैर पकड़े तो वे चौके। झट से पत्नी का हाथ पकड़ते हुए कहा—''अरे, तुम मेरे पैर क्यों पकड़ रही हो? मुझे तो तुम्हारा आभारी होना चाहिए। अगर तुम बलि की मन्नत पर ज़ोर न देती तो मैं मन्नत नहीं मानता। जो मन्नत नहीं मानता तो मन्नत उतारता नहीं और यदि मन्नत उतारता नहीं तो गंगा मैया के दर्शन कैसे होते?'' अब चलो, आम-चूरा का भोग लगाया जाए।''

अनोखा उपहार

राज दरबार में गोनू झा की पैठ तो थी ही; हमेशा अपने बुद्धि कौशल से वे समस्याओं का समाधान भी करते रहते थे और इसके बदले पुरस्कार भी पाते रहते थे। परन्तु पुरस्कार पाने का उनके मन में कोई मोह या लालच नहीं था और न ही वे इसकी फिराक में लगे रहते थे। वह तो परिस्थितियाँ ही ऐसी उत्पन्न हो जाती थीं, जहाँ मुश्किल हल करना उनके लिए अनिवार्य हो जाता था।

फिर भी, ऐसा नहीं था कि कि गोनू झा पुरस्कार के लालची थे या उन्हें ही पुरस्कार मिले, इसके लिए छल प्रपंच रचते रहते थे, बल्कि वे राजदरबार में कुछ आस लेकर आए व्यक्ति की प्रत्यक्ष या अप्रत्यक्ष रूप से सहायता किया करते थे।

राजा का द्वारपाल बहुत ही दुष्ट और लालची था। राजा से मिलने या याचना लेकर आनेवाले हर याचक या आगन्तुक के सामने वह एक शर्त रखता था कि उसे राजा से जो कुछ भी प्राप्त होगा, उसका आधा वह उसे दे देगा। जरूरतमन्द लोग विचारे क्या करते। मज़बूरी में हाँ भर देते। इस प्रकार उस द्वारपाल की चाँदी ही चाँदी हो रही थी।

द्वारपाल गोनू झा को यह बात मालूम नहीं होने देता था क्योंकि उसे मालूम था कि यदि गोनू झा को यह बात पता चल गई तो उसकी आमद का मार्ग तो बन्द हो ही जाएगा, गोनू झा उसका जीना भी मुहाल कर देंगे।

वसन्तोत्सव का समय आया। राजदरबार में अनेकानेक कार्यक्रम, समारोह, प्रतियोगिताएँ आदि आयोजित की गई। हर विजेता का उसकी योग्यता के मुताबिक सम्मान किया जाता और धन-धान्य देकर विदा किया जाता। पूरा राज्य ही जैसे वसन्त के आगमन और उसके उत्सव के आयोजन में मगन था।

गोनू झा नियमित रूप से दरबार जाते थे। कलाकारों के साथ उचित न्याय हो सके और सही व्यक्ति सम्मानित किए जा सकें; इसके लिए राजा ने गोनू झा को अपना सलाहकार बना लिया था। गोनू झा भी पूरी लगन से इस चेष्टा में रहते

कि किसी के भी साथ अन्याय न हो। मगर वे एक बात पर ग़ौर कर रहे थे कि पुरस्कार की बात जानकर उस कलाकार के चेहरे पर ख़ुशी की जो चमक आती थी, अगले पल ही वह मायूसी में बदल जाती थी। पुरस्कार लेते वक़्त भी वह मायूसी उसके चेहरे पर से उतरती न थी। गोनू झा की समझ में यह बात न आई।

किन्तु बात समझ में न आए और गोनू झा चुप लगा के बैठ जाएँ, ऐसा भला हो सकता था क्या! उन्होंने कारण जानने की ठान ली। और जब उन्हें कारण का पता चला तो द्वारपाल की मक्कारी और कमीनगी को देकर उनका तो माथा ही घूम गया। ग़लत ढंग से लोगों को छल करके पैसे कमाना, उनकी नज़र में गहरी नीचता थी। उन्होंने द्वारपाल को सबक सिखाने की ठानी।

अगले दिन फिर से किसी प्रतियोगिता का आयोजन था। गोनू झा ने राजा से अनुमति माँगी कि वह भी इस प्रतियोगिता में शामिल होना चाहते है। गोनू झा से ईर्ष्या करनेवाले राजदरबारियों ने शोर मचाया कि ऐसा कैसे हो सकता है कि राजा का सलाहकार ही प्रतियोगिता में भाग लेने लगे। किसी-किसी ने तो यह भी आरोप लगाया कि लोगों को इतने पुरस्कार मिलता देख गोनू झा से बर्दाश्त नहीं हो रहा; इसलिए वे सारे नियम, कायदे, क़ानून तोड़कर प्रतियोगिता में शामिल होना चाहते हैं। और सबसे बड़ी बात कि जिस भी प्रतियोगिता में वे शामिल होंगे, उसके अन्य प्रतियोगी तो पहले से ही अपनी हार मान बैठेंगे। गोनू झा कोई न कोई तिकड़म चलाकर जीत ही जाएँगे।

गोनू झा ने स्पष्ट किया कि वे उस प्रतियोगिता में केवल भाग लेना चाहते हैं और वह भी दूसरे प्रतियोगियों का उत्साह बढ़ाने के लिए। वे इसमें शामिल होंगे तो प्रतियोगी कड़ी से कड़ी मेहनत करेंगे और उनसे जीतने की हर सम्भव कोशिश करेंगे। फिर भी वे कोई भी पुस्कार नहीं लेंगे पुरस्कार के हक़दार अन्य दूसरे योग्य प्रतियोगी ही होंगे।

गोनू झा के आग्रह को देखकर राजा को लगा कि कहीं कुछ गड़बड़ है, वरना गोनू झा यकायक ऐसा कोई प्रस्ताव क्यों रखते भला! उन्होंने गोनू झा को प्रतियोगिता में शामिल होने की अनुमति दे दी।

नियत समय पर प्रतियोगिता शुरू हुई। इच्छुक लोगों ने उसमें भाग लिया। गोनू झा भी उनमें से एक थे। प्रतियोगिता समाप्त हुई। परिणाम सुनाए गए। आशा के अनुरूप गोनू झा का नाम सबसे ऊपर था; परन्तु चूँकि उन्होंने पुरस्कार लेने से मना कर दिया था; इसलिए उनके बाद के विजेताओं को यथायोग्य पुरस्कृत किया जाने लगा।

पुरस्कार वितरण के बाद राजा ने घोषणा की कि वे अपनी तरफ़ से गोनू झा को कुछ भेंट देना चाहते हैं। गोनू झा ने स्पष्ट मना कर दिया—''नहीं महाराज; जब मैं मना कर चुका हूँ, तब भी अगर मैं कुछ लेता हूँ तो लोग मेरी आलोचना करेंगे। आपने मुझे इतना सम्मान दिया है, मेरे लिए यही काफी है।

परन्तु राजा ने कहा—''यह पुरस्कार नहीं है। यह एक स्मृतिचिह्न है, जिसे वे अपनी तरफ़ से देना चाहते हैं। क्या पता, यदि कल को उनकी मृत्यु हो जाए तो गोनू झा इस स्मृतिचिह्न को देखकर उन्हें याद तो कर सकेंगे।''

''बस महाराज बस! ऐसे शुभ समय में ऐसे अशुभ बोल न बोलें। आप हमारे राजा हैं और राजा को प्रजा कभी भुला सकती है क्या? आप मुझे कुछ देना ही चाहते हैं तो मैं अब इन्कार नहीं कर सकता। लेकिन, वह चीज़ मेरी अपनी पसन्द की होगी।''

जलनेवाले राजदरबारी फिर से कहने लगे—''देखो गोनू झा की कुटिलता। राजा की भावनाओं को कितनी होशियारी से भुना रहा है। अब माँगेगा कोई अनमोल, बेशक़ीमती चीज़ और मालामाल हो जाएगा।

परन्तु राजा ने कहा—''ठीक है तुम्हारी जो इच्छा हो माँग लो।''

''तो महाराज, मेरी पीठ पर हज़ार कोड़ों की स्मृति दी जाए।''

''क्या मतलब!'' अब राजा भी चकराए—''गोनू झा; मैंने स्मृति चिह्न की बात की है, दंड की निशानी देने की बात नहीं कही है।''

''हाँ महाराज! आपने स्मृतिचिह्न की बात कही है और मैं भी वही स्मृतिचिह्न ही माँग रहा हूँ। मेरी पीठ पर यदि हज़ार कोड़े बरसेंगे तो वह मेरे लिए ऐसी यादगार वस्तु हो जाएगी, जिसे मैं जन्म-जन्मांतर तक नहीं भुला सकूँगा।'' गोनू झा ने कहा।

राजदरबारी भी सकते में आ गए। कुछ लोगों ने तो यह भी कह दिया कि गोनू सनक गया है। राजा ने भी कई बार कहा, परन्तु गोनू झा अड़े रहे—"मुझे तो बस 1000 कोड़ों की भेंट ही चाहिए।"

आखिरकार कोड़ा और कोड़े मारनेवाले को बुलावाया गया। गोनू झा से भयंकर रूप से जलनेवाले दरबारी प्रसन्न थे कि अब मज़ा आएगा जब पीठ छिलेगी तब।

गोनू झा आगे बढ़े और कोड़े मारनेवाले के सामने खड़े हो गए। लोग साँस रोके प्रतीक्षा कर रहे थे कि अब गोनू झा अपनी पीठ उघाड़ेंगे और अब उनकी पीठ पर कोड़े बरसेंगे। गोनू झा ने एक नज़र पूरे दरबार को देखा और फिर राजा से कहा—"महाराज! मैंने जिस 1000 कोड़े की बात कही है; वास्तव में मैं तो उसमें सिर्फ़ 500 कोड़ों का ही अधिकारी हूँ। 500 कोड़े के हक़दार तो हमारे द्वारपाल जी हैं क्योंकि उनकी शर्त के मुताबिक यहाँ से कुछ भी इनाम या भेंट पानेवाले को अपना आधा उनको देना पड़ता है। इसलिए बेहतर होगा महाराज कि पहले 500 कोड़ों की भेंट उन्हें दी जाए और शेष 500 कोड़े मुझे।"

द्वारपाल के तो होश ही उड़ गए वह लगा विनती और ख़ुशामद करने और राजा से क्षमा माँगने, राजा यह जानकर जितने क्षुब्ध हुए, उतने ही क्रोधित भी। उन्होंने स्पष्ट कहा कि जिस राज्य के कर्मचारी इस तरह से बेईमान हो जाएँ उस राज्य की प्रगति ही रूक जाएगी और ऐसे कर्मचारियों को दंडित न करने से राज्य में अनीति और अनाचार का बोलवाला हो जाएगा। उन्होंने आदेश दिया कि इसे इनाम के हिस्से के रूप में मिलने वाले 500 कोड़े तो दिए ही जाएँ, साथ ही उसको सेवा से बर्खास्त भी समझा जाए।

प्रतियोगिता में गोनू झा के शामिल होने का आग्रह उन्हें अब समझ में आ गया था। उन्होंने गोनू झा को ढेर सारे उपहार दिए और कहा—"जिस राज्य में गोनू झा जैसे सजग, कर्तव्यनिष्ठ और बुद्धिमान लोग हो, उस राज्य की ख़ुशहाली कभी मलिन नहीं पड़ सकती।

गोनू झा का बदला

यह कथा इस समय की है, जब गोनू झा के घर में लक्ष्मी कृपालु होकर नहीं आई थीं। वे उनसे रूठी हुई थीं। परिणामतः गोनू झा का जीवन इतनी निर्धनता में बीतता था कि दो जून की रोटी के लिए भी लाले पड़े हुए थे। सुबह खाते तो शाम के लिए झखते और शाम में कुछ मिलता तो इसका कोई ठिकाना नहीं रहता कि सुबह कुछ मिलेगा भी या नहीं।

परन्तु निर्धनता गोनू झा की बुद्धि, विवेक, चतुराई आदि पर काबू न पा सकी थी। वह उनकी उस विकराल निर्धनता में भी खरे सोने की तरह चमचमाती रहती थी।

गोनू झा का एक छोटा भाई था—भोनू झा वह भी उनके साथ ही रहता था। परंतु हृदय में असीम प्यार होते हुए भी गोनू झा इस स्थिति में नहीं थे कि छोटे भाई को प्रेम का भौतिक सुख दे सकते।

एक दिन जब दोनों भाई भूख से बिलबिला उठे, तब उन्होंने गाँव छोड़कर कहीं और जाकर कमाने का निश्चय किया। भोनू झा ने कहा—"भैया! चलें, हम लोग कहीं और चलते हैं। परदेस में कोई यह तो देखने आएगा नहीं कि हम क्या कर रहे हैं? ऊँच-नीच काम तो गाँव-जबार में होता है। परदेस में तो कोई भी काम किया जा सकता है। इसलिए यहाँ रहकर भूखे मरने से बढ़िया है कि परदेस जाकर कमाया जाए और गुज़ारा किया जाए।"

गोनू झा जितनी ही तीक्ष्ण बुद्धि के थे, भोनू झा उतने ही मतिमन्द। परन्तु, पेट की आग सम्भवतः मूर्ख को भी होशियार बना देती है। तभी तो भोनू झा आज ऐसी सयानी बातें कर रहे थे। गोनू झा ने भोनू झा की हाँ में हाँ मिलाई और दोनों भाई यात्रा पर चल निकले। साथ में एकाध कपड़े तो थे, परन्तु रास्ते के भोजन के नाम पर न तो खाद्यान्न का एक दाना था और न ही राह ख़र्च के मद में एक फूटी कौड़ी ही।

दोनों भाई चलने लगे। चलते गए, चलते गए। चलते गए। जब काफी चल

चुके तब भोनू झा ने गोनू झा से कहा–"भैया! मैं अब बिल्कुल नहीं चल पाऊँगा। एक तो वैसे ही पेट में कई दिन से कुछ गया नहीं है। दूसरे इतनी दूर चलने से थकान भी काफी हो गई है। अब तो भूख और कमज़ोरी से मुझे चक्कर आ रहे हैं।

गोनू झा यह सुनकर बड़े दुःखी हुए। वे कहने लगे–"मैं कैसा अभागा भाई हूँ जो अपने संगे छोटे भाई की भूख भी शान्त नहीं कर पा रहा। परन्तु, मैं करूँ भी तो क्या! मेरे पास न तो भोजन है, न पैसे जिससे खाने की कुछ चीज़ ही ख़रीदकर ला सकूँ।" फिर भी, भोनू झा को सान्त्वना देते हुए बोले–"भाई! तुम्हारी बात तो सोलह आने में सवा सोलह आने सच है। लेकिन अभी की हालत तुम देख ही रहे हो। ऐसे में जब "पैसा न कौड़ी, बीच बाज़ार में दौड़ा दौड़ी" तो हो नहीं सकती। यह जगह भी निर्जन है। हिम्मत करो और थोड़ा और आगे चलो, बस्ती में प्रवेश मिल जाए तब कुछ खाने पीने का जुगाड़ भी लगाया जा सकता है।

भोनू झा बिल्कुल अशक्त हो चुके थे परन्तु सिवाय चलने के और उपाय ही क्या था! सो भाई की बात मानकर वे चल पड़े गोनू झा के संग।

चलते-चलते आखिर दोनों भाइयों ने एक नगर में प्रवेश किया। नगर से वे जब गुज़र रहे थे तो उन्हें सामने एक हलवाई की दुकान दिखाई दी। तरह-तरह की मिठाइयों से उठ रही सुगन्ध से भोनू झा एकदम व्याकुल हो उठे और जब दुकान के सामने पहुँचे तो तरह-तरह की रंग बिरंगी मिठाइयाँ देखकर तो वे बच्चों की तरह मचल उठे...वे गोनू झा से बोले–"भैया! यह देखो दुकान! ब्राह्मण आदमी मिष्ठान्न के सामने से ऐसे ही बिना कुछ पाए कैसे गुज़र सकता है। और मेरी तो वैसे ही भूख से जान निकली जा रही है। भैया! कुछ कीजिए।"

गोनू झा बोले–"ठीक है! तुम्हें मिठाई मिलेगी। पर ध्यान से सुनो! मैं जैसा कहता हूँ, वैसा ही करना। तुम दुकान में जाओ। जो-जो मिठाई जितनी-जितनी खाने की इच्छा हो, खाओ मैं बाद में दुकान में आऊँगा। परन्तु तुम्हारा भाई बनकर नहीं। मैं किसी अपरिचित व्यक्ति की तरह दुकान में घुसुँगा। तुम ऐसे रहना जैसे न तो तुमने मुझे कभी देखा है और न ही तुम कभी मुझसे मिले हो। जब मिठाई से तुम्हारा मन और पेट दोनों भर जाए तब हाथ-मुँह धो लेना और दुकान से जाने लगना। दुकानदार जब तुमसे पैसे माँगेगा, तब तुम कहना कि पैसे तो मैंने पहले ही दे दिए हैं। इस पर वह तुमसे झगड़ेगा। तुम भी उससे लगातार लड़ते रहना।"

"इसके बाद?"

"इसके बाद की मेरे ऊपर छोड़ दो। मैं सँभाल लूँगा।"

"मुझे पिटवाएँगे तो नहीं आप?" भोनू झा ने डरते हुए अपनी आशंका ज़ाहिर की।

"अरे मेरे भाई! तुम और मैं एक ही माँ की कोख से पैदा हुए हैं। उस पर भी तुम मुझसे छोटे हो। इसलिए मेरे पुत्र के समान हो। मैं तुम्हें कैसे पिटते देख

सकता हूँ! तुम बेफिक्र होकर जाओ।''

और भोनू झा दुकान के अन्दर चले गए। यथा-इच्छित मिठाइयाँ मँगवाते गए और खाते गए। इसी बीच गोनू झा भी थोड़े समय के बाद दुकान में घुसे और भोनू झा से थोड़ी दूरी बनाकर बैठ गए।

गोनू झा ने भी अपनी पसन्द की मिठाइयाँ मँगवाई और खाने लगे। उन्होंने तिरछी नज़रों से देखा—भोनू झा मगन होकर मिठाई खाए चले जा रहे हैं। वे तनिक मुस्कुराए और फिर ख़ुद भी खाने में व्यस्त हो गए।

इधर भोनू झा ने छककर मिठाई खाई। जब वे तृप्त हो गए तब उठे। हाथ-मुँह धोया और चलने लगे। दुकानदार ने देखा कि अरे, यह तो बिना पैसे दिए ही चला जा रहा है तो उसने भोनू झा को रोका और पैसे देने को कहा। भोनू झा ने तनिक नाराज़गी दिखाते हुए कहा—''दो-दो बार पैसे लेते हो क्या? पैसे तो मैंने आते ही दे दिए थे।

यह सुनकर दुकानदार के क्रोध का ठिकाना न रहा। वह ज़ोर-ज़ोर से भोनू झा को चोर, ठग, बेईमान कहने लगा, हल्ला-गुल्ला सुनकर भीड़ वहाँ इकट्ठी हो गई। दुकानदार ने भोनू झा का गला पकड़ लिया। यह देख कुछ लोग बीच-बचाव करने के लिए लपके।

मौका देखकर भोनू झा ने बीच-बचाव के लिए आगे आए व्यक्तियों से कहा—यदि आपको मेरी बात का विश्वास नहीं हो रहा तो वो देखिए। यहाँ एक सज्जन मिठाई खा रहे हैं। उनसे पूछ लीजिए मैंने उन्हीं के सामने उनको पैसे दिए थे।'' भोनू झा ने गोनू झा की ओर इशारा करके कहा जो जल्दी-जल्दी मिठाई खा भी रहे थे और डरे-डरे से इधर-उधर देख भी रहे थे।

तभी राजा का एक सिपाही भीड़ देखकर वहाँ आ पहुँचा। दुकानदार ने सिपाही से सारी कथा कह सुनाई। सिपाही ने अब भोनू झा से पूछा। भोनू झा ने फिर से वही कहा कि मैंने रुपए दे दिए हैं। दुकानदार ने फिर से बिफरते हुए कहा—''कब दिए है रे तूने पैसे? झूठा कहीं का?''

सिपाही ने भोनू झा से पूछा—''तुमने पैसे दे दिए हैं, इसका कोई सबूत है क्या तुम्हारे पास?''

''जी सिपाही जी! वह आदमी जो वहाँ बैठा खा रहा है, उसी से पूछ लीजिए। मैंने उसी के सामने इसे पैसे दिए थे।''

सिपाही ने अब गोनू झा से पूछा—''क्या तुमने इस आदमी को दुकानदार को पैसे देते हुए देखा है।''

सिपाही की इस दरयाफ़्त से गोनू झा रोने लगे। वे रोते भी जा रहे थे और अपने पत्तल पर की मिठाई भी जल्दी-जल्दी खाते जा रहे थे। ''जब वे मिठाई समाप्त कर चुके, तब वे सिपाही से बोले—''जी सिपाही जी! इसने पैसे इसको दिए है, यह

तो मैंने देखा है।''

''लेकिन तुम रो क्यों रहे हो?'' सिपाही ने पूछा।

''इसलिए सिपाही जी कि इस आदमी ने जो पैसे इसे दिए है, वह तो मैंने देखा। मैं तो यह भी देख रहा हूँ कि यह दुकानदार पैसा लेकर भी दुबारा पैसा ऐंठने के लिए इस भले आदमी को किस तरह तंग कर रहा है। मैं तो इसलिए रो रहा हूँ कि अब यह मुझसे भी झंझट करेगा और मुझसे भी कहेगा कि पैसे निकाल, जबकि इसी भले आदमी की तरह मैंने भी इसे पैसे दे दिए हैं।'' आप कृपा करके मुझे भी अपने सामने ही निकल जाने दीजिए, नहीं तो यह मुझ जैसे सीधे-सादे आदमी को भी परेशान करेगा।''

दुकानदार तो हक्का-बक्का! एक तो यह आदमी (भोनू झा) पैसे न देकर भी ज़िद कर रहा है कि पैसे दे दिए हैं, और अब यह भी कह रहा है कि पैसे दे दिए हैं। वह हाय-हाय करने लगा। उसने सिपाही से कहा–''सिपाही जी! ये लोग ज़रूर ठग हैं और मुझे ठग रहे हैं। आप इनकी बात का भरोसा मत कीजिए सिपाही जी।''

परन्तु दो-दो आदमियों के मुँह से एक जैसी बात सुनकर वहाँ उपस्थित सभी व्यक्तियों और सिपाही ने दुकानदार को फटकारा, सिपाही ने उसे चेतावनी दी कि इस तरह की धोखाधड़ी वह बन्द करे, वरना वह उसे हवालात में भेज देगा।

दोनों भाई वहाँ से बेदाग़ छूट लिए। थोड़ी दूर पर जाकर दोनों साथ हो लिए आगे बढ़े तो उन्हें एक धर्मशाला दिखी। तब तक रात भी हो चली थी। गोनू झा ने रात वहीं बिताने का फैसला किया। पेट मिठाइयों से भरा हुआ था ही।''

भोनू झा ने कहा–''भैया! भूख के मारे आज हम लोगों ने एक अनैतिक काम किया है। एक भोले-भाले दुकानदार को ठगा है। कितना बुरा किया हम लोगों ने?''

गोनू झा ठठाकर हँस पड़े–''अरे बेवकूफ़! मैंने उसे ठगा नहीं है, बल्कि उसकी ठगी का बदला उससे लिया है।''

भोनू झा कुछ समझ न सके। वे गोनू झा का मुँह ताकने लगे। गोनू झा ने कहा–''जानते हो यह कौन है? आज से तीन साल पहले इसी के पास मैंने अपना लोटा बन्धक रखा था। और बाद मैं जब बन्धक छुड़ाने गया तो वह बन्धक की बात से ही साफ़ मुकर गया था। आज मैंने उसी का बदला चुकाया है। सच पूछो तो अभी तो उसे लोटे का दाम वसूल ही नहीं हुआ है। यह तो अभी सूद ही है केवल।

भोनू झा भाई की बात सुनकर चमत्कृत हो गए। और इधर गोनू झा? वे मन्द-मन्द मुस्कुराते हुए हथेली पर तम्बाकू मलते रहे।

गोनू झा की भैंस

मिथिला नरेश ने एक बार गोनू झा पर प्रसन्न होकर कुछ माँगने को कहा तो गोनू झा ने उनसे एक भैंस माँग ली ताकि घर में सभी दूध-दही का लाभ उठा सके। राजा ने उन्हें भैस दिलावा दी। गोनू झा भैंस की ख़ूब सेवा करते। अपने हाथों चारा खिलाते, उसकी खरखरी (बदन सहलाना) करते। राजा के यहाँ तो वह भैंस समूह में थी इस लिए सामूहिक तरीक़े से ही उसकी देखभाल होती थी; इसलिए वह देखने में सामान्य स्वास्थ्य की लगती थी। परन्तु जब वह गोनू झा के यहाँ पहुँची तब गोनू झा पूरे ध्यान से मन प्राण से उसकी सेवा करने लगे। उनके यत्नपूर्वक की गई देखभाल के कारण भैंस की देह निकल आई और वह बहुत ख़ूबसूरत दिखने लगी। सेहत अच्छी हो जाने के कारण दूध भी ख़ूब देने लगी। थोड़े ही दिनों गोनू झा के भैंस की धूम मच गई।

समाचार राजा के कानों में भी पड़ा, परन्तु दूसरे तरीक़े से हुआ यह कि गोनू झा से जलनेवाले लोगों ने अपने तरीके से ढेर सारी नमक-मिर्ची लगाकर राजा को कह सुनाया—"महाराज! गोनू झा आपसे जलते हैं। वे चाहते तो हैं आपका राज-पाट तक हथिया लेना। परन्तु आपके पुण्य-प्रताप से यह सम्भव नहीं। इसलिए वे आपको नीचा दिखाने का प्रयत्न कर रहे हैं।"

"वह कैसे? राजा ने पूछा।"

"महाराज! ज़रा उसकी भैंस देखिए। कितनी मोटी-ताज़ी करके रखा हुआ है। उसके मुकाबले में तो महाराज की कोई भैंस नहीं ठहरती। गोनू झा तो प्रत्यक्ष रूप से आपका अपमान कर रहे हैं महाराज!"

राजा को बड़ा क्रोध आया। उन्होंने गोनू झा की भैंस मरवा डालने का आदेश दे दिया। गोनू झा की भैंस मार डाली गई। उनसे जलनेवाले लोग बड़े प्रसन्न हुए, किन्तु गोनू झा बड़े दुःखी हुए। लेकिन राजाज्ञा के आगे कर ही क्या सकते थे। वे मन मसोसकर तो रह गए, पर मन ही मन प्रतिज्ञा की कि वे इसका बदला अवश्य लेंगे।

जब भैंस उठाने के लिए चर्मकार पहुँचे तब गोनू झा ने उन्हें अतिरिक्त पैसे देकर उसकी खाल ले ली। जब रात आधी हो गई और गोनू झा को इत्मीनान हो गया कि सभी सो गए हैं तो उठे और भैंस की खाल गाँव के बाहर एक पीपल के पेड़ पर रख दिया। अब वे रोज़ रात में उस पेड़ पर जाकर बैठ जाते।

एक रात वे उस पेड़ पर बैठे थे, तभी चोरों का एक झुंड वहाँ पहुँचा। वे सब चोरी करके लौटे थे। वे सब उसी पेड़ के नीचे बैठकर चुराए गए माल का बँटवारा करने लेगे। चोरों में एक चोर को रतौंधी (रात में दिखाई न देना) की बीमारी थी। उसने अन्य चोरों से कहा–"देखना! ठीक से बँटवारा करना। बेईमानी मत करना। बेईमानी करोगे तो भगवान तुम्हारे ऊपर ब्रज गिराएँगे।" लेकिन बावज़ूद इसके, चोर अपनी बेईमानी में लगे रहे। वे सोने के गहने व सिक्के आदि अपनी तरफ़ कर ले रहे थे तथा चाँदी व गिलट के गहने उसकी तरफ़ कर दे रहे थे। गोनू झा ऊपर से सब देख रहे थे। उन्होंने देखा कि यही सुनहरा मौक़ा है, बस, झट से भैंस की खाल नीचे गिरा दी।

इतने दिनों में खाल सूखकर इतनी कड़ी हो गई थी कि उस पर उंगली से चोट करो तो आवाज़ निकलती थी। सो पूरी की पूरी खाल जब ऊपर से गिरी तो बड़ी ज़ोर की खरपर की आवाज़ हुई। चोरों ने समझा कि बेईमानी करने के कारण सचमुच में ब्रज उनके ऊपर आ गिरा है। वे सब डर गए और प्राण लेकर भागे। सारी चीज़ें नीचे यूँ ही बिखरी पड़ी रहीं। गोनू झा ने नीचे उतरकर सब कुछ समेटा

और घर की ओर चल पड़े।

घर पहुँचकर उन्होंने पड़ोस से तराजू मँगवाई। पड़ोसिन को बड़ा आश्चर्य हुआ कि इतनी रात में ऐसी कौन सी चीज़ आ गई गोनू झा के जिसे तोलने के लिए उन्होंने तराजू मँगाया है। उसने तराजू के नीचे थोड़ा सा गीला आटा चिपका दिया।

गोनू झा ने तराजू में चिपकाए गए आटे को देख लिया। उन्होंने जानबूझकर उसमें एक अशर्फी चिपका दी, अशर्फी देखकर पड़ोसन हल्का-बक्का रह गई। उसने अपने पति से यह बात बताई। बिजली की गति से यह बात गाँव में फैल गई कि गोनू झा को इतने रुपए मिले हैं कि जिसको गिनने की नहीं, तोलने की ज़रूरत आ पहुँची।

एक-एक कर गाँव के सभी लोग गोनू झा के यहाँ पहुँचने लगे। सब यह जानने को उत्सुक और बेचैन थे कि गोनू झा के पास इतना धन आया कहाँ से? गोनू झा ने सबसे अलग-अलग कहा कि इस भैंस ने मेरी तक़दीर खोल दी। यही गाँव के बाहर जो पीपल का पेड़ है, उस पर एक भूत रहता है। उसे भैंस की खाल बहुत पसन्द है। वह एक भैंस की खाल पर एक लाख रुपए देता है। मेरे पास तो दुर्भाग्य से एक ही भैंस की खाल थी। इसलिए महज एक लाख रुपए मिले। लेकिन मैंने उससे वादा किया है कि कल मैं उसे एक सौ भैंसों की खाल लाकर दूँगा। तब सोचिए, मेरे पास कितने पैसे हो जाएँगे। लेकिन, सुनो, यह बात किसी से कहना नहीं, वरना कल खोजने पर भी मुझे भैंस नहीं मिलेगी और भैंस न मिली तो खाल नहीं मिल पाएगी और खाल नहीं मिलने से भूत पैसे भी नहीं देगा।

सभी यह बात सुनकर सुनकर चुप्पी लगा जाते। किन्तु गोनू झा झा ख़ुद ही सबको एक एक करके बता भी रहे थे और सभी को ताकीद भी कर देते थे कि वह यह राज किसी के आगे ज़ाहिर न करे। चुपके-चुपके ही यह बात चारों ओर फैल गई। दूसरे दिन सुबह होते-होते हज़ारों भैंसों की जान चली गई। जिनके पास भैंस नहीं थी, वे चारों ओर भैंस के लिए मारे-मारे फिरने लगे। मगर कौन अभागा होगा जो कुछ रुपयों में भैंस बेचकर भूत से मिलनेवाले लाख रुपए छोड़ देता। सुबह नौ-दस बजते-बजते सारी भैंसों का सफ़ाया हो गया। यहाँ तक कि राजा की भैंसों को भी चुराकर मार डाला गया।

रात में भैंस की खाल लेकर सभी गाँव के बाहर के पीपल के पेड़ के पास पहुँच गए। कुछ पेड़ पर बैठ गए, कुछ पेड़ के नीचे। बाक़ी इधर-उधर, जिधर जगह मिली, बैठ गए।

सारी रात वे सभी पीपल का पेड़ अगोरे बैठे रहे, मगर कहीं कुछ भी हासिल न हुआ। अलबत्ता सभी के भैंसों की जान ज़रूर चली गई। सुबह सभी छाती पीटते, माथा धुनते, हाय-हाय करते लौट आए।

सभी क्रोध से भरे हुए थे। सभी ने सोचा कि गोनू झा ने हम सभी को ख़ूब

छकाया। वे सब राजा के पास फरियाद लेकर पहुँचे। राजा को भी यह सुनकर बड़ा क्रोध आया। उन्होंने तुरन्त गोनू झा को हाज़िर होने को आदेश दिया।

गोनू झा आए। राजा ने पूछा—"यह कैसी शैतानी है, गोनू झा? पूरा का पूरा गाँव भैंस विहीन हो गया। अब गाँव के बाल-बच्चे दूध-दही कैसे खाएँगे-पिएँगे। इन सभी भैंसों की हत्याओं के आप ज़िम्मेदार हैं उसकी सज़ा तो मिलेगी ही निरपराध भैसों की हत्या का पाप भी आपको लगेगा।"

गोनू झा ने विनम्र स्वर में कहा—"महाराज! आप राजा हैं, आप आदेश, सज़ा जो भी देंगे, मुझे स्वीकार होगा। परन्तु मुझे यह बताया जाए कि क्या मैंने किसी से कहा था कि वह अपनी भैंस मार डालें?

"तो फिर यह हुआ कैसे? आपने ही तो सभी को लोभ दिलाया।" राजा ने गुस्से से तमतमाते हुए कहा।

गोनू झा ने हँसते हुए उत्तर दिया—"महाराज! मुझे क्या पता था कि ये सभी इतने बेवकूफ़ हैं। सोचिए ज़रा, कहीं भूत-प्रेत होते हैं और भूत-प्रेत पैसे देते हैं! महाराज! यह भी सोचिए कि जब मेरी भैंस मारी गई तब क्या किसी ने अफसोस ज़ाहिर किया! सब उल्टा ख़ुशी मना रहे थे। मेरी भूतवाली बात पर सभी ऐसे बेहाल हो गए, जैसे कहीं रुपयों की बारिश हो रही है। और मुझे तो लगता है कि यदि कोई भूत रहा भी होगा तो इतनी भीड़ देखकर वह भी जान लेकर भाग खड़ा हुआ होगा।

गोनू झा की बात सुनकर राजा को भी हँसी आ गई। गाँववालों के आगे सिवाय हाथ मलने के और कोई उपाय ही नहीं था। वे सब पछताते विदा हो लिए। और गोनू झा! वे सदा की तरह मन्द-मन्द मुस्कुराते हुए तम्बाकू मलते रहे।

गोनू झा की बिल्ली

एक बार की बात हैं। मिथिला नरेश ने सभी दरबारियों को एक-एक बिल्ली पालने के लिए दी और निर्देश दिया कि इसकी ख़ूब अच्छी तरह से देखभाल की जाए। इसे भरभूर दूध पिलाया जाए, ख़ूब खिलाया जाए। दो माह बाद मैं सभी की बिल्लियाँ देखूँगा। जिसकी भी बिल्ली कमज़ोर नज़र आएगी, उससे इसके बारे में कैफियत तलब की जाएगी और दंड भी दिया जाएगा।

सभी दरबारी एक-दूसरे का मुँह देखने लगे। बिल्ली के लिए दूध? जितना दूध उन लोगों के घर में आता था, बच्चों को ही पूरा न पड़ता था। इस बिल्ली के लिए दूध कहाँ से आएगा? सब चिंतित, परन्तु चुप थे।

गोनू झा भी वहीं थे। उन्होंने कहा—"महाराज, आप चिन्ता न करें। हम बिल्ली की देखभाल उस गौ माता से भी बढ़कर करेंगे जो इस बिल्ली को दूध पिलाने के लिए आपके सौजन्य से हमारे घर आएगी। हम सारा का सारा दूध बिल्ली रानी की सेवा में अर्पित कर देंगे। गाय का क्या है? वह तो घास खाएगी, पड़ी रहेगी। परन्तु बिल्ली तो नौलखे हार की तरह क़ीमती है।

गोनू झा ने इशारों-इशारों में ही अपनी माँग राजा के सामने रख दी थी। राजा समझ गए। सभी दरबारियों को एक-एक गाय दे दी गई।

अब सारे दरबारी जी-जान से बिल्ली की सेवा में जुट गए। वे स्वयं दूध दुहते और बिल्ली को पिलाते। सबके मन में यह बात थी कि जिसकी बिल्ली जितनी अधिक हष्ट-पुष्ट रहेगी, राजा की कृपा दृष्टि उतनी ही अधिक उन पर पड़ेगी।

इधर गोनू झा गाय पाकर बड़े प्रसन्न थे। पत्नी से गाय लाने का वादा कर चुके थे। इसलिए बेखौफ़ घर पहुँचे गाय की रस्सी थामे हुए। पत्नी ने दरवाज़ा खोला तो गाय उसके आगे कर दी। पत्नी ने गाय की आरती उतारी, पैसे लुटाए। गोनू झा ने कहा—"अब तो तुम्हारी साध पूरी हुई न! अब जी भरकर दूध पियो, दही खाओ।"

"परन्तु यह बिल्ली?" साथ में बिल्ली देखकर पत्नी ने पूछा।

"अरे भाग्यवान"! बिल्ली नहीं, लक्ष्मी बोल! इसी के बलबूते तो यह गाय मिली।" कहते हुए गोनू झा ने सारा किस्सा कह सुनाया और उसके बाद की अपनी योजना पर अमल करने को तत्पर हो गए।

दूध दुहा गया। उबाला गया। गोनू झा ने खौलता दूध एक बड़े कटोरे में मँगवाया। फिर बिल्ली बुलवाई।

बिल्ली को दूर से ही दूध की गन्ध लग गई थी। वह भागती हुई आई। ज्यों ही वह कटोरे के पास पहुँची, गोनू झा ने उसे पकड़ लिया और उसका सर पकड़कर मुँह गरम दूध में डाल दिया। बिल्ली का मुँह जल गया। वह म्याऊँ-म्याऊँ करती भाग खड़ी हुई।

दूसरे, तीसरे, चौथे, पाँचवे दिन भी गोनू झा ने फिर वही किया। फिर से खौलता दूध मंगवाया और बिल्ली का मुँह उसमें डाल दिया।

छठे दिन भी वैसे ही दूध मँगवाकर रखा गया। बिल्ली भी बुलाई गई। परन्तु यह क्या! ज्यों ही उसने दूध का कटोरा देखा। उल्ले पाँव वह भाग खड़ी हुई। अब गोनू झा सपरिवार दूध का उपभोग करने लगे। बिल्ली के आगे रूखा-सूखा डाल देते। हाँ, बीच-बीच में वे वही गरम दूध वाला धन्धा दुहराना न भूलते। परन्तु बिल्ली भी अब समझ चुकी थी। दूध का कटोरा देखते ही भाग लेती।

दो महीने बाद राजा ने सबको बिल्ली सहित बुलवाया। सबकी बिल्लियाँ तन्दुरुस्त थीं। सब एक-दूसरे को बढ़-चढ़कर बता रहे थे कि वे किस तरह से अपनी बिल्ली की देखभाल करते हैं। सबको उम्मीद थी कि उनकी बिल्ली को देखकर राजा प्रसन्न होंगे और पुरस्कार के रूप में धन, ज़मीन आदि देंगे।

गोनू झा भी अपनी बिल्ली के साथ आए थे। दुबली-पतली मरियल सी बिल्ली देखकर सभी हैरत में पड़ गए। उनसे जलनेवाले दरबारी तो मन ही मन बहुत प्रसन्न हुए कि अब तो गोनू झा दंड से बच नहीं सकते।

राजा ने सभी की बिल्लियाँ देखीं। गोनू झा की भी। वे भी उस बिल्ली की अवस्था देखकर हैरत में पड़ गए। राजा ने गोनू झा से पूछा—"क्यों महाशय, आपकी बिल्ली इतनी कमज़ोर क्यों है? क्या इसे दूध नहीं पिलाते?"

"महाराज!" गोनू झा ने बड़े विनम्र स्वर में कहा—"यह बिल्ली तो दूध की ऐसी दुश्मन है कि पूछिए मत, मुँह ही नहीं लगाती दूध को।"

राजा को बड़ा विस्मय हुआ। बिल्ली और दूध से परहेज़?

गोनू झा ने फिर कहा—"अगर महाराज को मेरे कथन पर सन्देह हो रहा तो स्वयं देख लें। आप एक कटोरा दूध मँगवाएँ फिर देखें कि यह क्या करती है।"

दूध मँगवाया गया। बिल्ली गोनू झा की गोद में थी। जैसे ही उसने दूध देखा, वह गोनू झा की गोद से छूटने के लिए बेताब हो उठी और जैसे ही गोनू झा ने उसे छोड़ा, वह दूध की उल्टी दिशा में भाग खड़ी हुई। दूध की तरफ़ उसने आँख

उठाकर भी न देखा।

राजा गोनू झा की चतुराई समझ गए। वे मुस्करा उठे। गोनू झा भी मन्द मन्द मुस्कुराते रहे। राजा ने ढेर सारे उपहारों के साथ गोनू झा को विदा किया। अन्य दरबारी यही नहीं समझ पाए कि बिल्ली की ऐसी दुर्दशा करनेवाले गोनू झा को राजा ने क्यों इतने उपहार दिए और उन लोगों को उन्होंने पूछा तक नहीं।

गोनू झा का बैल

गोनू झा के पास काफी खेत था। उस पर वे अपनी देखरेख में हल जुतवाते, खेती कराते, हल चलाने के लिए उनके पास एक जोड़ी पछाँही बैल थे–ख़ूब सुन्दर, हृष्ट-पुष्ट, उन्होंने एक बैलगाड़ी भी रखी हुई थी जिसे वे दोनों बैल ही चलाते थे। गोनू झा दोनों बैलों को बहुत प्यार करते थे। उनको नहलाने-धुलाने से लेकर उनके चारा तथा रहने की जगह का स्वयं मुआयना करते थे।

संयोग की बात कि इन दोनों बैलों में से एक बैल बीमार पड़ा। गोनू झा ने काफी दवा, इलाज किया। किन्तु वे उस बैल को बचा न सके, बैलों से गोनू झा को विशेष लगाव था, इसलिए कई दिनों तक उसका विछोह उन्हें टीसता रहा। परन्तु कब तक? आखिर खेत जोतने के लिए बैल तो चाहिए ही। लिहाजा एकदिन वे पशुहाट में पहुँचे और काफी देखभाल कर एक बैल ख़रीद लिया।

यह बैल पहलेवाले बैल की तरह ही सुन्दर, ऊँचा और मज़बूत था। गोनू झा को लगा कि उनकी जोड़ी अच्छी जमेगी।

बैल लेकर गोनू झा गाँव की ओर चले। रास्ते में उन्हें एक आदमी मिला। गोनू झा के हाथ में बैल की रस्सी देखकर उसने पूछा–"गोनू बाबू! बैल ख़रीदा क्या? गोनू झा ने हाँ में जवाब दिया। उसने फिर पूछा–"कितने में ख़रीदा?" गोनू झा बोले–"मत पूछो भाई। बड़ा मँहगा है। पूरे 25 रुपए लग गए इसको ख़रीदने में।" आदमी बोला–"तो क्या हुआ गोनू बाबू! रुपया लग गया तो लग गया, बैल तो अच्छा मिला न!" "हाँ यह तो है!" कहकर गोनू झा आगे बढ़ गए।

कुछ दूर जाने पर फिर एक व्यक्ति मिला उसने भी वही सब पूछा। गोनू झा झा ने भी वही सब जवाब दिया। फिर तो घर तक पहुँचते-पहुँचते इतने सारे लोग मिले और इतनी बार उन्हें वह सब कुछ कहना पड़ा कि वे तंग आ गए।

दूसरे दिन जब वे हल में जोतने के लिए बैल को खोल रहे थे, तब भी उधर से कोई एक गुज़रा और उसने भी वही सवाल किया। गोनू झा को फिर जवाब देना

पड़ा, मगर इसके बाद वे इतना भन्नाए, इतना भन्नाए कि बस! उन्होंने बैल की रस्सी खोली और उसे दौड़ाते हुए ले गए। और अरहर के एक खेत में घुसा दिया। स्वयं वे एक पेड़ पर चढ़ गए और शोर मचाने लगे—"दौड़ो, दौड़ो गाँववालों, बाघ है बाघ!"

गोनू झा का चिल्लाना सुनकर पूरे गाँववासी वहाँ जुट गए। उन सबने इधर-उधर देखा मगर बाघ का कहीं कोई अता-पता तक न था। गाँववालों ने आश्चर्य से पूछा—गोनू बाबू, बाघ-बाघ चिल्ला रहे हैं मगर कहाँ है बाघ!" गोनू झा ने अपने बैल की तरफ़ इशारा कर दिया। गाँववाले फिर हैरान हो गए। वे बोले—परन्तु गोनू झा यह बाघ कहाँ है? यह तो आपका बैल है जिसे आप कल ख़रीदकर लाए थे।"

"जी! यह मेरा बैल ही है जिसे कल मैं पूरे पचीस रुपए देकर ख़रीदकर लाया हूँ। सुना आप लोगों ने? यह मेरा बैल .है जिसे कल मैं पचीस रुपए में खरीदकर लाया हूँ।" ऐसा उन्होंने तीन-चार बार कहा।

लोगों ने समझा कि गोनू झा पागल हो गए हैं। लेकिन गोनू झा ने कहा—"कल से, जबसे मैंने बैल ख़रीदा तब से पचास लोग इसके बारे में पूछ चुके। मैं उत्तर देते-देते थक गया, इसलिए मैंने सोचा कि पूरे गाँव को ही बता दूँ कि बैल मैंने कितने में ख़रीदा है। कब ख़रीदा है!"

"मगर जब आपको घोषणा ही करनी थी तो बाघ-बाघ क्यों चिल्लाए?

"इसलिए कि बैल का नाम सुनकर कोई थोड़े ही अपने घर से निकलता! बाघ के नाम से तो सभी यहाँ आ गए।"

गोनू झा की बातें सुनकर सभी हँस पड़े। गोनू झा भी पेड़ से उतरकर तम्बाकू मलने लगे।

गोनू झा और हज्जाम

मिथिला के लोग मिथिला शब्द के शुरूआती अक्षर यानी ''म'' से आरम्भ होनेवाली तीन खाद्य पदार्थों पर जान छिड़कते हैं। ये हैं—मछली, मडुआ और मखाना। मछली तो यहाँ के लोगों के लिए शुभ का प्रतीक है। यात्रा पर या किसी शुभ काम के लिए निकलते वक़्त मछली देखकर या खाकर निकलना यहाँ के निवासियों के दैनिक जीवन का एक चरित्र है। गोनू झा भी इसके अपवाद न थे।

एक दिन गोनू झा हाट गए वहाँ ज़रूरत की जो थोड़ी बहुत ख़रीदारी करनी थी, की फिर वहाँ से मछली बाज़ार की तरफ़ मुड़े। हाट में आदमी जाए और मछली न ले, गोनू झा इसे कैसे बर्दाश्त कर जाते!

मछली बाज़ार में एक से एक मछलियाँ थी—मांगुर, गिरई, झीगा, रोहू, उन्हें एक डेढ़ हाथ बड़ी रोहू मछली पसन्द आ गई। मोल-तोल करके उसे ख़रीदा और उसके मुँह में रस्सी फँसाकर मछली को लटकाया और हाथ में लेकर घर की ओर चल पड़े।

हाट के गाँव के रस्ते में नाना तरह की योजनाएँ उनके मन में मछली को लेकर बनने लगी। फिर को दाल में डालकर बनाया जाएगी, पेटीवाले आधे हिस्से को तलकर और आधे में झोर (शाखा) लगाकर तैयार करवाऊँगा, सुनी मछली चूरा के भूँजे के साथ कितनी स्वादिष्ट लगती है और सरसों के मसाले में आम की खटाई डालकर पकाई गई झालदार मछली और गरम-गरम भात-गोनू झा बच्चों की तरह किलक उठे।

गोनू झा के गाँव में एक हज्जाम (नाई) रहता था। वह बहुत ही धूर्त और फन्देबाज था। लोगों को ठग लेना या बेवकूफ बना लेना उसके बाएँ हाथ का खेल था। उसने जब देखा कि गोनू झा डेढ़ हाथ की लम्बी मछली टांगे लिए चले जा रहे हैं तो उसके भी मुँह में पानी भर आया वह सोचने लगा कि इस मछली को कैसे हासिल किया जाए। कोई और आदमी होता तो वह कुछ भी कह-सुन उससे मछली झटक लेता। मगर वहाँ तो ख़ुद ही गोनू झा थे। और उनसे मछली झटक लेना इतना आसान थोड़े ही था।

मगर हजाम भी सौ धूतों का एक धूर्त था। उसने मन ही मन ख़ुद को ही चुनौती दी और कहा—''यदि आज इस मछली को गोनू झा से नहीं हथियाया तो

मैं भी अपने बाप का बेटा नहीं।" उसने मन ही मन कुछ तय किया और गोनू झा की तरफ़ चल पड़ा।

जैसे ही वह गोनू झा के सामने आया, उसने गोनू झा को नमस्कार किया और कहा—"हाट से आ रहे हैं क्या गोनू बाबू, आप उधर हाट गए और इधर जुलुम हो गया।"

गोनू झा मन ही मन आशंकित हो उठे। वे पूछने लगे—"क्यों? घर पर सब राजी-कुशल तो है न! दो-तीन घंटे में ऐसा कौन सा अनर्थ हो गया?"

"एह गोनू बाबू, मत पूछिए, इधर आप हाट की ओर रवाना हुए और उधर आपकी माँ..." और इतना कहकर वह लगा फूट-फूटकर रोने।

गोनू झा तो जैसे काठ हो गए। माँ चल बसी! ऐ! अभी तो भोर में जब मैं हाट के लिए निकला था तब वे भात पकाने के लिए चावल चुन रही थीं। अचानक क्या हो गया जो वह इस तरह सिधार गई!" गोनू झा अपनी माँ को बहुत चाहते थे। इसलिए जब हजाम ने उन्हें यह ख़बर सुनाई तो वह स्तब्ध रह गए। पहले उन्हें लगा कि कहीं यह हजमा झूठ तो नहीं बोल रहा। फिर लगा कि किसी के मरने-वरने की बात कोई ये ही क्यों करेगा! ख़ैर! अब तो छूतक पड़ गया। इसमें मछली तो खाई नहीं जा सकती। उन्होंने रोते हुए हजाम को चुप कराया और मछली उसे देते हुए कहा—"ले रे! ई मछली का भोग तुम्हीं को लिखा था। हमारे जैसा कौनो होगा अभागा जो एक तो माँ गई दूसरे ई माछ।" ऐसा कहकर वे सोक मनाते हुए घर की ओर चल पड़े।

हजाम तो इतना ख़ुश हुआ, इतना ख़ुश कि उसे लगा, जैसे उसे मछली नहीं, कुबेर का खजाना मिल गया। दरअसल उसे मछली मिलने की ख़ुशी जितनी नहीं थी, उससे ज़्यादा आनन्द की बात इसलिए थी कि उसने गोनू झा जैसे व्यक्ति को बेवकूफ़ बना दिया। और यह उसकी नज़र में राजा से इनाम पाने से भी ज़्यादा बढ़कर था। वह ख़ुश-ख़ुश घर गया और पत्नी से बोला—"ये लो माछ और ऐसा मज़ेदार झोरवाला बनाओ कि बस, खाकर मन तृप्त हो जाए क्योंकि यह मछली अगर स्वादिष्ट न बनी तो इस मछली का कोनो मोजर नहीं।"

"क्यों, ऐसा कौन सुरखाब का पर लगा है इस मछली में पत्नी ने पूछा।

"अरे मत पूछो। मछली तो मेरे लिए एक बरात में मिले नेग और बिदाई से ज़्यादे महत्त्व की है।" कहते हुए हजाम ने उसे सारी बातें बता दीं।

इधर सोक-मनाते गोनू झा घर पहुँचे तो घर पर सब सामान्य पाया। माँ आँगन में बैठी गेहूँ धूप में पसार रही थी। गोनू झा की जान में जान तो आई ही; उन्हें हजाम की कहीं बातों पर हैरानी भी हुई। वे बोल ही पड़े—"माँ, तुम अच्छी तो हो?"

माँ को बड़ी हैरानी हुई —"क्यों, मुझे क्या हुआ है? मैं तो भली चंगी हूँ। तुम कहो, तुम तो हाट गए थे न माछ लाने, यहाँ भात पकाकर और मसाला पीस

कर रखा हुआ है कि माछ लेकर आओगे तब तो मछ पकेगा। कहाँ है माछ?

गोनू झा उलझन में पड़ गए माँ की बातों को तो टाल दिया और अन्दर कमरे में आकर लेट गए। उन्हें चैन नहीं आ रहा था वे समझ नहीं पा रहे थे कि आखिर हजाम ने ऐसा किया तो क्यों किया? अब वे हजाम की उस समय की भाव-भंगिमा के बारे में याद करने लगे। जिस समय वह उनसे बात कर रहा था। अब गोनू झा ने लक्ष्य किया कि अधिकांश समय हजाम की नज़र गोनू झा के हाथ में लटक रही मछली पर भी गड़ा रही थी। वे एकदम से सब कुछ समझ गए।

"अच्छा! तो इस हजाम ने हमी को उल्लू बनाया है। अच्छी बात है! हजमा रे, ते भी क्या याद रखेगा किससे पाला पड़ा है। ठहर जा!" गोनू झा ने मन ही मन सोचा।

गोनू झा ने शिकायत की कि उनके मलद्वार के निकट एक फोड़ा निकल आया है इधर वे आठ दिनों तक लगातार खाते रहे, मगर शौच के लिए एक बार भी नहीं गए। फोड़ा निकालने की बात पर हजाम को बुलाया गया क्योंकि तब शल्य चिकित्सक होते कहाँ थे? वैद्य दवाइयाँ देते थे और चीर-फाड़ का काम नाई करते थे।

गोनू झा ने घर से दूर एक फूस का छोटा सा कमरा बनवाया था। और वहीं चौकी पर लेट गए। चौकी को कमर के नीचे वाले स्थान से बड़ी सी गोलाई में काट दिया गया था, ताकि हजाम नीचे झुककर अपना काम कर सके।

हजाम आया। गोनू झा बड़े प्रेम से उससे मिले। बातें की। उसकी कुशलता, काम कमाई-धमाई का हाल-चाल पूछा। हजाम पहले तो डरा हुआ था, मगर गोनू झा को इस तरह सामान्य ढंग से बातें करते देख आश्वस्त हुआ।

वह अपना साजो-सामान लेकर नीचे झुका यह देखने कि फोड़ा कहाँ है और कितना बड़ा है। जैसे ही वह झुका, गोनू झा ने आठ दिनों से पेट में जमाकर रखा हुआ सारा मल उसके ऊपर निकालना शुरु कर दिया। कमरा बेहद तीख़ी और दम घोंट देनेवाली दुर्गन्ध से भर गया। और हजाम की हालत तो आप सोच सकते हैं। इधर गोनू झा का कहना जारी रहा--ले बेटा हजमा! मछली ले गया था न! उस दिन मछली खाई तो आज यह परस्वाद भी लेता जा।

गोनू झा ने सारा इन्तजाम करके रखा हुआ था। वे उठे हजाम को भी उठाया गया पानी व दूसरे कपड़े रखे हुए थे। हजाम को नहला-धुलाकर दूसरे वस्त्र दिए गए। जब उसने नहा-धोकर कपड़े-वपड़े पहन लिए, तब गोनू झा ने तलहथी में मलते खैनी की एक चुटकी उसकी ओर बढ़ा दी और कहा कि ले बेटा, जाते-जाते ई चैतन्यचूर्ण लेता जा ताकि याद रहे कि किसी को इस तरह धोखा न दो। इस तरह के झूठ से किसी की जान भी जा सकती है। आज का यह सबक तुम्हारे लिए काफी है।" कहते हुए गोनू झा ने बची हुई तम्बाकू होठों में दबाई और मन्द-मन्द मुस्कुराते हुए घर की ओर चल पड़े।

गोनू झा और महाजन

अपने आरम्भिक दिनों में गोनू झा बहुत ग़रीब थे। पैसे-पैसे को मुहताज जिन्दगी तो रुखा-सूखा खाकर किसी तरह कट जाती, परन्तु जब कोई विशेष कार्य सामने आ जाता तो पैसे के अभाव में उसे पूरा करना विकट समस्या होती; तब इधर-उधर सें माँगकर कर्ज़, उधार लेकर वे काम चलाते।

ऐसे ही एक बार उनके यहाँ कोई विशेष काम आ पड़ा जिसे सम्पन्न करने के लिए गोनू झा ने अपने गाँव के महाजन से 200/- रु. कर्ज़ लिए तब के ज़माने में दो सौ रुपए भी बहुत बड़ी चीज़ होती थी। कर्ज़ लेकर गोनू झा ने अपना काम तो चला लिया, परन्तु महाजन का वह कर्जा सधाते कैसे? आमदनी का कोई दूसरा रास्ता नहीं था और दैनिक आवश्यक ख़र्च कम करने का भी कोई उपाय न था।

महाजन वैसा ही था जैसा आमतौर पर अन्य महाजन होते हैं—परम लालची क्रूर और दुष्ट, उसकी यही एक मान्यता थी "कि घोड़ा घास से यारी करेगा तो खाएगा क्या? मैं अगर लोगों को कर्ज़ा देकर भूल जाऊँ या उस पर सूद न लूँ तो मेरा धन्धा चलेगा या उसका भट्ठा बैठ जाएगा। आखिर उसके पैसे गाँववाले के ही काम आते हैं। उसके पास पैसे न हुए तो गाँववालों का काम कैसे चलेगा?"

महाजन भयंकर सूदखोर भी था। मूल पर कड़ा ब्याज लेता था। गोनू झा पर भी उसने अपने सूद का वही पुराना दर थोपा। नतीजन छह-सात महीने में ही उसका मूल और ब्याज मिलकर एक हज़ार रुपए हो गया। अब वह गोनू झा से रात-दिन तगादा करने लगा—"मेरे पैसे वापस कीजिए।"

गोनू झा ने गिड़गिड़ाकर कहा—"महाजन, इतने रुपए मैं कहाँ से लाऊँगा। आप कुछ सूद छोड़ दीजिए। "अरे वाह! सूद छोड़ दूँ। जब तुम लोग जजमानी करने जाते हो, तब क्या कहते हो कि इतनी दान-दक्षिणा क्यों देते है? कुछ कम कर दिया जाए। सो तो लोग अगर पूरा महल अटारी दे दें दान में तो तुम लोगों को तो वह भी कम पड़ेगा। और मेरे पैसे जब तुम पर बन रहे हैं तब कह रहे हो कि कम कर दूँ?"

गोनू झा गिड़गिड़ाते रहे और महाजन अपनी धौंस दिखाकर चला गया। गोनू झा हताश और परेशान वहीं बैठे रह गए।

संयोग से महाजन के बेटे की शादी पड़ी। अब तो वह अपने पैसे के लिए गोनू झा को और भी तंग करने लगा। उसने गोनू झा को अपने यहाँ बुलवाया और कहा—"देखिए, मेरे बेटे की शादी है। शादी-ब्याह के घर में कितना ख़र्चा पड़ता है, आपको मालूम है। इसलिए अब आप मेरे पैसे वापस कर दीजिए।

गोनू झा व्यंग्य-विनोदी तो थे ही, मुस्कुराते हुए कहा—"मालिक! ख़र्चा तो बेटी के ब्याह में होता है। बेटा तो सोलह दाँतवाला बैल होता है। उसकी शादी में ख़र्चा कैसा!"

उनकी बात सुन महाजन बिगड़ पड़ा। उसने कहा—"मैंने आपको अपने पैसे लौटाने के लिए बुलाया है, आपसे उपदेश सुनने के लिए नहीं। मैं आपको एक महीने का समय देता हूँ। इस अवधि में आप मेरे पैसे चुका दें, वरना मुझसे बुरा और कोई न होगा।"

बेचारे गोनू झा क्या करते? उदास घर लौट आए। एक महीने में दिन ही कितने होते हैं! देखते ही देखते बीत गए। गोनू झा न तो रुपए की व्यवस्था कर सके, न ही महाजन का कर्ज़ा उतार सके।

महीना पूरा होने के अगले दिन गोनू झा अपने खेत में काम कर रहे थे। महाजन ने इस बार उन्हें अपने यहाँ नहीं बुलवाया; बल्कि ख़ुद ही उनके पास पहुँच गया और आँखें लाल-पीली करते हुए बोलने लगा—"तुम बहुत बड़े बेईमान हो। तुम्हारे जैसा दगाबाज़ मैंने आज तक नहीं देखा। एह! रुपए लेने के समय कैसे तलुए सहला रहे थे। और अब देने के वक़्त कमर टूट रही है। मेरे पैसे हड़प कर जाना चाहते हो? मैं भी आज तय करके आया हूँ कि बिना पैसे लिए मैं यहाँ से हिलूँगा नहीं।"

महाजन की बात सुनकर गोनू झा ने कुछ भी नहीं कहा। बस, अपने खेत में ही लगे एक पेड़ पर चढ़ गए। महाजन ने सोचा कि यह मुझे धोखा देकर यहाँ से भागना चाहता है। इसलिए वह पेड़ की जड़ के पास बैठ गया और बिगड़ने लगा—"पेड़ पर छुप जाने से क्या होगा? कब तक पेड़ पर चढ़े रहोगे? आज तो मैं जब तक रुपए नहीं ले लूँगा, यह पेड़ छोड़कर नहीं जाऊँगा।"

पेड़ पर चढ़े-चढ़े गोनू झा ने कन्धे पर से अपना गमछा निकाला और पेड़ की डाल से उसे बाँध दिया फिर बोले—"देखिए महाजन, मैं आपकी वजह से फाँसी लगाकर मर रहा हूँ!"

"फाँसी?" गोनू झा की बात सुनकर महाजन चौंका ऊपर देखा तो सचमुच गोनू झा ने गमछे से गले का फन्दा बना रखा था। अब तो महाजन डर के मारे काँपने लगा। उसने सोचा कि यदि सचमुच यह मर गया तो सबसे बड़ी बात तो यह कि ब्रह्म हत्या का पाप लगेगा। फिर गाँववाले इस पाप के कारण मेरा हुक्का-पानी

बन्द कर देंगे। गोनू झा निर्धन ज़रूर हैं, मगर अपनी बुद्धिमानी के कारण दूर-दूर तक जाने जाते हैं। इसलिए इनकी मृत्यु की बात छुपी तो रहेगी नहीं। और उनकी मृत्यु का कारण मैं हूँ। यह जानकर तो लोग मेरी एक भी दशा बाक़ी न रखेंगे। इतनी बड़ी बात राजा से कैसे छुपी रह सकती है। वे तो जीते जी ही मेरी खाल खींचकर उसमें भुस भरवा देंगे। ऐसा सोचकर वह झट से बोला–'' नहीं, नहीं। ऐसा मत कीजिए गोनू झा। मुझे यहाँ से जाने दीजिए, फिर आपकी जो मर्ज़ी हो, वह कीजिए।'' कहते हुए महाजन वहाँ से जाने लगा।

परन्तु गोनू झा ने कहा–''ऐसे कैसे चले जाइएगा। आप भाग नहीं सकते। भागेंगे तो मैं चिल्लाऊँगा, अगल-बग़ल से लोग आएँगे और आपको धर दबोचेंगे। मेरे पास पैसे नहीं हैं। रोज़-रोज़ आपकी बातें सुनकर रोज़-रोज़ मरने से तो अच्छा है, एक ही बार मर जाना। इसलिए मैं आज यहीं आपके सामने फाँसी लगाकर मर रहा हूँ। मैंने राजा को लिखकर भी भेज दिया है कि महाजन का कर्ज़ा न सधा पाने के कारण महाजन मुझे दिन रात गाली देता है, जिसकी वजह से आज मैं अपनी इहलीला समाप्त कर रहा हूँ। मेरी मौत के पूरे ज़िम्मेदार आप हैं, आप! आपका नाम पता भी मैंने उस पत्र में लिख दिया है।

महाजन को काटो तो ख़ून नहीं। डर के मारे उसके चेहरे का रंग ही उड़ गया। वह थर-थर काँपते हुए बोला–''देखिए गोनू झा; ऐसा जुल्म मत कीजिए। मैं अपने रुपए में से एक सौ रुपए छोड़ देता हूँ। अब आप नीचे आ जाइए!''

गोनू झा बोले–''एक सौ रुपए से क्या होगा? मैं नौ रुपए कहाँ से लाऊँगा? नौ सौ देने की ताकत होती तो यह सौ रुपए भी मैं चुका ही देता। इसलिए मुझे तो मरना ही पड़ेगा। ''इतना कहकर गोनू झा ने गमछे का फन्दा गरदन में लगा लिया और नीचे कूदने हेतु तैयार हो गए।

यह देख महाजन जल्दी से बोला–''नहीं, नहीं गोनू झा! रुक जाइए। मैं आधा सूद यानी पूरे चार सौ रुपए छोड़ देता हूँ। अब तो आप नीचे आ जाइए।''

''चार सौ घटा दूँ तो भी छह सौ बच जाते हैं। आप मेरी हालत जानते हैं। आप भी क्यों अपना धंधा चौपट करते हैं। मुझे मर जाने दीजिए। देखिए लोगों के बीच आपका नाम कितना फैलेगा कि इस महाजन के पैसे न लौटाने पर लोगों को प्राण तक त्यागने पड़ते हैं। इसलिए लोग भविष्य में आपको हर हालत में पैसे लौटाएँगे। मेरे मरने से आपका कितना उपकार होगा?''

''उपकार तो मेरी अपनी ही जान बचने पर होगा। भविष्य की बात भविष्य में देखी जाएगी गोनू झा! लीजिए। मैं अपना पूरा सूद छोड़ता हूँ!''

''हाय! ये मूल के दो सौ मेरे पास होते तो मैं आपके पास हाथ ही क्यों फैलाता! आपने पूरा सूद छोड़कर मुझ पर बड़ा उपकार किया है। फिर भी, मेरे लिए दो सौ रुपए बहुत भारी हैं। कहाँ से लाऊँगा इन्हें?''

"गोनू झा, यह तो अन्याय है! आप मेरे मूल के पैसे भी नहीं देना चाहते। चलिए कोई बात नहीं कल मेरे बेटे का विवाह है। आज मेरी वजह से आपको कुछ हो गया तो कल उसकी शादी कैसे होगी। ठीक है, मैं आधा मूल भी छोड़ देता हूँ।

गोनू झा नीचे उतर आए। हँसते हुए बोले—"अब तो सिर्फ़ सौ रुपए बच गए हैं?" महाजन बोला—"परन्तु ये सौ रुपए ही आप कब देंगे?"

गोनू झा बोले—"बस कल ही! कल आपके बेटे का विवाह करवाने मैं पहुँच जाऊँगा। 51/-रुपए विवाह करवाने के, 21/-रुपए तिलक चढ़वाने के 21 रुपए ग्रहशान्ति के और 21 रुपए वर-वधू की गाँठ जोड़ने कुल कितने हुए?'

"एक सौ चौदह रुपए!" महाजन बोला।

"उसमें से सौ रुपए काटकर चौदह रुपए कल दे दीजिएगा। अब जाइए घर, लोग आपकी राह देख रहे होंगे।"

महाजन वहाँ से चला गया। गोनू झा ने उसी गमछे से मुँह पोछा और अपनी चिर परिचित मुस्कान के साथ तम्बाकू निकालकर हथेली पर मलने लगे।

गोनू झा का सपना

गोनू झा माँ काली के अनन्य भक्त थे। सुबह-शाम भक्तिपूर्वक उनकी पूजा करते, आरती उतारते, बग़ैर उनकी अर्चना किए और भोग लगाए अन्न-जल ग्रहण न करते।

उनकी पूजा-अर्चना और भक्ति भाव से माँ काली बड़ी प्रसन्न हुई। परन्तु उन्हें इस बात की आशंका थी कि यदि वे अपने असली रूप में गोनू झा के सामने प्रकट होंगी तो सम्भवतः गोनू झा उन्हें न पहचानें क्योंकि इस धरती की रीति ही यही हो गई है कि लोग मन्दिरों और घरों पर तो देवी-देवता को उनके उसी रूप में पूजते हैं, जिस रूप में उनकी कल्पना की गई है। किन्तु उस रूप में प्रकट होने पर मानव जाति उन्हें पहचानने से ही इन्कार कर देते हैं।

इसलिए पहले उन्होंने मोहिनी रूप बनाकर गोनू झा के सामने प्रकट होने की सोची। मोहिनी रूप उन्होंने धारण भी किया तथा जल में अपना प्रतिबिम्ब देखा। परन्तु अपने इस रूप पर वे स्वयं ही इतनी मोहित हो गईं कि उन्हें लगा कि यदि गोनू झा उन्हें न पहचानकर उनके इस मोहिनी रूप पर आसक्त हो गए तो क्या होगा? वैसे भी गोनू झा इतने चतुर हैं कि उनके तर्कों के आगे जीतना बड़ा कठिन है। इसलिए बेहतर तो यही है कि उन्हें अपना अत्यन्त भयानक, डरावना रूप दिखाया जाए ताकि वे डर जाएँ। साथ ही इसकी भी परीक्षा हो जाएगी कि वे कितने बुद्धिमान हैं अगर वे उन्हें नहीं पहचान पाते है तो भी वे यह तो देख सकेंगी कि उनके इस भयानकतम रूप को देखकर गोनू झा की क्या प्रतिक्रिया होती है।

यह सोचकर उन्होंने अत्यन्त विकराल रूप बनाया। उस समय जो स्वरूप बनाया था उसमें उनके एक हज़ार चेहरे थे और दो हाथ एक हज़ार फड़कती नाक, दो हज़ार लाल-लाल आग उगलती आँखें। उन्हें विश्वास था कि उनका यह रूप देखकर गोनू झा के होश गुम हो जाएँगे।

गोनू झा गहरी नींद में थे, जब माँ काली अपने एक हज़ार चेहरोंवाले स्वरूप के साथ उनके पास प्रकट हुई। गोनू झा ने उन्हें देखा। वे तुरन्त बिस्तर पर से उतर

गए और उन्हें साष्टाँग दंडवत किया। फिर उन्हें देखकर वे हँसने लगे।

अब माँ काली अचम्भे में पड़ गई। कहाँ तो वे यह समझकर आई थीं कि गोनू झा उन्हें पहचान नहीं पाएँगे और उनके इस विकराल रूप को देखकर डर जाएँगे। परन्तु यहाँ तो उल्टा ही हुआ। गोनू झा ने उन्हें साष्टाँग दंडवत किया, इसका अर्थ यह था कि वह उन्हें पहचान गए हैं। परन्तु इस विकराल रूप को देखकर वे डरे नहीं, उल्टा हँसने लगे, यह रहस्य उन्हें समझ में नहीं आया। उन्होंने गोनू झा से पूछा–" तुम मुझे देखकर डरे नहीं?"

गोनू झा ने उत्तर दिया–"बाघ को देखकर सभी डरते हैं, परन्तु उनके बच्चे नहीं। मैं तो आपका ही बालक हूँ। इसलिए आपको देखकर मुझे क्यों भला डर लगने लगे?'

"परन्तु मेरे ऐसे स्वरूप को देखकर मनुष्य तो मनुष्य, असुरों के भी प्राण निकल जाएँ, वैसी स्थिति में भी तुम डरने के बदले हँसने लगे?"

गोनू झा ने उत्तर दिया–"माता! हम लोगों के पास एक ही चेहरा है और एक चेहरे पर भी एक ही नाक है, आँख की तरह दो-दो नहीं, फिर भी जब सर्दी-जुकाम हो जाता है और नाक बहने लगती है तो इन दोनों हाथों से पोंछते-पोंछते तबाह हो जाता हूँ। परन्तु, देख रहा हूँ कि आपके तो एक हज़ार चेहरे हैं, इसलिए एक हज़ार नाक, परन्तु हाथ तो दो ही हैं। सो जब आपको जुकाम होता होगा तो मात्र इन दो हाथों से एक हज़ार नाक कैसे पोंछती होंगी–यह सोचकर ही मुझे हँसी आ गई।

गोनू झा की इस बात को सुनकर माँ काली भी ठठाकर हँस पड़ीं। वे उनकी बुद्धि हाज़िर जवाबी से बहुत ही प्रसन्न हुई उन्होंने कहा–"देख रही हूँ कि तुम बहुत ही चालक हो, मैं तुम्हारी भक्ति-आराधना से तो प्रसन्न थी ही, तुम्हारी बुद्धित्त्व चतुराई ने मुझे प्रभावित भी बहुत किया। मैं तुमसे बहुत ही प्रसन्न हूँ। तुम वर माँगो।"

गोनू झा ने हाथ जोड़कर कहा–"माता! आप सदा मेरे ऊपर अपनी कृपा दृष्टि बनाए रखिए, इससे बड़ा वरदान मेरें लिए और क्या हो सकता है!"

माँ काली बोली–"वह तो रहेगी ही! फिर भी, मैं तुम्हें आशीर्वाद देती हूँ कि बुद्धि, ज्ञान और व्यवहार में कोई भी तुम्हें परास्त नहीं कर सकता। किसी भी समस्या का समाधान तुम्हें तुरन्त ही मिल जाएगा।" यह कहकर वे अंतर्ध्यान हो गई।

गोनू झा की नींद खुल गई। वे अपने स्वप्न पर विचार करने लगे। देवी की कृपा और आशीर्वाद के सामने अपना सर झुकाया। कहा जाता है कि जिस तरह से माँ काली के आशीर्वाद से महामूर्ख कालिदास महापंडित बन गए; उसी तरह से देवी के आशीष से गोनू झा के भी गुण और ज्ञान की ख्याति चारों ओर फैलने लगी।

गोनू झा की पढ़ाई

"पूत के पाँव पालने से ही पहचान लिए जाते हैं" "—गोनू झा इस लोकोक्ति के सटीक उदाहरण थे। हाज़िर जवाबी, तुरन्त और तीक्ष्ण बुद्धि के लक्षण उनमें बचपन से ही उजागर होने लगे थे। तरह-तरह की बातें बनाकर और बातों से लोगों को करारी मात देने में गोनू झा बचपन से ही आगे और अलग-थलग दिखाई देने लगे थे।

गोनू झा के माता-पिता चाहते थे कि ब्राह्मण-वंश की परम्परा के मुताबिक गोनू झा ख़ूब पढ़ें और पढ़कर पंडित बनें ताकि अपनी पंडिताई के बल पर वे राज दरबार में प्रवेश कर सकें। जो एक बार वहाँ प्रवेश मिल गया तो समझ लीजिए कि पूरी जिन्दगी में काम से छुट्टी। और जो कहीं राजा की कृपा दृष्टि उन पर पड़ी और वे उनके खासमख़ास में से एक हो गए, तब तो यूँ समझिए कि पाँचों नहीं, दसो उँगलियाँ घी में।

किन्तु गोनू झा! उनका तो सारा ध्यान बातें बनाने और गप्पे हाँकने में चला जाता। एक से एक गप्प सुनाते कि लोग दाँतों तले उँगलियाँ दबा लेते। बातें तो इतनी गंभीरता से कह जाते कि लोगों को लगता कि अरे, सचमुच ऐसा था क्या?

इन सब बातों के पीछे गोनू झा का ध्यान इतना अधिक रहता और वे इतने ज़्यादा इन सबमें मशगूल रहते कि अपनी पढ़ाई की तरफ़ ध्यान ही नहीं दे पाते। दरअसल, पढ़ाई-लिखाई में उनका मन लगता ही नहीं था। कहने को वे नित्य पाठशाला जाते थे, किन्तु वहाँ केवल जाना भर ही होता था। पढ़ाई-लिखाई से जैसे कोई मतलब ही नहीं था।

उनकी इस आदत से गोनू झा के गुरुजी बड़े परेशान रहते थे क्योंकि गोनू झा न तो कक्षा में ही पढ़ाई करते और न ही सबक याद करके आते। उनकी इस हरकत से तंग आकर एक दिन गुरुजी ने गोनू झा से कहा—"देखो गोनू, तुम दिन पर दिन शैतान होते जा रहे हो। न तो स्वयं पढ़ते हो न किसी दूसरे को पढ़ने देते हो। मैं तुम्हें चेतावनी देता हूँ कि ऐसा करना बन्द करो। कक्षा में शान्तिपूर्वक रहो,

पाठों को सुनो, याद करो और मुझे सुनाओ। यदि तुमने ऐसा न किया तो मैं तुम्हारे माता-पिता से तुम्हारी शिकायत कर दूँगा।"

अब तो गोनू झा बड़े मुश्किल में पड़े। वे तो यह समझते थे कि पढ़ूँ या न पढ़ूँ इससे क्या फर्क़ पड़ता है। माँ-बाबूजी तो यही समझते हैं कि बेटा स्कूल जा रहा है। और इसी बहाने समय पर खाना भी मिल जाता है। मैं पढ़ने में अपना समय दूँ। यह सोचकर वे मुझसे कोई काम भी नहीं कराते। स्कूल में भी कोई काम नहीं होता। अगर घर में शिकायत हो गई और बाबूजी ने गुस्से में स्कूल छुड़ा दिया तब तो यह सारी की सारी मौज-मस्ती धरी की धरी रह जाएगी। यह सब सोचते हुए गोनू झा ने विनम्र स्वर में गुरुजी से कहा —नहीं गुरुजी! अब मैं अपना समय खेलने-कूदने या व्यर्थ की गप्पें हाँकने में नहीं लगाऊँगा। अब मैं मन लगाकर पढ़ूँगा। विश्वास न हो तो आप मुझे पाठ देकर देख लें। मेरे मन में भी यह बहुत बड़ा अरमान है कि आपको पाठ याद करके सुनाऊँ और आपसे शाबाशी बटोरूँ!

गुरुजी फँस गए गोनू झा के चक्कर में पुस्तक में से एक पाठ निकालकर देते हुए कहा—"यह पाठ कल याद करके आना। ध्यान रहे कि यदि बिना पाठ याद किए ही कक्षा में आए तो खाल खींचकर भूसा भरवा दूँगा।

छुट्टी के बाद गोनू झा यथावत अपने खेल-कूद और गप्पों में लग गए। पाठ याद करने की फुर्सत मिलती, तब तो पाठ याद किया आता। इसलिए वे सुबह कक्षा में धीरे-गंभीर बनकर बैठ गए। गुरुजी ने गोनू झा का यह रूप देखकर सोचा कि लगता है कि गोनू झा सुधर गया है। तब तो निश्चित रूप से पाठ याद करके लाया होगा। इसलिए पूरी कक्षा का संचालन करते-करते वे गोनू झा के पास पहुँचे और उनसे कहा—" अब तुम मुझे पाठ सुनाकर अपना शौक़ पूरा कर लो।"

गोनू झा थोड़ी देर चुप रहे। फिर थोड़ी देर बाद बोले—"गुरुजी! कल मैं आपको पाठ अवश्य सुना दूँगा।"

गुरुजी डाँटने लगे—"क्यों? कल कहा तो बोले कि आज नहीं, कल सुनाऊँगा और आज भी वही बात बोल रहे हो कि कल सुनाऊँगा? बात क्या है? तुम अपने-आपको सुधारना चाहते भी हो या बस आवारागर्दी करते हुए दिन गुज़ारना चाहते हो?"

गोनू झा ने फिर से दुहरी विनम्रता से कहा—"नहीं गुरुजी! मैं कल अवश्य सुनाऊँगा।"

इस पर गुरुजी ने कहा—"कान खोलकर सुन लो। तुम जैसे दस छोकरों को मैं अपने अंगोछे में बाँधकर रखता हूँ। बड़े-बड़े तीसमार खाँ मैंने सुधार दिए हैं तो तुम किस खेत की मूली हो? तुमने विनती की है तो एक बार फिर से तुम्हारी विनती मान लेता हूँ और एक अवसर और देता हूँ। लेकिन अब कल केवल पाठ नहीं, पूरी पुस्तक ही समाप्त करके आना होगा। अगर ऐसा नहीं किया तो मार-मार कर पीठ

की खाल उतार लूँगा।''

किन्तु गोनू झा तो गोनू झा ही ठहरे। उन्हें कहाँ समय कि वे किताब देखें और पाठ याद करें। वे अपनी दैनिक चर्या में लगे रहे। पाठशाला जाने का जब समय हुआ तब नहा धोकर तैयार हो गए। भरपेट भोजन किया और चल पड़े पाठशाला की ओर।

कक्षा चल रही थी। गुरुजी पूरी कक्षा से प्रश्न पूछ रहे थे। पूछते-पूछते वे गोनू झा के पास पहुँचे और पूछा—''तो, आज क्या विचार है?''

''कैसा विचार गुरुजी! मैं तो आपका आज्ञाकारी शिष्य हूँ। आपने जैसा कहा था, मैंने ठीक वैसा ही कर दिया है।''

गुरुजी की समझ में कोई विशेष बात नहीं आई। उन्होंने तो यही समझा कि आज मार के डर से गोनू झा पाठ करके आया है। इसलिए वे बोले—''शबाश! तुम्हें गुरु आज्ञा का पालन करना ही चाहिए। चलो, अब सुनाओ पाठ!

गोनू झा झा बोले—''पाठ! कैसा पाठ? आपने तो कहा था कि कल पोथी समाप्त करके ही आना। सो आपके आज्ञानुसार मैंने पोथी समाप्त करके फेंक दी। तो मेरे पास पोथी रही कहाँ जो मैं पाठ बाद करता!''

गुरुजी सुनकर अवाक्! सारी कक्षा मुँह दबाकर खी-खी-खी करके हँसने लगी। और गोनू झा वे मन्द-मन्द मुस्कुराते रहे।

स्वर्ग से चिट्ठी

गोनू झा की चतुराई, वाक्पटुता और हाजिर जवाबी से प्रसन्न होकर राजा ने उन्हें अपना दरबारी बना लिया था। गोनू झा से राजा हर कठिन समय में सलाह लेते। अपने बुद्धि-कौशल से वे राजा को न केवल उस कठिनाई से उबार लाते, बल्कि हर काम को वे हास्य, व्यंग्य और समझदारी का पुट देते हुए करते। नतीजा होता कि राजा की कठिनाई दूर भी हो जाती और यह कठिन समय उन्हें भारी भी नहीं लगता। इसकी वजह से वे राजा के अत्यन्त प्रिय हो गए। गोनू झा के बग़ैर राजा एक भी नए काम में हाथ नहीं लगाते।

परन्तु गोनू झा के इस बढ़ते प्रताप से अन्य दरबारी ईर्ष्या करने लगे। हर एक जलनेवाले ये दरबारी गोनू झा को कैसे मिटाया जाए, इस मुद्‌दे पर एकमत हो गए। सभी उन्हें अपने रास्ते से हटाने का उपाय सोचने लगे। उसी दरबार में एक नाई भी था। वह बेहद शातिर और काइयाँ किस्म का इन्सान था। उसे अपनी छल बुद्धि पर बड़ा नाज था। उसने सभी दरबारियों को आश्वस्त किया और कहा कि आप लोग घबराएँ नहीं। गोनू झा को मैं ठिकाने लगाऊँगा और ऐसे कि राजा क्या साक्षात् इन्द्र भगवान भी आ जाएँ तो उन्हें भी इस बात का पता नहीं चलेगा कि उन्हें कैसे रास्ते से हटाया गया।" इतना कहकर वह अपनी योजना बनाने लगा।

राजा के पिता की मृत्यु हो गई थी। किन्तु राजा की अपने पिता पर असीम श्रद्धा थी। प्रत्येक दिन स्नान व पूजा के बाद वे अपने पिता की समाधि पर फूल-माला चढ़ाने जाते थे। इसमें एक भी दिन का व्यक्ति क्रम नहीं होता था। नाई ने इसी का फायदा उठाने की सोची। एक दिन राजा जब अपने पिता की समाधि पर फूल चढ़ाने पहुँचे तब उन्होंने समाधि पर एक पुर्जा पड़ा देखा। राजा ने उसे उठा लिया और खोला तो देखा कि वह एक पत्र था। राजा उसे पढ़ने लगे। उसमें लिखा था—"पुत्र, तुम मेरे सच्चे सपूत हो। मरने के बाद भी तुम मेरा इतना ख़्याल रखते हो, तुम्हारी इस पितृभक्ति को देखकर मैं बहुत प्रसन्न हूँ। परन्तु, मैं यहाँ अकेला हूँ। कोई ढंग

का बात करनेवाला भी नहीं है, न ही कोई मुझे कोई पूजा-पाठ करानेवाला सच्चा ब्राह्मण ही कोई मिल सका है। इन दोनों बातों से मुझे बड़ा कष्ट है। यदि तुम सचमुच मुझसे प्रेम करते हो तो मेरे इन कष्टों को दूर करो। मेरे ये कष्ट सिर्फ़ एक ही व्यक्ति दूर कर सकता है और वह है गोनू झा। तुम उसे मेरे पास भेज दो। मुझ पर बड़ा उपकार होगा। भेजने का मार्ग मैं तुम्हें बताता हूँ। गाँव के पूरबवाले श्मशान पर जो टीला है, उस पर उन्हें बिठाकर ऊपर से दो सौ गाड़ी पुआल रखकर आग लगा दो। उस आग की उठती लपट के साथ ही साथ वे भी उठकर मेरे पास आ जाएँगे। मैं तुम्हें यह वचन देता हूँ कि मैं कुछ दिन उन्हें अपने साथ रखूँगा। फिर तुम्हारे पास वापस भेज दूँगा। तुम स्वस्थ, सुखी और प्रसन्न रहो, यह हृदय से आशीर्वाद देता हूँ।

पत्र पढ़कर राजा चकरा गए। ऐसा आश्चर्य आज तक उन्होंने देखा था, न सुना था। स्वर्ग से पिता की चिट्ठी। क्या ऐसा सम्भव है? वे मन ही मन तर्क-वितर्क करने लगे। यह गोनू झा के विरुद्ध किसी का षडयन्त्र है या सचमुच पिता का आदेश, एकदम से वे इसका निश्चय नहीं कर सके। अन्त में उन्होंने सोचा कि दरबारियों के आगे इस पत्र का हाल बताया जाए और देखा जाए कि उनकी क्या राय बनती है।

नियत समय पर दरबार लगा। राजा ने उस पत्र का हाल दरबार में कह सुनाया। दरबारियों की ही यह मिली भगत थी और हजाम की खल बुद्धि—इसका अनुमान लगाते दरबारियों को देर न लगी। मारे ख़ुशी के वे झूम उठे। मगर अपनी ख़ुशी को छिपाते हुए तरह-तरह की बातें करने लगे—"यह तो गोनू झा जैसी पुण्यात्मा का ही सौभाग्य है कि स्वर्ग से उन्हें सशरीर उपस्थित होने का निमन्त्रण मिला है। हम जैसों के ऐसे सौभाग्य कहाँ! वे सभी "मुझे भेजिए" तो "तुझे भेजिए" की गुहार राजा से करने लगे।

नाई भी वहीं उपस्थित था। उसने कहा—"ऐसा कैसे हो सकता है? राजा साहेब के आदरणीय पिता जी ने गोनू झा के नाम का उल्लेख करते हुए उन्हें ही बुलाया है। यदि उन्हें किसी भी दरबारी की आवश्यकता होती तो वे कह सकते थे कि किसी भी दरबारी को भेज दो। परन्तु ऐसा न कहकर उन्होंने खासतौर से गोनू झा का ही उल्लेख किया है, जिसका मतलब है कि वे गोनू झा को ही चाहते हैं, किसी और को नहीं, किसी और को भेजा भी गया तो वे उसे स्वीकार नहीं करेंगे और क्या पता, आज्ञा का पालन हुआ न देख वे क्रोधित हो उठें और राजा साहब को शाप-वाप ही दे दें। स्वर्ग का आशीर्वाद जितना मंगलकारी होता है, शाप उतना ही भयानक और अनिष्टकारी, क्या आप लोग चाहेंगे कि हमारे ऐसे पुण्यवान राजा आप लोगों के कारण किसी अमंगल का शिकार हो जाएँ।"

इधर राजा चिन्ता में पड़ गए। स्वर्ग से पत्र? स्वर्ग से बुलाया? सशरीर स्वर्ग जाना? यह बात उन्हें असम्भव सी लग रही थी। दो सौ गाड़ी पुआल में आग लगाई

जाएगी तो उसके नीचे बैठा आदमी जीवित कैसे बच सकता है? हो न हो, गोनू झा को मारने के लिए यह किसी दुष्ट का षडयन्त्र लगता है। उन्हें कुछ भी समझ में नहीं आ रहा था। अन्त में उन्होंने गोनू झा से ही इसके बारे में पूछा और उनकी राय जाननी चाही।

गोनू झा चुपचाप सारी कार्रवाई देख रहे थे। पत्र के तुरन्त बाद दरबारियों के चेहरे पर आए प्रसन्नता के भाव को उन्होंने तुरन्त ताड़ लिया था। वे समझ गए थे कि यह दरबारियों की चाल है। उन्हें जान से मारने का कुचक्र है। वे इसे विफल करने का उपाय मन ही मन सोच रहे थे। जब तक राजा ने चिंतित स्वर में उनसे पूछा और इस विषय पर उनकी राय माँगी, तब तक वे उपाय सोच चुके थे। उन्होंने राजा से कहा –"महाराज! आपके पिता महाराज जितने आपके लिए पूज्य हैं, उतने ही मेरे लिए भी। उनकी आज्ञा का उल्लंघन आपके और मेरे–दोनों के लिए धृष्टता होगी। इसलिए मैं स्वर्ग जाऊँगा। मगर मेरी तीन शर्तें हैं।"

"कौन-कौन सी शर्त?" सभी दरबारी एक साथ बोल पड़े। गोनू झा बोले–मुझे स्वर्ग जाने की तैयारी के लिए तीन महीने का समय दिया जाए। दूसरा, जब तक मैं स्वर्ग से न लौटूँ, तब तक मेरे परिवार के परवरिश के लिए दस हज़ार रुपए प्रतिमाह दिए जाएँ और तीसरा अभी मुझे एक लाख रुपए दिए जाएँ ताकि मैं घर का और अपने स्वर्ग जाने का सारा इन्तजाम कर सकूँ।"

दरबारी यह जानकर कि गोनू झा स्वर्ग जा रहे हैं, बड़े प्रसन्न थे। लेकिन राजा चकित थे। उन्होंने अत्यन्त आश्चर्य से कहा–"आप स्वर्ग जाएँगे? आप स्वर्ग से बुलावे या इस पत्र की बात को सत्य मानते हैं?" गोनू झा बोले–"महाराज! मैं सचमुच स्वर्ग जाऊँगा। आप चिन्ता न करें।" राजा ने उदास मन से गोनू झा की बात स्वीकार कर ली। दरबारियों के चेहरे पर आनन्द और आश्चर्य के भाव थे। आनन्द के भाव इसलिए कि उनकी योजना सफल हो रही थी। आश्चर्य इसलिए कि गोनू झा को इस बार वे सब चकमा देने में सफल हो गए थे। इधर नाई अपनी विजय पर मन ही मन मुस्कुरा रहा था।

तीन महीने बीत गए। अब गोनू झा ने स्वर्ग जाने के स्थान पूरबवाले श्मशान में पूरे गाँव के लोग जुट आए थे। सभी दरबारी, नाई और राजा भी उपस्थित थे। प्रजा और राजा दोनों ही दुःखी थे। मगर गोनू झा के चेहरे पर शिकन तक नहीं थी। वे हँसते हुए मिट्टी के टीले पर बैठ गए। उन्हें दो सौ गाड़ी पुआल से ढँक दिया गया। आग लगा दी गई। पुआल में आग पकड़ते देर लगती है भला। धू-धू की लपट से पुआल जलने लगा, आग लगने की देर, सारी प्रजा चीत्कार कर उठी। राजा भी अपने आँसू न रोक सके। दरबारीगण गंभीर बने खड़े थे। केवल ख़ुश था तो नाई। देखते ही देखते सारा पुआल जल गया। पुआल की जगह पर राख की ढेर लग गई। सभी दुःखी मन से अपने-अपने घर लौट गए। दरबारियों की आँखों

का काँटा निकल चुका था।

इस घटना के छह महीने बीत गए। गोनू झा वापस नहीं लौटे। राजा समझ गए कि उन्हें धोखा दिया गया है। उन्हें गोनू झा के बग़ैर कुछ भी अच्छा नहीं लगता था। वे बहुत उदास रहने लगे थे, दरबार में भी अब वे काम की बातों के अलावा मौन ही धारण किए रहते थे। पहलेवाला अमोद-प्रमोद कुछ भी नहीं रह गया था। दरबारी भी यह सब महसूस करते थे। कुछ ने चेष्टा भी की इस भारीपन को तोड़ने की; लेकिन गोनू झा के प्रभामंडल के आगे कौन ठहर सकता था भला!

एक दिन दरबार लगा हुआ था। राजा चुपचाप बैठे हुए थे। दरबार में किसी बात पर गोनू झा का प्रसंग चल पड़ा। तभी द्वारपाल ने सूचित किया—"गोनू झा दरबार में पधार रहे हैं।"

इतना सुनने की देर कि राजा और दरबारी सभी चौंक उठे। किसी को इस बात का यकीन ही नहीं हो रहा था। लोगों ने कहा कि या तो द्वारपाल पगला गया है या किसी और को देखकर गोनू झा के भ्रम में पड़ गया है। लोग जब तक इस समाचार को "झूठ समझे या सच" की विवेचना करते, तब तक गोनू झा दरबार में सशरीर उपस्थित हो चुके थे। सभी आँखें फाड़-फाड़कर उन्हें देख रहे थे। गोनू झा पहले से भी स्वस्थ और सुन्दर लग रहे थे। राजा स्तम्भित भी थे और गोनू झा को पाकर प्रसन्न भी थे।

गोनू झा ने आगे बढ़कर राजा को प्रणाम किया और एक पत्र उनके हाथ में पकड़ा दिया। बड़ी देर तक राजा उन्हें देखते रहे। फिर पूछा—"गोनू झा! आप सचमुच जीवित हैं?" गोनू झा ने हँसते हुए जवाब दिया—"अभी तक तो महाराज की कृपा से जीवित ही हूँ।" इतना कहकर उन्होंने नाई की तरफ़ देखा। नाई के तो डर के मारे प्राण सूख गए।

गोनू झा बोले—"महाराज! मैं अभी सीधा स्वर्ग से आ रहा हूँ। आपके पिता बहुत अच्छी तरह से हैं। आपने उनकी आज्ञा का पालन करके मुझे वहाँ भेजा; आपकी इस आज्ञाकारिता से वे बहुत प्रसन्न थे। उन्होंने ढेर सारा आशीर्वाद आपको भेजा है। परन्तु, उन्हें एक बात का बहुत कष्ट है जिसके निवारण के लिए उन्होंने मुझे आपके पास भेजा है।"

"कैसा कष्ट गोनू झा! जब आप उनके पास से होकर लौट आए हैं, तब तो उनके कष्ट के निवारण के लिए मैं किसी को भी उनके पास भेज सकता हूँ। आप मुझे उनका कष्ट बताइए।"

"महाराज! वहाँ उन्हें ढंग का कोई नाई अब तक नहीं मिल पाया है, जिस वजह से उनके केश और मूँछ-दाढ़ी बढ़कर झंखाड़ हो गए हैं। उन्होंने आपसे कहा है कि वे आपके यहाँ के नाई को वहाँ भेज दें ताकि उनकी हजामत आदि अच्छी तरह से बन सके।"

इतना सुनते ही नाई ने वहाँ से फरार होना चाहा, किन्तु सिपाहियों ने उसे पकड़ लिया। अब तो डर के मारे उसकी हालत ख़राब! वह समझ गया कि अब उसके प्राण गए।

राजा ने नाई ने कहा—"क्यों? उस दिन तो तुम्हीं काफी बढ़-चढ़कर बोल रहे थे। अब जब गोनू झा वापस आ गए हैं और तुम्हारे जाने की बारी आ रही है तो ऐसे छान-पगहा तुड़ाकर क्यों भाग रहे हो?"

अब नाई समझ गया कि बग़ैर सारी बात खोले गुज़ारा नहीं होनेवाला! अब मुझे भी उसी उपाय से मरना होगा, जैसा रास्ता मैंने गोनू झा के लिए बताया था। थरथर काँपते हुए वह बोला—"महाराज! आप माई-बाप हैं, पुण्यात्मा है। मुझे नीचे, नराधम और पापी को क्षमा प्रदान करें। गोनू झा को मारने का जाल मैंने ही बिछाया था और मैंने ही स्वर्ग की चिट्ठी तैयार की थी। उन्हें स्वर्ग से कोई बुलावा नहीं आया था। गोनू झा तो जरूर कोई जादू टोना जानते होंगे, जिसके कारण वे बच गए। मगर मैं तो सीध उसमें जलकर भस्म ही हो जाऊँगा। मुझे प्राणदान दीजिए महाराज!"

नाई की बात सुनकर एक ओर राजा जहाँ क्रोध से आग बबूला हो उठे, वहीं उन्हें गोनू झा के जीवित बच आने का आश्चर्य भी हुआ। वे गोनू झा की तरफ़ मुख़ातिब हुए और बोल—"बात क्या है? सच-सच बताइए।"

गोनू झा ने कहा—"महाराज! उस पत्र को देखते ही मैं समझ गया था कि मेरे साथ कोई चाल चली जा रही है। अतः मैंने अपने बचने का उपाय सोच स्वयं ही स्वर्ग जाना स्वीकार कर लिया। तीन मास की जो मैंने छुट्टी ली थी। उस तीन महीनों में घर से लेकर श्मशान के टीले तक सुरंग बनाया और उसके मुँह को घास-फूस से इस तरह से ढंग दिया कि किसी को पता न चले। जब ऊपर से मुझ पर पुआल का बोझ पड़ने लगा और चारो तरफ़ पुआल से मैं छुप गया, तब धीरे से मैं सुरंग के रास्ते अपने घर पहुँच गया। उधर आप लोगों ने समझा कि मैं जलकर मर गया। हमारे दुश्मनों ने समझा कि उनके रास्ते का कंटक दूर हो गया। इधर सुरंग के रास्ते घर लौटकर मैं आराम से रहने लगा। महाराज! यह सारा इसी नाई का किया धरा हुआ था। यदि मैं पहले ही यह कह देता तो न तो कोई विश्वास करता और न ही यह नाई किसी को अपने गाल लगने देता। अतः समय और समझदारी का उपयोग करके आज सप्रमाण मैं यहाँ उपस्थित हुआ हूँ ताकि दूध का दूध और पानी का पानी हो जाए।

राजा सहित सभी दरबारी गोनू झा की बुद्धिमानी पर दंग रह गए। राजा उनकी बुद्धिमानी पर प्रसन्न तो हुए ही, उन्हें इस बात की और भी प्रसन्नता थी कि गोनू झा जीवित उनके सामने हैं। नाई को वे मृत्युदण्ड देना चाहते थे, परन्तु गोनू झा के आग्रह पर उसे मृत्युदंड न देकर अर्थदंड और शारीरिक सज़ा दी गयी तथा उसे दरबार से हमेशा के लिए निकाल दिया गया।

तोते की मृत्यु

एक दिन राजा के दरबार में एक तोतावाला आया। उसके पास तरह-तरह के और मनुष्य की बोली बोलनेवाले सुन्दर-सुन्दर तोते थे। उसने राजा से अनुरोध किया कि वे कुछ तोते उससे ज़रूर ख़रीदें। राजा ने उनमें से एक तोता ख़रीद लिया। वह तोता था बड़ा सुन्दर। उसकी गर्दन पर पड़ी काली रेख उसकी सुन्दरता में और भी चार-चाँद लगाते। वह मनुष्य की बोली बोलता था। हर सुबह वह राजा को यह कहकर जगाता "उठिए महाराज! सीता राम कहो, राधेश्याम कहो। सीताराम कहो!"

जब राजा नहा लेते, तब वह कहता–

"चित्रकूट के घाट पर, भई संतन की भीड़
तुलसीदास चंदन घिसे, तिलक करैं रघुवीर"

धीरे-धीरे राजा को यह तोता बड़ा प्रिय हो गया। वह जहाँ भी जाते, उसका पिंजरा उनके हाथ में होता। जहाँ कहीं बैठते तो पिंजरा सामने होता। एक पल के लिए भी राजा उसे अपने से दूर नहीं करते थे।

एक बार राजा शिकार खेलने गए। पहली बार ऐसा हुआ कि उनके साथ तोता नहीं था। राजा ने सभी दरबारियों को ताकीद कर दी थी कि वे उनके पीछे तोते का ख़्याल रखें। यदि तोते को कुछ हो गया और किसी ने उसके मरने की ख़बर दी तो वे उसे फाँसी पर चढ़वा देंगे। दरबारीगण अपनी जान से भी बढ़कर तोते की जान की परवाह करने लगे। शाम को जब राजा शिकार से लौटते तब उस तोते के साथ अपना दिल बहलाते।

एक दिन इधर राजा शिकार खेलने गए, उधर तोते को साँप ने काट खाया। तोता मर गया। अब तो सभी दरबारियों की हालत ख़राब! शाम को राजा लौटेंगे शिकार पर से और तोते को मँगवाएँगे तो वे सब क्या जवाब देंगे। अगर जिस किसी ने भी हिम्मत की और कहेगा कि तोता मर गया तो उसकी भी जान ले ली जाएगी। उसे फाँसी पर चढ़ा दिया जाएगा। सभी दरबारी सोच और चिन्ता में डूबे हुए थे।

किसी को कुछ भी न सूझ रहा था कि क्या करें क्या न करें।

शाम हो गई। राजा लौटकर आए। आते ही तोते को मँगाया। मगर तोता कहीं आसपास हो तो उसे उपस्थित किया जाए न! जिस भी दरबारी से तोता लाने को कहा जाता, वह राजा के पास से उठता ओर पिछले दरवाज़े से बाहर निकल जाता।

काफी देर हो गई और तोता राजा के पास नहीं पहुँचा–तो राजा के क्रोध का ठिकाना न रहा। उन्होंने गरजते हुए कहा–"मेरे तोते को शीघ्र यहाँ लाया जाए वरना सभी की खाल खिंचवाकर उसमें भूसा भरवा दूँगा।

दरबारीगण अब क्या करें! हालाँकि गोनू झा भी उन सभी दरबारियों के बीच उपस्थित थे, परन्तु उनसे जलने के कारण और अपने अभिमान में डूब रहने के कारण किसी ने भी गोनू झा पर न तो ध्यान दिया और न ही समस्या सुलझाने को कहा। परन्तु अब पानी नाक के ऊपर आ गया था। वे सब के सब गोनू झा के पास पहुँचे। अपनी विपदा बयान की और अनुरोध किया कि वे उन सबको इस संकट से उबारें।

गोनू झा राजा के पास पहुँचे। राजा उन्हें देखते ही बिफर पड़े–क्या बात है गोनू झा? मैं जबसे शिकार से लौटकर आया हूँ, तबसे अपने प्यारे तोते को देखना चाह रहा हूँ। कई बार सभी को कह चुका, किन्तु मेरी बात किसी को भी जैसे सुनाई ही नहीं दे रही आखिर बात क्या है? तोता कहाँ है?

गोनू झा बोले–महाराज! तोता तो यहीं है। परन्तु न जाने आज उसे क्या हो गया है कि वह दोनों पैर ऊपर किए मुँह बाए पड़ा हुआ है। न खाता है न पीता है, न बोलता है। हम सभी इसी प्रयत्न में लगे हुए हैं कि वह उठे, बोले, बतियाए तो उसे लेकर आपके पास आया जाए।"

राजा इतना सुनते ही व्याकुल हो उठे। घबराकर बोले क्या हुआ उसे? कहीं मर-वर तो नहीं गया?"

गोनू झा ने अति विनम्रता एवं भोलेपन से जवाब दिया–"यह मैं कैसे कहूँ महाराज! आप बड़े हैं, ज्ञानी हैं, क्षमादान देनेवाले हैं। ऐसी बात तो आप ही कह सकते हैं। ऐसा कहना आपको ही शोभा देगा। हम लोगों के साथ तो यह छोटा मुँह बड़ी बातवाली बात हो जाएगी।

राजा गोनू झा के साथ वहाँ पहुँचे जहाँ पिंजरा रखा हुआ था। तोते को देखकर वे बोले–"अरे! यह तो मर गया है!"

"जी महाराज! यदि आप कह रहे हैं तो अवश्य ही ऐसा ही होगा।"

अब राजा की समझ में बात आई कि दरबारी क्यों नहीं तोते की मौत की ख़बर उन तक नहीं पहुँचा रहे थे। इधर सभी को प्राणदान मिलने के कारण सभी प्रसन्न थे और गोनू झा का गुणगान कर रहे थे। और गोनू झा? वे सदा की भाँति मन्द-मन्द मुस्कुराते हुए तम्बाकू मल रहे थे।

बंगोर की क़ीमत

गोनू झा राजा के दरबार में थे। राजा न केवल उन्हें चाहते बहुत थे, बल्कि समय-समय पर उन्हें धन उपहार आदि भी ख़ूब देते थे। इन कारणों से गोनू झा के चाहनेवाले कम और उनसे जलनेवाले ज़्यादा लोग हो गए थे। ढेर सारे चोर भी गोनू झा के पीछे लगे हुए थे। गोनू झा कई बार उन्हें छका चुके थे, फिर भी, चोरों और उनके बीच की लुकाछिपी चलती ही रहती थी।

एक रात की बात है। गोनू झा अपने कमरे में सोए हुए मैं। तभी उनके घर कुछ चोर चोरी करने आए। वे उनके घर में घुसने की कोशिश कर रहे थे। आहट से गोनू झा की नींद खुल गई। वे ध्यान से स्थिति का जायजा लेने लगे। वे समझ गए कि चोर घुसने के प्रयास में हैं। वे मुस्कुराए। उन्होंने उनसे निबटने की योजना मन ही मन बना ली।

इधर चोर ओसारे पर एक कोने में खड़े होकर आहट लेने लगे कि घर में सभी सो गए हैं या नहीं; उधर गोनू झा अपनी योजना पर अमल करने लगे। उन्होंने पत्नी को झकझोर कर उठाया और कहने लगे—"अरे रे रे, तुमने तो गज़ब कर दिया भई!" पत्नी गहरी नीद में सोई थी। वे उठ ही नहीं रही थीं। गोनू झा ने फिर से उन्हें झकझोरकर उठाना शुरू किया। अबकी पत्नी अचकचाती हुई उठीं और बोली—"क्या बात है? क्या हो गया? गोनू झा ने कहा—"सत्यानाश करके पूछ रही हो कि क्या हो गया? पत्नी गहरी नींद से उठी थीं। गोनू झा की ऐसी ऊटपटाँग बातें सुनकर वे बिगड़ उठीं—"इस सोई रात में कैसी-कैसी बातें कर रहे हैं? साफ़-साफ़ कहिए न कि क्या हुआ? मैंने कौन सी भर कोठी धान भूसे में बदल डाली कि भर घैला नीचे ढाल दिया है कि आप ऐसे बोल रहे हैं?"

पत्नी की बात पर ध्यान दिए बग़ैर चिन्तित स्वर में गोनू झा बोले—"इस बार खेत में से जो बँगोर (कपास का बीज) आया था, वह कहाँ रखा हुआ है?

पत्नी लापरवाही से बोली—"होगा कहीं रखा हुआ।"

अब गोनू झा बिगड़ पड़े–"तुम्हें कुछ दीन दुनिया की ख़बर भी है? कल से इसका भाव 200 रु. तोला हो गया है, बाप रे बाप! कुछ नहीं तो 5 सेर बंगौर थे। सोचो 200 रु. तोले की दर से उसकी क़ीमत कितनी हो जाएगी?

इधर ओसारे पर खड़ा चोर ध्यान लगाकर गोनू झा की बातें सुनने लगा। गोनू झा की पत्नी बोलीं–बाहर बरामदे में एक पोटली में बाँधकर रखा हुआ है।

अब तो गोनू झा के क्रोध का कोई पारावार न रहा। वे बिगड़कर ऊँची-ऊँची आवाज़ में बोलने लगे–"तुमने तो सब चौपट कर दिया। चोर मेरे पीछे पड़े ही रहते हैं। अगर वह पोटली उनके हाथ लग गई तब तो जुलूम हो जाएगा। तुम जाओ और जहाँ भी रखा है। उसे खोजकर ले जाओ।

पत्नी ने ऊबे हुए स्वर में कहा–"क्यों अकारण कष्ट दे रहे हो। चोरों को यह थोड़े न मालूम रहेगा कि रातो रात बंगौर की कीमत इतनी आकाश चढ़ गई है! और वे लोग आएँगे भी तो रुपए पैसे में हाथ लगाएँगे कि बंगौर छुएँगे? मुझे अभी सोने दीजिए।"

बाहर खड़ा चोर ख़ुशी से झूठ उठा। वह बरामदे में उस पोटली को खोजने लगा। ओसारे के एक कोने में ढेर सारा सामान रखा हुआ था। उन्हीं के बीच वह पोटली भी थी। चोर उस ओर ऐसे लपका जैसे कोई बड़ी मूल्यवान चीज़ हाथ लग गई हो। वह उस पोटली को उड़ा ले भागा।

सुबह होने पर चोर वह पोटली लेकर बाज़ार गया। एक स्थान पर एक चादर बिछाई और बड़े यत्नपूर्वक बंगौर खोलकर वहाँ रख दिया। बाज़ार में लोग अन्यान्य ख़रीदारी में व्यस्त थे। किसी का भी ध्यान उस पर नहीं जा रहा था। फिर भी उस रास्ते से गुज़र रहे एक व्यक्ति ने उसका भाव पूछ ही लिया। चोर ने बड़ी गर्वीली आवाज़ में कहा–इसका दाम 200 रु. प्रति तोला है। पूछनेवाला तो अवाक् ही रह गया। कहाँ तो रुपए में 10 किलो बिकनेवाली यह चीज़ और कहाँ 200 रू. प्रति तोला! उसे लगा कि बेचनेवाला शायद पागल-वागल है या फिर भाँग-वाँग चढ़ा रखी है। उसने कहा–"भाँग खाकर आए हो क्या? इसे तो कोई चार रुपए मन भी नहीं पूछेगा।"

चोर ने बड़ी गंभीरता और विश्वास के साथ जवाब दिया–"आपको पता नहीं है भाई साहब! कल से इसका भाव बढ़ गया है। आपको इतना भी नहीं मालूम!"

इधर गोनू झा जानबूझकर बाज़ार में पहुँचे क्योंकि उन्हें मालूम था कि आज चोर बाज़ार में बंगौर बेचने ज़रूर आएगा। वे जिस समय वहाँ पहुँचे, उस समय चोर उस व्यक्ति से यही उपर्युक्त बातें कह रहा था। गोनू झा ने भी वहाँ पहुँचकर उसका दाम पूछा।

चोर ने गोनू झा को कभी देखा नहीं था। इसलिए वह पहचान नहीं पाया कि यह गोनू झा ही हैं। उसने पहले की तरह ही जवाब दिया–200 रुपए प्रति तोला।"

गोनू झा यह सुनकर हँसने लगे। हँसते-हँसते ही बोले—"अरे भई, यह तो रात का भाव था। आज अभी का भाव बोलो।"

चोर अब सारी बात समझ गया। पकड़े जाने के डर से वह सीधा भागा जान बचाकर। इधर गोनू झा ने बंगौर और उसके लिए इस्तेमाल की गई चादर दोनों ही बाज़ार में घूम रहे निर्धनों के बीच बँटवा दी।

पत्नी को जब यह बात मालूम पड़ी तो वे भी हँस पड़ीं तथा रात ऊँचा बोल जाने के लिए खेद प्रकट करने लगीं। और गोनू झा? वे मन्द-मन्द मुस्कुराते हुए हथेली पर तम्बाकू मलते रहे।

सुराही में कदीमा

राजा के दरबार में ही एक और ब्राह्मण थे–"राम खेलावन मिश्र। सब उन्हें मिसिर जी के नाम से पुकारते थे। मिसिर जी बड़े ही धूर्त व फन्देबाज थे। गोनू झा से तो उन्हें खास ही चिढ़ थी। हमेशा किसी न किसी बहाने वे उन्हें नीचा दिखाने के प्रयक्त में लगे रहते। गोनू झा राजा की आँखों के तारे हैं, यह बात हमेशा उनके गले में फाँस बनकर चुभती रहती। वे स्वयं राजा के प्रिय पात्र बनना चाहते थे, किन्तु गोनू झा के रहते ऐसा सम्भव न था। सम्भव तो तब होता जब वे किसी बात के लिए गोनू झा को परास्त कर देते। ऐसा कि राजा को भी कहना पड़ता कि आज सेर (गोनू झा) को सवा सेर (मिसिर जी) मिल ही गया। अतः वे हमेशा उन्हें नीचा दिखने के प्रयास में लगे रहते।

एक दिन जब वे राजदरबार पहुँचे तो देखा कि सभी लोग आ गए हैं। यहाँ तक कि राजा साहेब भी पधार चुके थे। मिसिर जी ने सभी को सम्बोधित करते हुए कहा–"मेरे पास एक प्रश्न है। सभी सभासदों से मेरा अनुरोध है कि वे इसका सही जवाब दें।"

"हाँ, हाँ, बोलिए!" सभी दरबारी एक साथ बोल उठे। मिसिर जी ने कहना शुरू किया–"क्या किसी सुराही में पाँच किलो कदीमा (भोपला/कोहरा) आ सकता है?"

सभी दरबारी चुप। उनकी चुप्पी को मिसिर ने चुनौती भरे स्वर में ललकारा–"है कोई मर्द जो पाँच किलो का कदीमा सुराही में रखेगा।" सभी दरबारी इधर उधर देखने लगे। राजा ने अपनी दृष्टि गोनू झा की ओर फेरी। गोनू झा ने कहा–"महाराज! मुझे यह चुनौती स्वीकार है परन्तु इसके लिए मुझे छह महीने का समय दिया जाए।"

गोनू झा घर आए और सोचने लगे। काम मुश्किल था। मगर जब चुनौती स्वीकार ली थी। तब कुछ न कुछ तो करना ही था। वे अपने घर के पिछवाड़े गए। वहाँ देखा कि कदीमा की बेल लगी हुई है और उसमें छोटे-छोटे फल भी लगने शुरू

हो गए थे। गोनू झा ने तुरन्त चार-पाँच सुराहियाँ मँगवाई और सभी में एक-एक कदीमें का बतिया (छोटा फल) भर दिया।

छह माह में एक दिन रह गया था। दरबार लगा हुआ था। मिसिर जी ने कहा कि कल ही छह माह की मियाद पूरी हो रही है। कल या तो गोनू झा सुराही में कदीमा लेकर आएँ या हार मान लें। संयोग से उस दिन गोनू झा दरबार में थे नहीं, सो बातचीत आगे नहीं बढ़ सकी।

दूसरे दिन नियत समय पर गोनू झा दरबार पहुँचे। दरबार में प्रवेश करते ही राजा ने उनसे प्रश्न किया–आज छह मास पूरे हो गए हैं। गोनू झा ने जबाब दिया–"चिन्ता मत कीजिए महाराज! हमारे आदमी उसे लेकर आते होंगे।"

थोड़ी देर बाद एक नौकर एक के बाद एक पाँचो सुराही वहाँ रखी गई। गोनू झा ने कहा–"महाराज! ये लीजिए पाँच सुराही कदीमा।

"पर पाँच क्यों?"

"एक तो शर्त के अनुसार उसे मिसिर जी घर ले जाएँ। चार सभी दरबारियों के लिए हमारा उपहार!

परन्तु मिसिर जी ऐसे कैसे छोड़ देते। उन्होंने कहा कि इसका क्या प्रमाण है कि सुराही के अन्दर कदीमा ही है?"

गोनू झा ने कहा–"आप ऐसा करें कि इसे पहले तौलवा लें।" और जब वजन किया गया तो 8 सेर से 10 सेर तक के कदीमें उसमें से निकले। सभी गोनू की बुद्धिमता पर दंग रह गए। राजा स्वयं बड़े प्रसन्न हुए। उन्होंने ढेर सारे उपहार गोनू झा को पुरस्कार स्वरूप दिए।

आँखों का व्यापारी

रामखेलावन मिश्र यानी मिसिर जी कदीमेवाली अपनी योजना के विफल हो जाने से बड़े परेशान थे। तो सोच रहे थे। कि यह ऐसा उपाय है कि इसमें बड़े से बड़े तीसमार खाँ भी धूल चाटते नज़र आएँगे। परन्तु यहाँ तो उल्टा उन्हें ही धूल चटा दी थी गोनू झा ने।

परन्तु ''नर हो न निराश करो मन को'' के तर्ज पर मिसिर जी गोनू झा को परास्त करने के पीछे लगे रहे। मिसिर जी पूरे समदर्शी थे। सभी को एक ही आँख से देखते थे। इसका कारण यह था कि उनकी आँख ही एक थी।

एक दिन दरबार लगा हुआ था। राजा सहित सभी दरबारी बैठे हुए थे। अचानक मिसिर जी उठ खड़े हुए और राजा से कहने लगे—''महाराज! आपकी आज्ञा हो तो मैं कुछ निवेदन करूँ?''

''अवश्य! अवश्य!'' राजा ने कहा।

मिसिर जी ने कहना शुरू किया—''महाराज! आज से दस साल पहले मुझे अपने किसी काम के लिए पैसों की सख़्त आवश्कयता थी। मैं गोनू झा के पास मदद माँगने पहुँचा गोनू झा ने मदद करना स्वीकार तो किया परन्तु कहा कि इतने पैसे मैं आपको यूँ ही तो दे नहीं सकता। आपको कुछ न कुछ बन्धक रखना होगा। मेरे पास उस समय कुछ भी नहीं था। सो मैंने अपनी एक आँख उन्हें बन्धक के रूप में दे दी। अब जब मैं उनसे अपनी आँख वापस माँग रहा हूँ तो वे ना-नुकुर कर रहे है। महाराज! आपसे मेरी यही विनती है कि मुझे मेरी आँख वापस दिलवा दीजिए।''

गोनू झा ने कहा—''महाराज! बन्धक तो इन्होंने अवश्य रखा था एक हज़ार रुपए में आज दस साल बाद उसका ब्याज आदि लगाकर पूरी राशि तीन हज़ार हो गई है। वे मुझे तीन हज़ार दे दें। और अपनी आँख वापस ले लें।''

मिसिर जी ने राजा से चार दिन का समय माँगा धन के इन्तजाम और आँख को बन्धक से छुड़ाने के वास्ते।

इधर गोनू झा जब दरबार से घर लौटे तब उन्होंने बहेलिए को बुलवाया और कहा कि मुझे आज से तीन दिन बाद अलग-अलग जानवरों की दस आँखें चाहिए। ठीक तीन दिन बाद बहेलिया ने वो आँखें लाकर गोनू झा को दे दीं गोनू झा ने उन्हें मखमल में लपेटकर एक बहुत ही सुन्दर डिब्बे में रख दिया।

चौथे दिन वे उस डब्बे को लेकर दरबार पहुँचे। दरबार आज खचाखच भरा हुआ था। सभी जानने को उत्सुक थे कि देखें, गोनू झा मिसिर जी को आँख कैसे लौटाते हैं?

मिसिर जी भी दरबार में उपस्थित थे। गोनू झा ने उनसे कहा कि –"आप रुपए गिन दीजिए और इस बक्से में से अपनी आँख ले लीजिए।"

मिसिर जी ने रुपए गिन दिए। मगर जब बक्सा खोला तो देखा कि उसमें दस छोटी-बड़ी विभिन्न आकार प्रकार की आँखें रखी हुई है। वे चकरा गए। परन्तु पराजय कैसे स्वीकार करते। इसलिए बोले–"इसमें मेरी आँख नहीं है।"

गोनू झा बोले–"तो इसमें परेशानी की कौन सी बात है। मैंने तो अब तक ये ही दस आँखें बन्धक के रूप में रखी है। इनमें से एक आपकी भी है। आप यदि पहचान नहीं पा रहे अपनी आँख तो ऐसा कीजिए कि आपकी दूसरी आँख तो आपके पास है ही। उसका वजन करा लीजिए और उस वजन की इसमें जो भी आँख हो, वो ले लीजिए।

मिसिर जी के सामने अब मैदान छोड़ने के अलावा कोई उपाय न था। न छोड़ते तो जो इकलौती आँख थी, उससे भी हाथ धो बैठते। राजा मिसिर जी की चाल समझ गए और गोनू झा की समझदारी से अत्यन्त प्रभावित हुए। अकारण गोनू झा को परेशान करने के दंड स्वरूप उन्होंने मिसिर जी को दरबार से बर्खास्त कर दिया और इधर गोनू झा को ख़ूब शाबाशी व इनाम दिए। और गोनू झा? मिसिर जी के रुपए और राजा के उपहार पाकर मन्द-मन्द मुस्कुराते रहे और हथेली पर तम्बाकू मलते रहे।

धन और जन का अन्तर

एक बार एक साधु गोनू झा के गाँव में आए। बड़े ही ज्ञानी व महात्मा। दिन भर वे मौनव्रत धारण किए रहते। खाने के नाम पर चार केले और एक कटोरा दूध पीते। शाम में उनका प्रवचन होता जो आधी रात तक चलता। उनके प्रवचन में बड़ी शक्ति थी। उसमें दीन-दुनिया, जगत के व्यवहार, आचार-विचार की बातें होती थीं। उनके प्रवचन का सार होता था कि सुख-सन्तोष को जीवन का एक अंग मानों और राग द्वेष को त्यागकर सबके साथ प्रेम भाव बनाए रखते हुए जीवन व्यतीत करो। यह संसार कर्म-भूमि है। सभी के हिस्से का कर्म सभी करें। वे गृहस्थ जीवन में ही तप, त्याग, ब्रह्मचर्य सत्व पर बल देते थे। किसी को भी घर-गृहस्थी छोड़कर जंगल जाकर तपस्या करने जैसी न तो बात करते थे, न ही सलाह देते थे। स्वयं भी वे बड़े ही सन्तोषी थे। उनसे मिलने गाँव के ग़रीब-गुरबे से लेकर सेठ-साहूकार तक होते थे, ग़रीब निर्धन जहाँ अपने भावों के उपहार लेकर आते, वहीं सेठ साहूकार धन-अनाज, फल-फूल, उन्हें अर्पित करते आते। साधू वे सभी सामग्री वहाँ उपस्थित निर्धनों और लाचारों में बँटवा देते।

साधु की ख्याति इतनी फैली कि दूर-दूर के गाँवों से लोग उनका उपदेश सुनने आने लगे। गोनू झा की माँ और पत्नी भी उनका उपदेश सुनने रोज़ जाती थीं। रोज़ वे गोनू झा से साधू की प्रशंसा करती और उन्हें भी उपदेश सुनने के लिए चलने को कहती। गोनू झा इस पर ध्यान नहीं देते। परन्तु कब तक? रोज़-रोज़ माँ और पत्नी की बात सुनते-सुनते एक दिन वे भी तैयार होकर चल दिए।

उस दिन साधू महाराज जगत और माया पर प्रवचन दे रहे थे। वे कह रहे थे कि ब्रह्म सत्य है और जगत मिथ्या है। फिर भी लोग ब्रह्मरूपी सत्य को नहीं पहचानते और जगत के मायाजाल में फँसे रह जाते हैं। जगत की माया बड़ी लसीली है। इसके भुजपाश इतने बड़े और कड़े है कि इसमें व्यक्ति वैसे ही फँसा-फँसा अपने प्राण त्याग देता है, जैसे मकड़े के जाल में फँसकर कोई कीड़ा यह माया सबसे भयंकर रूप

में तब प्रकट होती है, जब उसमें धन समा जाता है। धन माँ को माँ, भाई को भाई, पत्नी को पत्नी नहीं रहने देता। सभी नाते-रिश्ते धन के आगे झूठे और फीके पड़ जाते हैं।"

गोनू झा उनके उपदेश से बड़े प्रभावित हुए। उन्होंने पाया कि यह साधु सचमुच लोभी, कामी और मदप्रेमी साधुओं से अलग हैं। परन्तु उनकी बातें उन्हें उद्वेलित करती रहीं। क्या सचमुच धन ऐसी चीज़ है जो रिश्तों से बढ़कर है? खासकर अपने नजदीकी प्राणों से भी प्रिय रिश्तों से भी कहीं ज़्यादा? वे अन्यमनस्क से रहने लगे। पत्नी उनकी अन्यमनस्कता भाँप गई। उन्होंने कारण पूछा, परन्तु गोनू झा टाल गए।

गोनू झा अपनी चतुराई, हाज़िर जवाबी और प्रत्युत्पन्नमति से राजा के सबसे प्रिय पात्र थे। समय-समय पर उन्हें राजा की तरफ़ से उपहार के रूप में धन, अशर्फी तथा अन्य चीज़ें मिलती रहती थीं। गोनू झा यह सोच-सोचकर विचलित होते रहे कि लोग उन्हें नहीं, उनके धन से प्यार करते हैं।

आखिकार एक दिन उन्होंने अपनी माँ से पूछा—"माँ, अगर मैं मर गया तो तुम क्या करोगी?

"अरे बेटा, क्यों ऐसी अपशगुन बोली निकालते हो?" कहते-कहते माँ का गला रूँध गया, आँखों से आँसू की धार फूट चली। वे हिचकी ले-लेकर कहने लगीं—"अरे बेटा, माँ की ज़िन्दगी तो तभी तक है, जब तक उसका पूत उसकी आँखों के सामने है। भगवान न करे, जो तुम्हें कुछ हो गया तो मैं जीकर क्या करूँगी। इसी बज्र किवाड़ पर सिर पटक-पटककर जान दे दूँगी।"

"और यह जो मैंने इतनी धन-संपत्ति बटोरी है उसको कौन भोगेगा?"

"आग लगे ऐसे धन को। जब तुम्हीं नहीं रहोगे तो इसका क्या मोल?"

गोनू झा को फिर भी चैन नहीं मिला। उन्होंने यही सवाल अपने भाई से किया, भाई ने भी माँ जैसा ही उत्तर दिया। फिर उन्होंने पत्नी से पूछा। पत्नी तो ऐसा भड़की कि बग़ैर जवाब दिए कमरे से बाहर जाने लगी। गोनू झा ने उसका हाथ पकड़कर उन्हें बिठाया और कहा कि "नाराज़ मत होओ। मैंने जबसे साधु महाराज का उपदेश सुना है कि धन के आगे सभी नाते-रिश्ते फीके पड़ जाते हैं, तबसे मेरे मन में हलचल मची हुई है कि क्या यह सच है? क्या सचमुच मेरे घर में भी ऐसा ही है?"

पत्नी बिलखने लगीं—"क्यों मुझे आप नर्क के द्वार पर ठेल रहे हैं। अरे, इस संसार में तो स्त्री का स्वर्ग, उसका सोना, उसका सुख सभी उसका सुहाग होता है। घोर विपत्ति में भी वह सुखी है, अगर उसके साथ उसका स्वामी है। 21 दिन भूखी रहकर भी वह अघाया पेट और मन महसूस कर सकती है, यदि उसके पास उसका पति है।"

बात आई-गई हो गई। साधु महाराज भी उस गाँव से किसी और जगह को प्रस्थान कर गए। गोनू झा के मन में जब-तब वह बात सर उठाती रहती। दरअसल

वे थे तार्किक जीव। हर बात को तर्क और प्रमाण की कसौटी पर कसकर देखनेवाले, केवल बातों से उनकी शंका का समाधान कैसे हो सकता था। लिहाजा एक दिन उन्होंने इसकी परीक्षा लेने की सोची।

रात में गोनू झा ने खाना खाया। खाते वक़्त ही पत्नी से कहा—"आज मेरा जी कुछ घबराया-घबराया सा लगता है। मैं जा रहा हूँ सोने। सुबह मुझे जल्दी उठाना मत।"

सुबह देर तक सोते रहे गोनू झा। पत्नी ने रात की बात का ध्यान करे उन्हें उठाया नहीं। नौ बज गए, दस बज गए, ग्यारह बज गए। अब पत्नी को थोड़ी चिन्ता हुई। उन्होंने सोचा कि चलकर उठाया जाए, तबीयत का हाल पूछा जाए। अगर ज़्यादा ख़राब है तो वैद्य जी के यहाँ ले जाया जाए। उससे भी ख़राब हो तो उन्हें यहीं बुलाया जाए, यह सब सोचती वे गोनू झा के कमरे में पहुँचीं। देखा, गोनू झा सर तक चादर तानकर लम्बे सोए पड़े है। पत्नी ने चादर चेहरे पर से उठाया। परन्तु चेहरा देखकर चौंक पड़ी पूरा शरीर अकड़ा पड़ा था। वे चीत्कार कर उठीं।

पलभर में घर में कुहराम मच गया। पत्नी छाती पीट-पीटकर कहने लगीं—"देव रे देव! कल ही वे कह रहे थे, मेरी तबीयत ठीक नहीं लग रही। मुझे क्या मालूम कि काल उनसे यह कहलवा रहा है। हाय रे दुर्भाग्य! अब मैं जीकर क्या करूँगी। हे भगवान! मुझे भी इनके साथ-साथ उठा लो।"

माँ अलग छाती पीट रही थी—"अरे उस समाँ—बाप के दुर्भाग्य का कोई और है कि बूढ़े माँ-बाप सांढ़ जैसे कलेजे पर बने रहें और सामने के बेटा उठ जाए। भगवान मेरे गोनू झा के बदले मुझे मौत दे देता।"

एवं प्रकार सभी विलाप करते रहे। लोग गोनू झा को उठाकर आँगने में ले आए और तुलसी चौड़े के पास लिटा दिया। शमशान ले जाने की तैयारी होने लगी। रस्म के मुताबिक उन्हें नहला-धुला दिया गया। और बदन पर चन्दन आदि का लेप लगाया जाने लगा। तभी माँ की नज़र उनके कानों में पड़े कुंडल पर गई। वे बोलीं—"मेरा बेटा तो चला ही गया। उसके कान में कुंडल पड़ा हुआ है। बेटे के साथ तो वह भी भस्म हो जाएगा। कम से कम कुंडल तो निकाल लो।" गोनू झा हल्के से मुस्कुरा पड़े।

इधर पत्नी भी उठकर सास के पास आ गई और सास से बोली—"लोगों से कहिए कि उनकी कमर में डाँड़े से तिजोरी की चाबी है। वे खोलकर इधर को दे दें।

लोग कान में से कुंडल और कमर में से चाबी निकालने के लिए गोनू झा झा के पास पहुँचे। वे सेब कुंडल और चाबी निकालने लगे। गोनू झा से अब रहा नहीं गया। वे लेटे लेटे ही ठठाकर हँस पड़े। लोग पहले तो चौंक पड़े। कुछ डर भी गए। गोनू झा उठकर बैठ गए और बोले—"मैं साधु बाबा की कहीं हुई बात की परीक्षा ले रहा था। आज मुझे उनकी बात की सच्चाई का पता चल गया। सच है, इस दुनिया में धन से बढ़कर जन नहीं होता।"

तहसीलदार की दाढ़ी

राजा के यहाँ एक तहसीलदार था। उसका काम प्रजा से मालगुजारी वसूलना था। वह बहुत ही क्रूर और कठोर था। इतना कि उसकी क्रूरता और कठोरता उसके चेहरे से ही झलकती थी। लोग तो उनका नाम सुनकर ही ऐसे खौफ़ खाते जैसे वह सामने आकर खड़ा हो गया हो। माताएँ बच्चों को किसी काम के लिए मना करती तो यही कहकर धमकातीं, छोड़ दो, नहीं तो तहसीलदार आएगा। वह जिस गाँव में पहुँचता, वहाँ के ग्रामीणों-किसानों की हालत खस्ता हो जाती।

तहसीलदार को इस बात की जानकारी थी कि लोग उससे बहुत डरते हैं। इस बात को महसूस करके वह बहुत ख़ुश होता था। उसकी बड़ी लाल-लाल आँखें तब अजीब चमक से भर उठतीं और होठों पर इतनी तिरछी मुस्कान फैलती कि उस समय जो भी उसे देखता यही समझता कि उसे निश्चय ही कोई नया शिकार मिला है, जिस पर वह हमला करने जा रहा है।

तहसीलदार की बड़ी घनी मूँछ और दाढ़ी थी, जिस पर उसे बड़ा नाज था। वह उनका बड़ा ख़्याल रखता था। मूँछ दाढ़ी के एक-एक बाल को तराशता, उसकी कंघी करता। मूँछ को हमेशा उमेठ कर रखता। उसे जब भी कोई बात कहनी होती, दाढ़ी पर हाथ फैरते हुए कहता और हुक़्म देना होता तो उमेठी हुई मूँछों को और भी उमेठने लगता गाँव के सभी लोग उससे बेहद परेशान थे, मगर करें क्या! कुछ उपाय भी नहीं था।

फिर एक बार वह तहसीलदार मालगुजारी वसूली के लिए गोनू झा के गाँव भी पहुँचा वहाँ भी उसके आतंक का वही सिलसला। मालगुजारी ने दे पानेवाले किसानों के खेत लुटवा दिए, जिसने मना करने की कोशिश की, उसके साथ चल रहे सिपाहियों ने उसकी जमकर पिटाई की, किसी-किसी को रस्सियों से बाँधकर पेड़ से उल्टा लटका दिया। किसानों और गाँववालों का जीना दूभर हो गया।

अन्त में सभी गाँववाले गोनू झा के पास पहुँचे और उनसे अपना हाल कह

सुनाया। गोनू झा ख़ुद भी उसका कहानियाँ सुन चुके थे और सोच रहे थे कि उसे सबक कैसे सिखाया जाए। अब जब गाँववाले उनके पास पहुँचे तब उनके विचार को समर्थन का पूरा बल मिल गया। उन्होंने सभी को आश्वस्त करते हुए कहा कि आप लोग चिन्ता मत कीजिए। कल सुबह तक वह निश्चित ही यहाँ से नौ दो ग्यारह हो जाएगा।

दूसरे दिन सुबह गोनू झा तहसीलदार के घर पहुँचे। उनके साथ गाँव के भी कुछ लोग थे। जिस समय गोनू झा उसके घर पहुँचे, उस समय वह दातून कर रहा था। बदन खुला हुआ था। और उसकी लम्बी दाढ़ी उसकी छाती को छू रही थी। गाँववाले सहित गोनू झा उसे नमस्कार करके वहाँ बैठ गए। तहसीलदार ने दातून करने के बाद कुल्ला-वुल्ला किया और मुँह धोकर पोछा। इस प्रक्रिया में उनकी दाढ़ी का एक बाल ज़मीन पर आ गिरा। गोनू झा झट से उठे और बड़े एहतियात से उस एक बाल को उठाया, उसे साफ़ किया और अपनी धोती के खूँट में उसे बाँध लिया, चार...पाँच बार उसे सर से छुलाकर प्रणाम किया और तब वापस अपनी जगह आकर बैठ गए।

गाँववालों को बड़ा आश्चर्य हुआ गोनू झा की इस हरकत पर। क्रोध भी आया कि कहाँ तो वे .... दुष्ट को भगाने आए थे और कहाँ अब इसकी दाढ़ी के गिरे हुए बाल को इतने जतन से सँभालकर रख रहे हैं जैसे यह उसकी दाढ़ी का बाल नहीं, सोने की जंजीर हो। फिर भी गाँववालों में एक ने अपना गुस्सा बताते हुए बड़े ही कोमल स्वर में पूछा—"गोनू बाबू, यह आप क्या कर रहे हैं?

गोनू झा ने कहा—"तुम लोगों को नहीं मालूम लेकिन कल रात जब मैं पंचांग देख रहा था तो देखा कि आज के भोर के समय ग्रहों की स्थिति तहसीलदार साहब के शौर्य और पराक्रम के बहुत माकूल बनती है। ग्रहों की स्थिति से यह भी पता चला कि तहसीलदार साहब के शौर्य और पराक्रम का लाभ सिर्फ इन्हें ही नहीं, उन्हें भी मिलेगा, जिस गाँव में वे ठहरे हैं। हम तो धन्य-धन्य हो गए कि तहसीलदार साहब हमारे गाँव में हैं। हम लोगों का तो जन्म सार्थक हो गया।"

"परन्तु तहसीलदार साहब के पराक्रम का लाभ हमें कैसे मिलेगा?" गाँववालों का गुस्सा अब उत्सुकता में बदल गया था। इधर तहसीलदार अपनी तारीफ़ सुनकर फूलकर कुप्पा होता जा रहा था। गोनू झा ने कहा—"उनकी दाढ़ी के बाल! आज की इस भोर वेला में जिसे भी उनकी दाढ़ी का एक बाल मिल जाएगा, उसे सारे कष्टों से मुक्ति मिल जाएगी, उसके सारे पाप धुल जाएँगे और वह सीधा स्वर्ग को जाएगा। इसीलिए मैंने अपने स्वर्ग जाने के उपाय को खोया नहीं बल्कि आप सबसे भी प्रार्थना करूँगा कि तहसीलदार साहब से उनकी दाढ़ी का एक-एक बाल माँग लें और अपना जनम कृतार्थ कर लें।"

तहसीलदार साहब बड़े ख़ुश! इतना उनका माहात्म्य और इतना उनका महत्त्व! लेकिन गाँववाले आशंकित थे। एक ने पूछा—लेकिन क्या तहसीलदार साहब अपनी

दाढ़ी के बाल हमें देंगे?"

"देंगे कैसे नहीं? आखिर इतने लोगों की मुक्ति का सवाल है। फिर इतने लोगों को पुण्य का लाभ देकर वे ख़ुद भी कितने पुण्यवान हो जाएँगे, यह सोचा है आप सबसे में से किसी ने? जाइए, आप सब और एक-एक बाल अपने लिए ले लीजिए।"

शुरू में तो तहसीलदार दो-चार बाल देते हुए बड़े गौरव का अनुभव करने लगा। मगर इतने सारे लोग और सभी को अपनी जगह स्वर्ग में आरक्षित करा लेने की बेचैनी, एक के बाद दूसरा, फिर तीसरा फिर...तहसीलदार मना करता रहा, डाँटता रहा, लेकिन गोनू झा के साथ आए गाँववालों ने उनकी एक न सुनी। आधी दाढ़ी नुच गई। चेहरा लहू लुहान हो गया। इधर उसकी तकलीफ़ पर ध्यान देते हुए जो भी उनके बाल तोड़ता अपनी धोती के खूँट में उसे सहेजते हुए यह जरूर कहता कि "वाह! वाह! क्या बाल है!"

तुरन्त ही यह ख़बर जंगल में लगे आग की तरह फैल गई। बस, फिर क्या था! गाँव के सारे बड़े-बूढ़े, बच्चे उनकी दाढ़ी का एक बाल लेने को उमड़ पड़े। यहाँ तक कि जब गाँव की स्त्रियों ने यह बात सुनी तो उन्होंने अपने-अपने घर के पुरुषों को यह भी ताकीद कर दी कि केवल अपने लिए ही नहीं, हम सबके लिए भी बाल लेकर आना ताकि हमें भी मृत्यु के बाद स्वर्ग का रास्ता मिले।"

आधी दाढ़ी नुच जाने के कारण बहते ख़ून और तकलीफ़ से तहसीलदार वैसे ही बेचैन थे। जब उन्होंने गाँववालों की पूरी फौज देखी तो उनकी तो रूह ही फना हो गई। वे जान लेकर भागे। इधर वे भागते जा रहे थे और लोग उनके पीछे-पीछे दौड़ते जा रहे थे–"तहसीलदार साहब! हमारी जिनगी भले नहीं सँवर पाई, अब मौत को तो सँवार दीजिए। हमारे बैकुंठ जाने का उपाय हमसे मत छीनिए!"

पर जिसके सामने ख़ुद मौत नाच रही हो, वह दूसरों को कहाँ से जीवन और स्वर्ग का मार्ग प्रशस्त करता रहेगा, वह जान लेकर जो भागे! सो भागा ही। पलटकर नहीं देखा, अब गाँववाले भी दो धड़े में बँट गए। जिन्हें बाल मिल गए थे, उनके चेहरे ख़ुशी से चमक रहे थे और जिन्हें नहीं मिले थे, वे दुःखी और क्षुब्ध थे। गोनू झा ने कहा–"मैंने कल आप सबसे वादा किया था न कि सुबह होते-होते इस बदमाश को यहाँ से भगा दूँगा। उसी का यह उपाय था! भला किसी की दाढ़ी से किसी को स्वर्ग और नरक मिल सकता है क्या! वह तो उसे अपने-अपने कर्मों के कारण ही मिलता है। जैसे तहसीलदार को ही लो–उसे अपने बुरे कर्मों की सज़ा यहीं पर मिल गई, जो उसके नरक से कम नहीं थे।"

गाँववाले गोनू झा की बात समझ गए। उनकी चतुराई के तो वे सब पहले से कायल थे ही। और गोनू झा! वे सदा कि तरह अपनी हथेली पर तम्बाकू मल रहे थे, होठों पर मन्द मुस्कान लिए हुए।

सुख और दुःख

किसी राज्य का राजकुमार बहुत ही कंजूस था। किसी को भी फूटी कौड़ी तक देने में उसकी जान निकलती थी। उसने सोच रखा था कि जब वह राजा बनेगा तब किसी को भी एक पैसा फालतू ख़र्च करने नहीं देगा और अपने कोष में धन जमा करके रखेगा।

संयोग से कुछ दिनों बाद ही राजा की मृत्यु हो गई। राजा बहुत ही उदार, दयालु और दानी था। वह हर विद्वान का स्वागत-सत्कार करता और उनकी विद्वता के अनुसार उन्हें सम्मानित करता। उसके द्वार पर पहुँचा कोई भी याचक ख़ाली हाथ नहीं जाता था। इसलिए राजा की कीर्ति दूर-दूर तक फैली हुई थी। सभी राजा की प्रशंसा और उनके दीर्घायु होने की कामना करते। परन्तु राजकुमार को यह सब फिज़ूलखर्ची लगती।

इसीलिए जब राजा की मृत्यु हुई तब राजकुमार ने न तो श्राद्ध कर्म में ख़र्च किया, न ब्राह्मणों और भिक्षुकों को दान-दक्षिणा ही दी। यहाँ तक कि जब वह राजगद्दी पर आसीन हुआ तब भी राजा बनने की ख़ुशी में उसने न कोई समारोह आयोजित करवाया न याचकों, ज़रूरतमंदों की कोई मदद ही की। ब्राह्मणों, जिन्होंने स्तवन पाठ पढ़े और तमाम ग्रहों का निवारण किया, उन्हें भी ख़ाली हाथ लौटा दिया। भाट चारण आए, उनकी स्तुति में गान गाए, मगर वे भी निराश हुए।

राजकुमार ने उन लोगों को कुछ भी न देने के लिए बड़ा अच्छा उपाय बना रखा था। जो उसके द्वार पर राजा की मृत्यु का शोक प्रकट करने आता, यह कहकर भगा देता–"देखो तो जरा इन्हें! मुझे राजगद्दी मिली है, मैं राजा बना हूँ और यह ख़ुशी ज़ाहिर करने के बदले टसुए बहा रहा है। भगाओ इन्हें यहाँ से।"

और जो राजकुमार के पदासीन होने की ख़ुशी की बात करते, उनसे वह झुँझलाकर कहता–"वाह रे जन! मेरे पिता मौत के मुँह में चले गए। मुझे अकेला, बेसहारा और अनाथ बना गए। मैं इस दुःख में गला जा रहा हूँ, और इन्हें देखो,

ये मेरे पिता की मृत्यु पर ख़ुशी मनाने आ पहुँचे है। दूर करो इन्हें मेरी नज़रों से!"

इस तरह से सारे लोग उसके यहाँ से निराश होकर लौट जाते। लोगों की यह हालत हो गई थी कि वे न रो सकते थे और न हँस सकते थे। दोनों ही हालत में उन्हें राजकुमार के क्रोध का शिकार बनना पड़ता है।

अन्त में वे सब गोनू झा के पास पहुँचे गोनू झा स्वयं बुद्धिमान थे। इसलिए वे जानते थे कि बुद्धिमानों और विद्वानों को पूरा-पूरा आदर और सम्मान देना चाहिए। उन्होंने सभी को आदरपूर्वक पीढ़ा पानी अर्पित किया। फिर विनम्रतापूर्वक उनके आने का कारण पूछा। आगतों में से एक ने कहा—"गोनू बाबू! राजा साहब के निधन के बाद राजकुमार गद्‌दी पर बैठे हैं। परन्तु वे बहुत की कंजूस हैं। हम लोगों को राजा साहब क्या, उनके पुरखों के काल के उनके यहाँ से धन, बख्शीश आदि मिलते रहे हैं। राजा बनने की ख़ुशी में ग़रीबों अन्य-वस्त्र मिलते रहे हैं, ख़ुद इनके पिता भी जब राजा थे, तब हमलोगों के घर भर गए थे। मगर यह राजा तो अपने बदन की मैल तक देने को तैयार नहीं। अब आप ही कोई उपाय बताइए जिससे हम लोगों की ज़िन्दगी सँवरे।"

गोनू झा थोड़ी देर तक सोचते रहे, फिर बोले—"अच्छा, आप सभी हमारे साथ चलिए। मैं आप सबको लेकर चलता हूँ। परन्तु मेरी एक शर्त है जिसे आप सबको मानना होगा। यदि यह मान्य हो तभी मैं जा सकता हूँ।"

सभी ने शर्त सुने बिना ही एक स्वर में कहा—"हाँ-हाँ, हमें मान्य है आपकी शर्त!"

उनके उतावलेपन को देखकर गोनू झा हँसने लगे। फिर कहा—"उतावले होकर कुछ भी बोलने से पहले आप लोगों को एक बार सोचना चाहिए। ऐसा न हो कि उसके लिए फिर आपको पछताना पड़े। आप सब राजा से दान-धन पाना चाहते हैं। इसके लिए मेरी सहायता भी चाहते हैं। मैं आपकी मदद के लिए तैयार हूँ। परन्तु मेरी शर्त पर आपको बिना सुने हाँ नहीं कहना चाहिए। मान लीजिए अब यदि मैं यह कह दूँ कि राजा से मिला सारा धन आप सब मुझे दे देंगे या राजा से धन आप लें और उसके एवज में आप सब अपने दाहिने हाथ का अँगूठा मुझे दे दें तो? यह तो ताड़ से गिरे, खजूर पर अटकेवाली बात हो गई न!"

गोनू झा की बात सुनकर सभी शर्मिंदा हुए। गोनू झा ने ही फिर बात सँवारी—"खैर! कोई बात नहीं। मैं ऐसी वैसी शर्त नहीं लादनेवाला। मेरी शर्त बिल्कुल छोटी और सीधी-सादी है। और वह यह कि आप जब मेरे साथ राजा के पास चलेंगे तो दरबार में कोई भी कुछ भी नहीं बोलेगा। "क" अक्षर भी नहीं। सभी अपनी ज़बान बन्द रखेंगे। बस, मैं जैसे-जैसे करता चलूँगा, आप सब भी वैसे ही करेंगे।"

सभी को साथ लेकर गोनू झा राज-दरबार की ओर चल पड़े। दरबार लगा हुआ। राजा बनकर राजकुमार अब राज सिंहासन पर विराजमान था। गोनू झा ने राजा को नमस्कार किया फिर मुँह खोलकर खड़े हो गए। बोले कुछ भी नहीं। उनके

साथ आए लोगों ने भी वैसा ही किया। सभी को यूँ मुँह बाए खड़े देखकर राजा ने दरबारियों को पास बुलाया और पूछा कि ये लोग क्या चाहते हैं? दरबारियों के पूछने पर गोनू झा ने कोई उत्तर नहीं दिया। अब राजा ने पूछा–"गोनू झा! आप लोग ऐसे क्यों खड़े हैं और क्या चाहते है?" गोनू झा ने फिर भी मुँह से कुछ उत्तर नहीं दिया। केवल इशारे से बताया कि हम लोग यहाँ दान लेने आए हैं।

तब राजा ने अपना बँधा-बँधाया सवाल दुहराया–"क्या आप लोग ख़ुशी मना रहे हैं?" गोनू झा वैसे ही मुँह बाए रहे। केवल इशारा से इतना ही समझाया–आप जो समझे।"

राजा ने फिर से दूसरा सवाल दुहराया–"क्या आप लोग सोक मना रहे हैं?"

गोनू झा ने भी फिर वही मुँह बाए इशारे से जवाब दिया–"आप जो समझें सरकार!" साथ आए सभी लोगों ने भी गोनू झा के निर्देशों का पूरा-पूरा पालन किया।

अब राजा को कुछ नहीं सूझा। सुख या दुःख का निर्णय अब उन्हें ही करना था। गोनू झा और उनके साथी कुछ भी नहीं बोल रहे थे। केवल मुँह बाए खड़े थे। राजा ने अब सभी को दान देने का आदेश दिया। सभी को दान दक्षिणा मिली। गोनू झा ने सभी को अपने अपने घर जाने को कह दिया। वे सब गोनू झा का गुणगान करते चले गए।

अब गोनू झा ने राजकुमार से कहा–"महाराज! अब आप राजा हैं! प्रजा के दुःख, दर्द, उनकी जरूरतों का ख़्याल रखना आपका धर्म है और तदनुसार आचरण करने पर ही आपकी कीर्ति सूर्य की तरह पूरे संसार में फैलेगी। आप ही सोचें महाराज, यदि नदी अपना कोश समाप्त होने के भय से पानी देना बन्द कर दे, पेड़ फल ख़त्म हो जाने के डर से फल देना बन्द कर दें तो उनकी क्या उपयोगिता रह जाएगी। उसी तरह आवश्यकता पड़ने पर यदि ख़र्च न किया गया तो खजाने का क्या औचित्य।

राजा की समझ में बात आ गई। उसने गोनू झा को और ज़्यादा धन व मान-सम्मान देकर विदा किया और वचन भी दिया कि वे अब से ज़रूरत के हिसाब से ख़र्च तो करेंगे, परन्तु कंजूस नहीं बनेंगे तथा दीन-दुःखियों व ज़रूरतमंदों की हर सम्भव सेवा तथा सहायता करेंगे।

चमरशौच में फँसे गोनू झा

यूँ तो गोनू झा सबको छकाने और हराने में माहिर थे। परन्तु, कभी-कभी वे स्वयं भी किसी न किसी चक्कर में फँस जाते। ऐसा कि तब न मामला रफा-दफा करते बनता न समेटते।

ऐसा ही एक बार उनके साथ हुआ। गोनू झा को कब्ज़ की शिकायत हमेशा रहती थी। परन्तु इसके बावज़ूद अहले सुबह उन्हें एकबारगी दस्त का ज़ोरदार आवेग सताता जिसके कारण उन्हें फौरन से पेशतर बिस्तर छोड़कर नदी तट की दौड़ लगानी पड़ती। यह बात दूसरी थी कि सुबह-सुबह और ज़ोरदार आवेग के बावज़ूद उनका पेट साफ़ न हो पाता। इसके लिए वे वैद्य-हकीम सबकी दवा-दारू करते न थकते थे। मगर सब बेकार साबित हो रहे थे।

एक बार की बात है। गोनू झा को किसी ने सलाह दी कि रात में एक बड़ा गिलास गर्म-गर्म दूध पीने से सुबह पेट सुबह बिल्कुल साफ़ हो जाता है। गोनू झा ने यह उपाय करने की सोची। रात का खाना-वाना खा चुकने के बाद उन्होंने पत्नी से कहा कि वे उन्हें सोने के पहले एक लोटा गर्म-गर्म दूध दे दें। उपाय बतानेवाले ने तो गिलास की बात की थी। गोनू झा ने उसे लोटे पर पहुँचा दिया कि इतने दिनों का भरा पेट अच्छी तरह से साफ़ हो जाए तो अच्छा!

दूध पीने के बाद वे सोने चले गए। बड़ी देर तक तो उन्हें नींद ही नहीं आई। पेट और कब्ज़ियत के बारे में सोचते रहे। सोचते-विचारते न जाने कब उनकी आँख लग गई।

रोज़ दिन की तरह आज भी सुबह का झुटपुटा फैल ही रहा था कि गोनू झा को दस्त के आवेग ने घेरा। वे झटपट बिस्तर से छलांग मारकर नीचे उतरे और लोटा लेकर दौड़ने को उद्यत हुए। गोनू झा को अपनी इस आदत का पता था। इसलिए उन्होंने अपनी पत्नी से कह रखा था कि वह उनकी चारपाई के नीचे एक लोटा पानी भरकर रख दिया करे ताकि उन्हें शौच के लिए जाते समय ज़रा भी विलम्ब न हो।

परन्तु आज का संयोग! पत्नी ने रात में एक लोटा गर्म-गर्म दूध तो दे दिया था। परन्तु जल भरा लौटा रखना भूल गईं इसलिए आदतन जब लोटे के लिए हाथ चारपाई के नीचे बढ़ाया तो वहाँ लोटा मिला ही नहीं। सुबह का समय, दस्त का इतना तेज़ आवेग और लोटा-पानी नदारद उनका तन-मन क्रोध के जलती संठी की तरह धधक उठा। किन्तु दस्त का आवेग इतना समय कहाँ दे रहा था कि वे सोई हुई पत्नी को उठाते और मन की भड़ास निकालते। "अच्छा! आने दो पोखर घाट से फिर तुमसे मैं पूछँगा।" दाँत पीसते और पेट पकड़ते वे नदी की तरफ़ भागे।

कुछ देर तक बैठे रहने के बाद उन्हें ख़्याल आया कि वे ऐसी कि वे ऐसी जगह बैठे हुए हैं जहाँ लोग आते-जाते उन्हें देख सकते हैं। ओह! लोग अब आना-जाना शुरू कर देंगे। उन्हें यूँ सामने बैठे देख लोग क्या सोचेंगे कि गोनू झा कितने निर्लज्ज हो गए हैं जो ऐसी खुली जगह पर शौच के लिए बैठ गए हैं। उस समय तो दस्त की तीव्रता के कारण आँखों के आगे जैसे अँधेरा छा रहा था। कुछ सुझाई न दिया था। लेकिन अब? तभी उन्होंने समाने देखा तो वे खिल उठे। सामने भरी-पूरी नदी अपने पूरे वेग से बह रही थी। उन्होंने सोचा कि लोगों के आने से पहले ही वे नदी के जल से शौच करके वहाँ से चल देंगे।

संयोग की बात! अन्य दिन जहाँ उन्हें घंटा-घंटा भर बैठना पड़ता था, वहीं आज मिनटों में ही वे फारिग हो गए। इसे उन्होंने एक लोटा दूध का परिणाम माना। लोटा याद आते ही जल भरा लोटा भी याद आया, फिर पत्नी की असावधानी याद आई फिर उस पर क्रोध आया। किन्तु, अभी इन सबका समय नहीं था। वे तो लोगों के आवागमन से पूर्व दैनिक क्रिया से निवृत हो लेना चाहते थे।

इसलिए वे नदी किनारे बढ़े। जैसे ही वे नदी में हाथ डाल जल लेने को उद्यत हुए कि उनका ध्यान नदी के दूसरे किनारे पर गया जहाँ उन्होंने देखा कि उस किनारे पर पसारी नामक चमार शौच कर रहा है।

गोनू झा शौच भी करते जा रहे थे और तिरछी नज़रों से उस चमार को भी देखते जा रहे थे। उधर पसारी चमार निःसंकोच भाव से शौच किए जा रहा था। यह देखकर गोनू झा को जिद्द लग गई। साथ ही अपने बड़प्पन का अहसास भी जागा कि है तो आखिर यह चमार ही। शौच करने में यह मेरा क्या मुकाबला कर सकेगा भला। उधर पसारी चमार ने भी सोचा कि होंगे गोनू झा बड़े और बुद्धिमान तो अपने घर के। अगर उन्हें अच्छी तरह से शौच करना आता है मैं क्या उनसे कम हूँ। चले, आज मैं भी हूँ मैदान में। गोनू झा भी क्या सोचेंगे कि वह भी रखता है कुछ दम-खम! यह सब सोचकर वह भी शौच करता गया, करता गया।

समय बीतता गया। झुटपुटे अन्धेरे ने साफ़-सुथरी भोर का रूप धारण किया। भोर फिर सूरज भरे प्रभात और प्रभात प्रखर दिन में और दिन दोपहर में बदल गया। लेकिन गोनू झा और पसारी चमार—ये दोनां के दोनों महारथी अपनी-अपनी शौच-निवृत्ति

में लगे रहे। वस्तुतः अब इन दोनों ने इसे अपनी प्रतिष्ठा का विषय बना लिया था और कोई भी पीछे हटने को राज़ी नहीं था। गोनू झा सोच रहे थे कि अगर आज मैं उठ गया तो यह पूरे गाँव में शेखी बघारता फिरेगा कि उसने गोनू झा को परास्त कर दिया है। उधर पसारी चमार यह सोच रहा था कि वह अगर उठ गया तो गोनू बाबू गाँव भर में यह हल्ला मचाते फिरेंगे कि आज मैंने इस चमरवा को ख़ूब छकाया।

भोर से दोपहर और दोपहर से शाम होने को आ गई थी। परन्तु दोनों के दोनों महाबली दोनों किनारे पर डटे हुए थे। तारीफ़ की बात तो यह थी कि दोनों में से कोई भी सीधी आँख उठाकर न तो एक-दूसरे को देख रहे थे, न आक्रामक मुद्रा में किसी को घूर रहे थे। बस शौच करते जा रहे थे और सिर झुकाए हुए ही तिरछी नज़र से एक-दूसरे को देखते जा रहे थे। अहले सुबह गाँव-रस्ते के जिन आदमियों के सामने पड़ जाने का संकोच गोनू झा को सता रहा था, वह छू मंतर हो गया था। बल्कि लोग बाग इधर से उधर गुज़रते हुए दोनों को देख रहे थे और आश्चर्य प्रकट कर रहे थे कि आखिर वे दोनों कर क्या रहे हैं।

शाम के समय गोनू झा के एक परिचित उस तरफ़ से लौटे। सुबह में भी उन दोनों को उसने उधर देखा था। अभी भी वे दोनों एक ही क्रिया में लीन थे। उसे घोर आश्चर्य हुआ। उसने वहीं से गोनू झा को आवाज़ दी—''क्यों गोनू झा बाबू? क्या बात है?''

गोनू झा ने शौच करते हुए उत्तर दिया—''देख नहीं रहे हो। आज मैं चमरशौच में लगा हुआ हूँ।

उस व्यक्ति की नजर नदी के दूसरे किनारे पर गई। वहाँ उसने देखा कि पसारी चमार शौच भी करता रहा है और पत्नी को चिल्ला-चिल्लाकर आवाज़ भी दे रहा है—''अरे, आज मेरा खाना यहीं लेती आओ आज मैं भी शौच के फेरे में पड़ा हुआ हूँ।

वह व्यक्ति वहाँ से चल पड़ा। रास्ते में जो भी मिलता, उससे कहता चलता—''तुम्हें पता है, आज गोनू झा चमरशौच में फँसे हुए हैं।''

शाम से रात हो गई। दोनों अपने-अपने काम में लगे रहे। रात के किस प्रहर में यह क्रम समाप्त हुआ और कौन जीता व कौन हारा; इसे कोई भी नहीं जान सका।

खेत खाए गधा, मार खाए जोलहा

"खेत खाए गधा, मार खाए जोलहा", मिथिला में यह कहावत बड़ी पुरानी है। इसका अर्थ है कि करे कोई और भरे कोई। और मामला जहाँ गोनू झा जैसे चतुर शिरोमणि का हो तब तो यह कहावत सोलह आने में सवाँ सोलह आने चरितार्थ हो जाती है।

बात उस समय की है, जब गोनू झा की शादी हुई थी। मिथिला में ब्राह्मणों की शादी के बाद लड़की की तुरन्त विदाई नहीं होती। उसकी जगह दामाद को ही वहाँ पन्द्रह दिन, इक्कीस दिन या सवा महीने आदि के लिए रोक लिया जाता है। इस पूरी अवधि में दामाद की ख़ूब आवभगत की जाती है। घर हँसी-मज़ाक, पूरी पकवान से महमह करता रहता है। बेटी के घर का माहौल वैसा ही रहता है जैसे बेटेवाले के घर में नवबधू के आगमन के बाद होता है। दामाद ससुराल में है तो आरम्भ में खान-पान आदि में थोड़ा-बहुत संकोच स्वाभाविक बात होती है। साथ ही हर ज़रूरत की बात किससे कही जाए, यह भी एक समस्या होती है। इसलिए वर के साथ उसका एक नौकर वहाँ ठहरता है। मिथिला की अन्य जाति में शादी के बाद वधू की विदाई हो जाती है और उसके साथ एक धाई को भेजा जाता है ताकि नई बहू के नाते जो कुछ वह ससुरालवालों से नहीं कह सकती, उसे वह धाई के माध्यम से कह सके, आज भी यह परम्परा मिथिला में है। हालाँकि अब इसमें काफी कमी आ गई है। अस्तु!

गोनू झा भी प्रथा के अनुसार शादी के बाद ससुराल में रह गए। मिथिला में दामाद की ख़ातिरदारी भगवान से भी बढ़कर की जाती है। इसका अनुभव मिथिला का दामाद बनकर ही लिया जा सकता है। दिन भर एक से एक व्यंजन, पकवान, चारों ओर सालियों, सलहजों की भीड़; उनके हँसी-मज़ाक और रात में प्रिया का संग! स्वर्ग में भी शायद ऐसा सुख नसीब नहीं होता होगा जो मिथिला के दामाद को ससुराल में मिलता है।

गोनू झा की आवभगत भी शुरू हो गई। सुबह में आम-चूरा, छह परत मलाईवाली

दही के साथ चूड़ा, और लड्डू; बुनिया (बूंदी), जिलेबी आदि तरह-तरह के मिष्ठान्न! दोपहर में बासमती चावल का भात, अरहर की गाढ़ी दाल, तिलकोर (एक प्रकार की बेल जिसके पत्तों से पकौड़े बनते हैं। ये बड़े स्वादिष्ट होते हैं। इनका आयुर्वेदिक महत्त्व भी है। मधुमेह के मरीज इसके पत्ते को पीसकर खाते हैं। इसका फल कड़वा मगर गुणकारी होता है जो शक्ल में कुंदरी या टेंडली की तरह का होता है) और कभी नौ तो कभी ग्यारह तरह की सब्जियाँ, पकौड़े आदि-आदि। परन्तु गोनू झा ठहरे नए-नए दामाद! उस पर भी खाने-नाश्ते आदि के वक़्त भी साली सलहजों का जमावड़ा जुटा ही रहता। वस्तुतः वे इसलिए जुटी रहती थीं कि दामाद कहीं अकेला न महसूस करें या उन्हें किसी प्रकार की कमी न हो। परन्तु वह एक बात है न—रक्षा में हत्या! गोनू झा के साथ यही हो रहा था। एक तो नई-नई शादी, नया-नया परिवेश और भोजन के समय भी एक झुंड लोगों को भीड़ वे बिचारे मारे संकोच के कुछ खा-पी ही नहीं पाते थे। एक दिन, दो दिन तो किसी तरह सब्र कर लिया। पर भूखे पेट कितने दिन तक रहते। आखिर एक दिन जब उनसे नहीं रहा गया तब अपने साथ आए नौकर ठीठरा को बुलाया और उससे अपनी परेशानी कह सुनाई। ठीठरा उन्हें दिलासा देता बोला—"चिन्ता मत कीजिए आज गाँव से सन्देश तो आएगा ही और उसमें मिष्ठान्न तो रहेंगे ही मैं ऐसा करूँगा कि जिस कमरे में सारे सामान रखे जाएँगे, उसे बाहर से चोंगा लगाकर थोड़ा हटा दूंगा। आप रात में अपने कमरे में से निकलकर उस चोंगे लगी जगह से अन्दर चले जाइएगा। और जब इच्छा भर खा पी लीजिएगा तब उसी रस्ते बाहर निकल आइएगा। मैं तब वह चोंगा वहाँ से हटा दूँगा। आपका काम भी हो जाएगा और किसी को कानोंकान ख़बर भी न होगी।

गोनू झा सहमत हो गए। शाम हुई। गोनू झा के गाँव से सन्देशे के रूप में कई-कई चंगेरी (बाँस की टोकरी) मिठाई व अन्य सामान आए। जब रात गहरा गई और गोनू झा ने इत्मीनान कर लिया कि घर के सभी लोग सो गए हैं तो वे चुपके से उठे और अपने कमरे से बाहर निकल आए। वे सीधा दालान की ओर बढ़े और ठिठरा को उठाया। ठिठरा ने पहले से ही सारे प्रबन्ध कर रखे थे। वह गोनू झा को लेकर भंडार घर की तरफ़ आया। उसने सुबह में ही एक बाँस में चोंगा कर रखे हुए थे। गोनू झा को लेकर जब वहाँ पहुँचा तब उसने फटाफट वह चोंगा टाट में फँसा दिया। भंडार घर की टाट थोड़ी सी अलग हो गई। गोनू झा आनन-फानन में अन्दर घुस गए। ठिठरा अब दालान पर आकर लेट गया कि जब गोनू झा अपनी उदर पूर्ति कर लेंगे। तभी तो चोंगा हटाने की ज़रूरत पड़ेगी। तब तक यूँ ही लेटता हूँ।

इधर गोनू झा भंडार घर में परम प्रसन्न भाव से घर से आए सन्देश का भोग लगा रहे थे। खाजा, लड्डू, ठेकुआ, पिरकिया, भुसबा और भी न जाने क्या-क्या। जब-तक खाते रहे तब तक उसी पर सारा ध्यान रहा। इधर जिस टाट को चोंगा लगाकर अलगाया गया था, उसके बाँस का कोरो (कोना) सरक गया। नतीजन टाट

खिसककर दीवाल पर बैठ गई। भोजन में सम्पूर्णतया लीन होने के कारण इस घटना की ओर उनका ध्यान नहीं गया। अब वे अपनी क्षुधापूर्ति कर चुके थे। अब उन्हें वापस जाना था। इसलिए उन्होंने उस तरफ़ का रुख किया जिधर चोंगा लगाकर टाट को अलगाया गया था। परन्तु वहाँ तो फाँफर (दरार) थी ही नहीं। दीवान बैठी हुई थी। गोनू झा तो सन्न! अब क्या करें। कुछ देर तक तो ख़ुद ही इधर-उधर प्रयास किया कि शायद कहीं से टाट अलग हो जाए तो वे उस रस्ते बाहर निकल आए। मगर सब व्यर्थ। तब एक ही उपाय रह गया था कि अब ठिठरा को आवाज़ लगाई जाए। परन्तु कैसे? ज़ोर से तो वे पुकार नहीं सकते थे। तब तो सारा भांडा ही फूट जाता। अगर न उठाया तो भी सुबह होने पर भंडार घर खुलेगा ही और तब उनका भाँड़ा फूटेगा ही। इसलिए अब हर हालत में एक ही उपाय शेष रह गया था और वह था ठिठरा को बुलाना। उन्होंने दबी आवाज़ में धीरे-धीरे ठिठरा को आवाज़ देना शुरू किया—ठिठरा खींच! ठिठरा खींच!

उधर ठिठरा, जो यह सोचकर लेट गया था कि जब तक गोनू झा भोजन करें, तब तक मैं लेटता हूँ, उसे नींद आ गई थी और वह गहरी नींद में सो गया था। इधर गोनू झा झा थोड़ी-थोड़ी देर पर ठिठरा को पुकार लेते-दबी भिंची आवाज़ में "ठिठरा खींच! ठिठरा खींच।" जब काफी देर तक इस स्वर से कुछ लाभ न हुआ तब उन्होंने स्वर को थोड़ा और ऊँचा किया। फिर थोड़ा और! फिर थोड़ा और!

ठिठरा जो गहरी नींद में डूबा सो डूबा ही रह गया। उसके कानों में गोनू झा के स्वर नहीं पड़ने थे सो नहीं पड़े। लेकिन गोनू झा की आवाज़ उनके ससुर को सुनाई पड़ गई। उन्होंने कान लगाकर आवाज़ सुनने की कोशिश की। वे बुज़ुर्ग थे। अनुभवी थे। तुरन्त समझ गए कि घर में चोर है और भंडार घर में घुसा हुआ है। उन्होंने शोर मचाना शुरू कर दिया। तुरन्त घर और मोहल्ले भर के लोग जुट गए। सभी भंडार घर के दरवाज़े पर खड़े थे। परन्तु दरवाज़ा खोलकर अन्दर जाने की हिम्मत किसी में नहीं हो रही थी। क्या पता चोर अन्दर तलवार कि भाला कि चाकू क्या लेकर बैठा हो। घुसते ही भोंक दे तो अपना तो "राम नाम सत्य" हो जाएगा।

इधर हो-हल्ला सुनकर ठिठरा की भी नींद खुल गई। भीतर से आती फुसफुसाहट और बाहर जुटी भीड़ देखकर वह सारा माजरा समझ गया। अब क्या हो? वह कैसे कहे कि अन्दर और कोई नहीं घर के जँवाई गोनू बाबू हैं। और न कहे और लोग दरवाज़ा तोड़कर भीतर घुस जाएँगे और लगेंगे उनकी पिटाई करने, तब क्या होगा? मारे भय और घबराहट के उसकी घिग्घी बँध गई। पूरे शरीर से पसीने की धार फूट चली।

अब गोनू झा का हाल सुन लीजिए। वे भी समझ बैठे थे कि अब तो इज्ज़त गई। लोग क्या सोचेंगे कि गोनू बाबू चोर निकले और वह भी मिठाइयों के? इतनी अच्छी आवभगत के बावज़ूद ऐसी क्षुद्रता! इतना बड़ा पेट है उनका कि सास द्वारा

बनाए और साली-सलहजों द्वारा मनुहार से खिलाए गए भोजन के बाद भी उनका पेट नहीं भरा? वे समझ नहीं पा रहे थे कि क्या किया जाए? गोनू झा दरवाज़े के बाहर जुटी भीड़ का अनुमान लगा रहे थे। वे यह भी महसूस कर रहे थे कि चोर या किसी अन्य भय से लोग दरवाज़ा खोलने की हिम्मत नहीं कर रहे हैं। उनकी तुरन्त बुद्धि ने काम किया और वे थोड़ी-थोड़ी देर बाद पुरानी बात ही दुहराने लगे। खींच! खींच!

बाहर साहस बटोरकर जो लोग अन्दर जाने के लिए दरवाज़े के पास जाते परन्तु "खींच", "खींच" शब्द सुनकर उनकी हिम्मत पस्त हो जाती और वे पीछे हट जाते। काफी देर तक यह क्रम चलता रहा।

अन्त में न बाहर से कोई अन्दर गया न अन्दर से कोई बाहर आया। लोग परेशान होने लगे। तब गाँव का ही एक जवान जुलाहा, जो हल्ला सुनकर वहाँ आया था बोला–"आप सब इसी तरह छह-पाँच करते रहिए। मैं ख़ुद अकेला अन्दर घुस रहा हूँ। क्या कर लेगा अन्दरवाला! यह भी तो देख लें।" और वह धोती की लाँग समेटता हुआ अन्दर घुसा।

इधर गोनू झा भी बाहर की आवाज़ सुनकर अन्दर से मुकाबले के लिए तैयार हो गए। उन्होंने दही का छाँछ (मिट्टी का गहरी थाली नुमा बर्तन, जिसमें दही जमाया जाता है) उठाया और ऊपर छरन (बीम) पर चढ़ गए।

जुलाहे ने कमर कसकर दरवाज़ा खोला और सबसे पहले अन्दर घुसा ज्यों ही वह अन्दर घुसा कि ऊपर से गोनू झा ने छपाक से पूरी छाँछ दही उसके ऊपर उलट दी और ऊपर से उसके ऊपर कूद पड़े और उसकी गर्दन पकड़कर चिल्लाने लगे कि ये देखो, मैंने खींच को पकड़ लिया। बस! फिर क्या था! लोगों ने आव देखा न ताव! लगे दही में सने जुलाहे को रूई की तरह धुनने। मारते-मारते लोगों ने उसे बेहोश कर दिया। गोनू झा ने इस तरह अपनी इज़्ज़त तो बचा ली परन्तु वह जुलाहा अकारण पिटाई खा गया और यह कहावत चरितार्थ कर गया "खेत खाए गधा, मार खाए जोलहा।"

राख का मोल

अपनी बुद्धिमता और हाज़िर जवाबी के कारण गोनू झा राजा की आँखों के तारा हो गए थे। समय-समय पर पुरस्कार आदि पाते रहने के कारण उनके घर ढेर सारा धन जमा हो गया था। परन्तु यह धन चोरों, पड़ोसियों और राजदरबारियों की आँखों की किरकिरी बना हुआ था। चोर इस घात में लगे रहते कि कब मौका मिले और सारा माल उड़ा ले जाऊँ! कई बार उन्होंने प्रयास भी किए थे, परन्तु हर बार उन्हें मुँह की खानी पड़ती। पड़ोसी उनकी दिन-दूनी रात चौगुनी उन्नति देखकर हाँडी में पक रहे चावल की तरह खदकते रहते। उन लोगों ने भी कई बार उन्हें तंग करने की कोशिश की, परन्तु हर बार निराशा ही हाथ लगी।

अन्त में एक दिन सभी ने मिलकर चुपके से उनके घर में आग लगा दी। उनकी विशाल हवेली धू-धूकर जल उठी। लोगों का विचार था कि इसे देखकर गोनू झा अपना आपा खो बैठेंगे और लड़ेंगे-झगड़ेंगे या फिर पागल हो जाएँगे। पर ऐसा कुछ भी न हुआ। वे अपने परिवार सहित शहर में जाकर रहने लगे।

पड़ोसियों ने यह देखा तो और भी जल गए। फिर भी, सहानुभति दिखाते हुए वे सब उनके पास पहुँचे और अफ़सोस जताने लगे। मगर गोनू झा के चेहरे पर घर जल जाने और सारी सम्पत्ति नष्ट हो जाने के दुःख की हल्की छाया तक न थी। उल्टा जो भी उनके पास सहानुभूति जताने आता, वे यही कहते—“भगवान की महिमा अपरम्पार! उन्होंने तो मेरे कल्याण के वास्ते ही यह सब किया है। मेरा भविष्य उज्ज्वल है, मैं तो अब ब्राह्मण भोजन कराने की सोच रहा हूँ।

एक दिन गोनू झा शहर से आए और जली हुई हवेली की सारी राख बोरों में कसवाई और बैलगाड़ी पर लदवा दिया और हाट की ओर चल पड़े। बचे हुए बोरों को परिवार की निगरानी में छोड़ दिया।

हाट पहुँचकर उन्होंने बड़े ताम-झाम से अपनी दुकान जमाई। चारों तरफ़ से दुकान जमाकर स्वयं वे एक बड़े सेठ की तरह गाव तकिया लगाकर बैठ गए। उनके

बग़ल का व्यापारी एक साधारण क़िस्म का व्यापारी था। गोनू झा के ऐसे ठाठ-बाट देखकर वह दंग था। उसे लगा कि यह अवश्य ही कोई बहुत ही बड़ा सेठ-साहूकार है—बहुत ही धनी। तभी तो इसके इतने निराले रंग-ढंग हैं। उसने स्वयं को देखा कि पिछले बीस बरस से साहूकारी करके भी उतना ही कमा पाता था जिससे उसका व उसके परिवार का खाना-ख़र्चा किसी तरह से चल सके। अलबत्ता अन्यों की तरह उसके मन में भी धन्ना सेठ बनने की प्रबल आकांक्षा थी। अब बग़ल में ऐसे सेठ को देखकर उसकी यह इच्छा समुद्र की ऊँची लहरों की तरह वेग मारने लगी।

व्यापारी का अब पूरा ध्यान सेठ बने गोनू झा पर केन्द्रित था। उनकी एक-एक गतिविधि का वह सूक्ष्मता से निरीक्षण करता। उसे यह देखकर बड़ा आश्चर्य हुआ कि गोनू झा अपने माल की बड़े जतन से रखवाली कर रहे हैं। और इस चक्कर में न तो वे खा-पी रहे हैं, न पलभर को पलक झपकाते हैं, न घड़ी भर को दुकान छोड़कर कहीं और जाते हैं। उससे रहा नहीं गया तो उसने यही बात गोनू झा से पूछी।

गोनू झा ने कहा—"इतनी क़ीमती वस्तु को छोड़कर मैं कैसे भोजन करने या सोने जाऊँ?

व्यापारी बोला—परन्तु इस तरह बिना भोजन-शयन के आप कैसे रह सकते हैं?"

गोनू झा बोले—"मैं ब्राह्मण आदमी हूँ। जिस तरह से हम लोग एक दिन में 32 व्यक्तियों का भोजन उदरस्थ कर सकते हैं, लगातार दस दिनों तक सोए रह सकते है, उसी तरह मैं एक मास निरन्तर उपवास कर सकता हूँ और पन्द्रह दिनों तक बिना सोए रह सकता हूँ। मुझे अपने इस सामान की चिन्ता है। एक बार यह अपने ठिकाने लग जाए, फिर मैं अपनी ज़िम्मेदारी से मुक्त हो जाऊँगा।"

व्यापारी ने फिर प्रश्न किया—"परन्तु इन बारों में ऐसी क़ीमती चीज़ है क्या जिसके कारण आपने अन्न-जल, नींद-आराम सब कुछ का त्याग कर रखा है?"

इस पर गोनू झा ने उस व्यापारी को पट्टी पढ़ाना शुरू कर दिया—"इन बोरों में बड़ी अनमोल वस्तुएँ हैं। इसे लोग भस्म कहते हैं। यह बड़ा ही गुणकारी होता है। बड़े बड़े व असाध्य रोगों का इलाज इसकी चुटकी भर की सहायता से ठीक हो जाता है। परन्तु इस चुटकी भर भस्म का मूल्य हज़ारों में होता है। सभी इसे ख़रीद भी नहीं सकते। केवल धनवान मरीज या धनवान और गुणी वैद्य ही इसे ख़रीदने की सामर्ध्य रखते हैं। अब इन बोरों को देखिए। एक-एक बोरे में कितनी चुटकी भस्म होगी, और सिर्फ़ एक बोरे की क़ीमत कितनी होगी, आप समझ सक़ते हैं। मैं बस उसी किसी गुणीजन की प्रतीक्षा कर रहा हूँ जो आकर ये सारे बोरे ले जाएँगे।"

यह सब सुनकर व्यापारी के मन में बड़ा भारी लोभ जागा। वह सोचने लगा कि यदि ये सभी बोरे मुझे मिल जाए तो मैं तो पलक झपकते कंगाल से लखपति बन जाऊँगा। फिर मैं अपनी सारी इच्छाएँ पूरी करूँगा जो धन की कमी से मैं नहीं कर पाता था। और वह इस भावी धन को ख़र्च करने की नाना कल्पनाओं में डूब गया।

जब वह इन कल्पनाओं से उबरा तो इन बोरों को हथियाने की योजना में लग गया। कई उपाय सोचे, पर सबमें कुछ न कुछ खोट दिखाई देता। शाम हो गई थी। सबने अपनी-अपनी दुकान बन्द कर दी। गोनू झा भी अपनी दुकान में मोटा सा ताला लगाकर और दुकान के आगे एक बड़ी सी रेखा खींचकर घर जाने लगे। व्यापारी ने पूछा–"यह रेखा आपने क्यों खीची?"

गोनू झा ने उत्तर दिया–"इसे आप लक्षमण रेखा बूझिए। यह मन्त्र बन्धी है। इसे हर कोई पार नहीं कर सकता। किन्तु यदि कोई पार कर गया तो समझिए कि वह सच्चा आदमी है। उसके लिए यह ताला आप से आप खुल जाएगा। पर मैं यह सब आपको इसलिए बता रहा हूँ कि आप मुझे अच्छे लगे। मगर इसे आप किसी और से मत कहिएगा।

गोनू झा वहीं दुकान के सामनेवाली ज़मीन पर चादर बिछाकर सो गए। किन्तु व्यापारी उन भस्मों को पाने के उपाय खोजने में लग गया। संयोग ऐसा कि उसी रात में गोनू झा की तबीयत बहुत खराब हो गई। इतनी कि सुबह उनसे उठा नहीं जा रहा था। इधर सुबह-सुबह वह व्यापारी जब वहाँ पहुँचा तो गोनू झा की हालत देखी। तुरन्त वह अन्य लोगों के साथ मिलकर उन्हें वैद्य के यहाँ पहुँचा आए।

शाम हो गई थी। वैद्य के यहाँ गोनू झा बेहोश से पड़े थे। इधर व्यापारी ने सोचा कि मौक़ा बढ़िया है। वह तुरन्त गोनू झा की दुकान के पास पहुँचा। गोनू झा द्वारा खींची गई लक्षमण रेखा वैसी की वैसी ही थी। हिम्मत करके वह लाँघ गया। लाँघने के बाद स्वयं को सकुशल पाकर वह समझ गया कि वह एक सच्चा आदमी हैं। उसने दुकान पर पड़े मोटे ताले को हाथ लगाया तो वह आश्चर्य हो उठा। ताला खुल गया था। व्यापारी तो बड़ा प्रसन्न हुआ। यह जानकर वह और भी फूला नहीं समा रहा था कि वह तो एकदम से सच्चा आदमी है। उसने एक-एक कर सारे बोरे उठाए और चंपत हो गया। अपनी दुकान ज्यों की त्यों छोड़ दी। सही भी है, लाखों के जहाँ वारे न्यारे हो रहे हों, वहाँ हज़ार-दो हज़ार को कौन पूछता है?

इधर जब गोनू झा को होश आया तो स्वयं को किसी अन्य जगह पर पाकर उन्हें बड़ा आश्चर्य हुआ। सामने वैद्य जी थे। उन्होंने वैद्य से सारा हाल पूछा। दुकान सूनी है, यह ख़्याल आते ही वे दुकान की ओर दौड़े। जब वे दुकान पर पहुँचे तो देखा कि उनकी दुकान का सारा माल नदारद है और बग़लवाली दुकान वैसे ही वैसे ही खुली पड़ी है अपने सभी सामानों के साथ।

गोनू झा तनिक भी विचलित न हुए। उन्होंने धैर्यपूर्वक सारा सामान समेटा और घर की ओर चल पड़े। पूरा सामान उठाने के लिए उन्हें छह बैलगाड़ियाँ करनी पड़ी। पहुँच कर सारा सामान घर में रखा और बैलों को एक किनारे बाँधकर गाड़ियों को किनारे लगा दी। गाड़ीवानों को मज़ूरी दी।

गोनू झा के घर बैलगाड़ियों की लगती कतार और सामान देखकर पूरा गाँव

जुट गया। सभी के मन में एक ही प्रश्न था कि गोनू झा के पास इतना सामान कहाँ से आया? एक ने अन्त में पूछ ही लिया। गोनू झा बोले-मेरा घर तो बहुत ही भाग्यशाली था। वह तो उस हाथी के समान निकला जो मरकर भी सवा लाख का होता है। मुझे उस घर की भस्म के बदले यह सब मिला है।

गोनू झा की तक़दीर देखकर सभी अपनी-अपनी तकदीर को कोसते हुए वहाँ से विदा हो लिए। परन्तु यह किसी ने भी नहीं सोचा कि यह तक़दीर नहीं, गोनू झा की तदबीर है जिसके बल पर वह उल्टी गंगा को भी अपनी तरफ़ कर लेते हैं। गाँववाले तो उनके भाग्य से ईर्ष्या करते हुए चले गए और स्वयं गोनू झा? वे मन्द-मन्द मुस्कुराते हुए हथेली पर तम्बाकू मल रहे थे।

गंगा-स्नान

गंगा स्नान के लाभ और महत्व से शायद ही कोई भारतवासी अपरिचित होगा। कहा जाता है कि इसकी एक-एक डुबकी से सात-सात जन्म के पाप धुल जाते हैं। मनुष्य को मोक्ष की प्राप्ति होती है और वह सीधा स्वर्ग को जाता है। इसलिए गंगोत्री से निकलकर गंगा जहाँ-जहाँ भी पहुँची, उसके आस-पास श्रद्धालुओं के स्नान ध्यान के लिए घाट बन गए और वह स्थान तीर्थ स्थान हो गया।

ऐसी ही एक जगह है बिहार में—सिमरिया घाट। हर साल श्रावण व कार्तिक माह, ग्रहण, अमावस्या, पूर्णिमा, संक्रान्ति आदि के समय श्रद्धालुओं की भीड़ उमड़ती है। यहाँ स्नान करने के लिए दूर-दूर से लाखों लोग यहाँ आते हैं।

गोनू झा के समय में भी यह बात थी। हर साल उनके गाँव की स्त्रियाँ कार्तिक पूर्णिमा के स्नान के लिए सिमरिया घाट जाते देखतीं तो स्वयं भी ललक उठतीं जाने के लिए। परन्तु उन्हें मालूम था कि गोनू झा से यह बात कहने पर वे कभी भी इसके लिए राज़ी नहीं होंगे। हालाँकि बातों-बातों में वे यह संकेत अवश्य कर देती थीं। कि हर साल इतनी स्त्रियाँ गंगा स्नान के लिए जाती हैं और एक वे हैं कि जिन्हें अभी तक गंगा में डूबकी लगाने का अवसर नहीं मिल पाया है। मरने पर तो उन्हें नर्क में भी जगह नहीं मिलेगी।

ऐसी बात नहीं थी कि गोनू झा पत्नी की इस बात को नहीं समझते थे। परन्तु मेले-ठेले की भीड़-भाड़, धक्का-मुक्की से वे कतराते थे। वे स्वयं भी इसे पसन्द नहीं करते थे और नहीं चाहते थे कि पत्नी इस चक्कर में पड़कर परेशान हों। इसलिए पत्नी जब भी इस प्रसंग पर कुछ बोलतीं, वे चुप्पी लगा जाते।

परन्तु हर बात की कोई न कोई हद होती है। यहाँ भी हुआ। हर साल स्त्रियों का जाना और उनके लौटकर आने पर यात्रा वृतान्त, गंगा स्नान के अनुभव सुन-सुनकर उनके सब्र का प्याला भर गया। स्त्रियाँ भी हर आख्यान के बाद इतना अवश्य जोड़ देतीं कि एक बार आप चलिए तो सही। स्वयं ही सब कुछ देख लीजिएगा। परन्तु

इनकी विडम्बना तो यह थी कि जब तक पतिदेव से स्वीकृति मिले नहीं, तब तक जाएँ कैसे?

इस बार भी स्त्रियों के जाने का समय नजदीक आता गया। टोले-मुहल्ले की हर जानेवाली स्त्री आकर कह जाती—इस बार आप मत चूकिए। चलिए हमारे साथ। वे सभी अपनी तैयारियाँ भी करतीं और उसकी ब्यौरा भी दे जातीं। यह सब देखकर गोनू झा की पत्नी ने भी तय कर लिया कि इस बार तो वे सिमरिया घाट जाने की अनुमति लेकर ही रहेगी।

उस रोज़ दोपहर को गोनू झा दरबार से लौटे और हाथ-मुँह धोकर भोजन के लिए बैठे। सामने जब थाली आई तब उसे देखकर आश्चर्य में पड़ गए। मछली भात ख़ूब यत्नपूर्वक परोसा गया था। अन्य पकान भी थे। सामने रसोईघर में नजर गई तो देखा वहाँ दुहरी मलाईवाली दही भी जमा हुआ है। चमाचम लोटे और गिलास में शीतल जल रखा हुआ है। आसन भी बड़े प्रेमपूर्वक लीप-पोतकर लगाया गया था। गोनू झा यह सब देखकर थोड़े आश्चर्यचकित और अधिक आशंकित हुए। सेवा से पति का दिल जीतकर इच्छित वस्तु की माँगकर लेना स्त्रियों की पुरानी आदत है। गोनू झा इस तथ्य से परिचित थे।

पत्नी बड़े प्रेम से उन्हें भोजन कराया। भोजन बना बहुत स्वादिष्ट था। गोनू झा ने छककर भोजन किया। सुस्वादु भोजन की तृप्ति इधर उनके चेहरे पर झलकी उधर पत्नी से सोचा कि यही सही अवसर है अपनी बात कहने का। वे कहने लगीं—"सुनते हैं! एक बात कहूँ? बिगड़ेंगे तो नहीं।" गोनू झा ने जवाब दिया—"पहले कहोगी तब तो।" पति-पत्नी काफी देर तक मीठी-मीठी बातें करते रहे। बातों के क्रम में उचित अवसर देखकर पत्नी ने कहा—"गाँव के ढेर सारे लोग परसो सिमरिया जा रहे हैं। मेरी भी अभिलाषा है कि गंगा जी में एक डुबकी लगाकर अपने पाप धो आऊँ कभी आज तक गई भी तो नहीं हूँ।"

गोनू झा ने जवाब दिया—"इसमें सोचने की क्या बात है? यदि इच्छा है तो ज़रूर हो जाओ।" इतना कहकर उन्होंने अपनी जेब से कुछ रुपए निकाले और उन्हें दे दिए।

इतनी जल्दी और इतनी आसानी से बात बन जाएगी, पत्नी ने यह सोचा तक न था। वे दुगुने उत्साह से अपने जाने की तैयारी में लग गई। पूरे मोहल्ले की स्त्रियों को भी सूचित कर दिया कि इस बार वे भी गंगा-स्नान के लिए सिमरिया जा रही है।

तीसरे दिन मुँह अँधेरे ही जाना था। मोहल्ले की स्त्रियों ने गोनू झा की पत्नी को पुकारा। गोनू झा की पत्नी तैयार तो हो ही गई थीं। अपना सामान उठाया और घर से निकलने लगीं। जब वे आँगन पार करके गलियारे में आई तब उन्हें किसी पुरुष से धक्का लगा। अँधेरा था और सामने कुछ दिखाई नहीं दे रहा था। धक्का लगने से वे थोड़ा पीछे हटीं तो पीछे से भी एक धक्का लगा। पलटकर जब उन्होंने

पीछे देखा तो पाया कि उनका देवर भोनू झा वहाँ खड़ा मुस्कुरा रहा है। आगे बढ़ी तो फिर आगे से धक्का लगा। अबकी सामनेवाले पुरुष पर नज़र घुमाई तो देखा कि वहाँ साक्षात् गोनू झा विद्यमान हैं।

अब न इनसे आगे बढ़ते बने न पीछे। आगे बढ़ें तो गोनू झा धकियाएँ और पीछे मुड़ें तो भोनू झा। इधर स्त्रियाँ बार-बार आवाज़ दिए जा रही थीं। इनकी जान सांसत में पड़ गई। वे कुछ समझ नहीं पा रही थीं। इधर वे गेंद की तरह इधर से उधर और उधर से इधर हो रही थीं। वे कुछ बोल भी नहीं पा रही थीं क्योंकि जैसे ही वे बोलने को होती, तब तक आगे या पीछे से एक धक्का उन्हें लग जाता। काफी देर ऐसे ही चलता रहा। अन्त में तंग आकर अपना सामान बीच आँगन में फेंक दिया और स्वयं वहीं धम्म से बैठ गई।

गोनू झा को यह समझने में ज़रा भी देरी नहीं हुई। उन्होंने गोनू झा को रुकने का इशारा किया। स्वयं पत्नी के मुँह से पास जाकर धीरे से बोले–"क्या हुआ? मुँह क्यों लटकाए हुई हो?"

इधर क्रोध से अंगारा बनी पत्नी चोट खाए साँप की तरह फुफकार उठीं–"घाव पर नमक मत छिड़किए, वरना मुझसे बुरा कोई नहीं होगा, सो कहे देती हूँ।"

गोनू झा ने फिर उतने ही शान्त स्वर में पूछा–"परन्तु हुआ क्या? बताओ तो।"

पत्नी रुआँसी होकर बोली–"इतने दिनों से सिमरिया जाकर गंगा स्नान की इच्छा थी। इस बार संयोग से अवसर भी मिला तो आपने यह नाटक शुरू कर दिया। सभी स्त्रियाँ चली गई। अब मैं कभी भी सिमरिया नहीं जा सकूँगी।

"मैं भी तो यही कहना चाह रहा हूँ। मेले-ठेले में लोग किसलिए जाते हैं? धक्के खाने के लिए ही न? सो वे धक्के जब घर में ही उपलब्ध हो जाएँ तब वहाँ जाने से क्या लाभ? बाहरवालों के धक्के खाने से तो बेहतर है कि घरवालों के धक्के खाएँ।"

गोनू झा की गंगा स्नान के लिए स्नान के लिए सहमति और रूपए देने से लेकर धक्के देने तक का पूरा उपक्रम अब पत्नी की समझ में आ गया। मन ही मन बुदबुदाती हुई वे सामान अन्दर रखने चली गईं। देर बाद गोनू झा भी वहाँ पहुँचे और प्यार से समझाया–"गंगा स्नान के लिए आवश्यक नहीं है कि किसी विशेष दिन को ही जाया जाए। गंगा स्नान तो रामकथा की तरह ही नित्य पवित्र होती है। तुम्हारी गंगा-स्नान की इतनी ही इच्छा है तो हम मेले ठेलेवाले दिन नहीं, किसी अन्य दिन वहाँ जाएँगे। फिर तुम सुबह से शाम तक डुबकी लगाती रहना और इस जन्म, पिछले जन्म, अगले जन्म सभी के पाप धोती रहना।"

गोनू झा ने यह बात इस अन्दाज़ में कही कि न चाहते हुए भी पत्नी मुस्कुरा उठीं और इधर गोनू झा! वे मन्द-मन्द मुस्कुराते हुए हथेली पर तम्बाकू मलते रहे।

पिता का आशीर्वाद

गोनू झा के पिता बहुत सीधे-सादे व्यक्ति थे—अत्यन्त भद्र, शान्त और धार्मिक साधु-महात्माओं और ज्योतिषियों पर उनकी अगाध श्रद्धा थी। वे जो कुछ भी कहते, पिता सहज ही उस पर विश्वास कर लेते। परन्तु अब सच्चे साधुओं और ज्योतिषियों को पाना खरगोश के सर पर सींग पाने के समान था। इसलिए पिता की इस मानसिकता का लाभ उठाने कहीं से भी, कोई भी आ जाता कुछ भी कह देता। पिता उनकी ख़ूब आवभगत करते, पर्याप्त दान दक्षिणा देते और जो कुछ भी वह कह जाते। उसके नियमपूर्वक पालन में भक्ति-भाव से जुट जाते।

गोनू झा पिता के इस स्वभाव को पसन्द नहीं करते थे। किन्तु मामला पिता पुत्र का था और मिथिला में पिता-पुत्र के बीच अत्यन्त मर्यादा निभाई जाती है। पिता के सामने पुत्र का मुँह खोलना भारी अशिष्टता और उददंडता समझी जाती है। इसलिए गोनू झा पिता को उनकी आदत के लिए टोक भी नहीं सकते थे, रोकना तो दूर की बात थी।

फिर भी उन्होंने एक उपाय सोचा। एक दिन उन्होंने स्वयं गेरुआ वस्त्र धारण किया, मस्तक पर त्रिपुंड लगाया, गले और कलाई में रूद्राक्ष की माला डाली, हाथ में कमंडल लिया और पहुँच गए। "जय सियाराम, जय राधेश्याम" करते अपने घर के दरवाज़े पर। पिता उन्हें पहचान नहीं पाए। उन्होंने समझा कि फिर से कोई साधु महात्मा पधारे हैं। उन्होंने साधु को भीतर बुलाया और उनकी ख़ूब आवभगत की। इसके बाद पूछा—"महाराज! किस दिशा से आप पधारे हैं और किस प्रयोजन से?"

गोनू झा का प्रयोजन तो था पिता को झूठे साधुओं, ऋषियों के मायाजाल से मुक्त कराना और उन्हें व्यर्थ में दिए जानेवाले दान-पुण्य पर रोक लगाना। परन्तु यह बात वे कहते तो कैसे कहते! दूसरे, उन्हें भय था कि बोलते ही कहीं पिता उन्हें पहचान न लें। इसलिए उन्होंने इशारे से बताया कि वे मौनी बाबा हैं। परन्तु उनकी जो भी शंकाएँ, जिज्ञासाएँ हो, वे पूछ सकते हैं। वह उनके जवाब खड़िया (स्लेट)

पर लिखकर दे देंगे।

यह जानकर पिता और भी श्रद्धा भाव से भर उठे। उत्तम भोजन पानी कराया, अच्छी जगह सोने का प्रबन्ध कराया और उसके बाद लग गए अपने भाग्य की जिज्ञासा में।

गोनू झा को उनके भूत का सब कुछ तो मालूम था ही। वे हर बात लिख-लिखकर उन्हें बताने लगे। उनकी हर बात पर पिता का मुँह आश्चर्य से खुला ही रह जाता। इधर गोनू झा पिछली बातों के आधार पर भविष्य के बारे में कुछ भी कह देते। अपने अतीत की राई-रत्ती बात साधु से जानने के बाद भविष्य के लिए कही गई बातों पर अविश्वास करने का प्रश्न ही नहीं था। बल्कि वे तो गदगद थे कि आज सचमुच एक सच्चे साधु का पदार्पण हुआ है। इसलिए जाते समय उन्होंने साधु को ढेर सारी दान-दक्षिणा तो दी ही, अपनी उँगली से सोने की अँगूठी भी निकालकर दे दी।

इधर तरह का वेश बनाए-बनाए काफी दिन बीत गए। अब वे ऊबने लगे। इसलिए एक दिन उन्होंने वहाँ से मय सामान प्रस्थान किया। गाँववालों की भीड़ गाँव की सीमा तक उन्हें छोड़ने आई। कुछ लोग उनके साथ और भी आगे जाना चाहते थे। कुछ तो उनका शिष्य बनकर अपना जीवन ही उनकी सेवा में लगकर गुज़ार देना चाहते थे। गोनू झा ने सबको मना किया और कहा कि जब कभी गाँववालों को उनकी ज़रूरत पड़ेगी, वे अवश्य आएँगे।

जब गोनू झा अकेले रह गए, तब उन्होंने अपना हुलिया बदला। साधु का

वेश उतारकर अपने सामान्य रूप में आ गए महीने भर और इधर-उधर घूमते-घामते रहे। गाँववालों ने जो सामान दिए थे, उन्हें बेचकर पैसे इकट्ठे किए। फिर एक दिन घर पहुँचे। आते के साथ ही पिता के हाथ में ढेर सारे रूपए और एक सोने की अँगूठी धर दी। अँगूठी देखते ही पिता चौंके। उन्होंने पूछा-"बेटे, यह तुम्हें कहाँ से मिला?"

अब गोनू झा ने सारा किस्सा सविस्तार कह सुनाया। पिता के आश्चर्य का ठिकाना न रहा वे बोल ही पड़े—"धन्य हो तुम! बाप को भी नहीं बख्शा तुमने।"

गोनू झा ने उत्तर दिया-बाऊजी, सबसे पहले तो मैं यह नहीं चाहता था कि झूठे साधु सन्तों, ज्योतिषियों पर विश्वास करके आप अपना वर्तमान और भविष्य दोनों ख़राब करें। दूसरे, मैं चाहता था कि मैं अपनी इस विद्या में निपुण हो जाऊँ ताकि भविष्य में मैं संकट में पड़े लोगों को उनके संकट से निकाल सकूँ। इसके लिए मुझे अपने-आपकों परखना था। इसीलिए मैंने यह स्वांग रचा अब आप मुझे आशीर्वाद दें कि मैं अपने उद्देश्यों में सफल होऊँ

"बेटे! सन्तान को सदैव ही अपने माता-पिता का आशीर्वाद प्राप्त रहता है। तुम अपनी विद्या में निष्णात होओ, तुम्हारी ख्याति दूर-दूर तक फैले, यह पुनः मेरा आशीर्वाद है। और हाँ तुमने झूठे साधु-सन्यासियों से बचने की जो बात कही, आज मैं उसे शिरोधार्य करता हूँ। आज से इस घर के दरवाजे ऐसे लोगों के लिए बन्द।

और गोनू झा! हमेशा की तरह वे मन्द-मन्द मुस्कुराते तो रहे थे। परन्तु इस बार हथेली पर तम्बाकू नहीं मल रहे थे। कारण? पिता जो सामने खड़े थे! उनका लिहाज करना तो अनिवार्य था न!

जब गोनू झा मरे

गोनू झा ने अपने बुद्धि चातुर्य के बल पर राजदरबार में प्रवेश पा लिया था। राजा की कृपा दृष्टि हमेशा उन पर रहती थी। गोनू झा भी हर समय उनकी सेवा हेतु तत्पर रहते थे।

एक दिन राजा दरबार में तनिक विलम्ब से पहुँचे। अन्य दरबारियों की तो कुछ पूछने की हिम्मत न पड़ी गोनू झा ने अत्यन्त चतुराई व विनम्रतापूर्वक राजा से विलम्ब से आने का कारण पूछा।

राजा ने बताया—"आज मेरे पूज्य पिता जी का श्राद्ध था। उसी को निपटाने में विलम्ब हो गया।

इस पर गोनू झा ने कहा—"महाराज! यदि क्षमा करें तो एक बात पूछने की हिम्मत कर सकता हूँ?"

राजा ने कहा—"अवश्य, अवश्य!"

गोनू झा ने पूछा—"महाराज! पूज्य महाराज के परम पूज्य पिता जी के श्राद्ध कर्म में लगभग कितना ख़र्च आया होगा?"

राजा बोले—दस हज़ार!"

इस पर गोनू झा ने निवेदन किया—"कृपानिधान! मैं निर्धन ब्राह्मण तो हूँ ही, साथ ही साथ अब मैं वृद्ध भी हो चुका हूँ। इसलिए यदि आपकी आज्ञा हो तो कुछ निवेदन करूँ?

"कहिए, कहिए।" राजा ने गोनू झा को आश्वस्त करते हुए कहा।

"मेरी प्रार्थना है कि यदि किसी कारण वश मेरी मृत्यु हो जाए तो श्राद्ध के लिए आप मेरे पुत्र को हज़ार-पाँच सौ अवश्य दे दीजिएगा ताकि वह मेरा श्राद्ध कर्म भली-भाँति सम्मन्न कर सके।"

गोनू झा के मुँह से उनकी मृत्यु की बात सुनकर राजा थोड़े आहत हुए। वे बोले—"अरे! अभी तो आपकी बहुत लम्बी आयु है। आप ऐसा क्यों सोचते हैं?"

गोनू झा बोले–"महाराज! मृत्यु और अगले पल के बारे में कोई कुछ नहीं कह सकता कि मृत्यु कब आएगी और आनेवाला अगले पल के बारे में कोई कुछ नहीं कह सकता कि मृत्यु कब आएगी और आनेवाला अगला पल कैसा होगा। इसलिए दया सिन्धु मैं अपने जीते जी यह सुनिश्चित कर लेना चाहता हूँ कि मेरे श्राद्ध कर्म में कुछ कमी न रह जाए और तब ऐसा न हो कि मुझे प्रेत योनि में ही भटकना पड़े।

राजा हँसे–"यदि आपका ऐसी इच्छा है तो यही सही। परन्तु हज़ार-पाँच सौ रुपए से क्या होगा। आप जैसे व्यक्ति के श्राद्ध के लिए कम से कम दस हज़ार तो चाहिए ही। मैंने इतने का वचन दिया।"

गोनू झा मुस्कुराए–"कृपानिधान! कहते तो हैं, परन्तु मरने के बाद कौन किसे देखता है। आप यदि देना भी चाहेंगे तो मंत्री और खजांची जी अड़ँगा लगा देंगे।"

"किसमें साहस है मेरे आदेश के उल्लंघन का?"

"हो सकता है मन्त्री और खजांची कुछ नहीं बोलें, परन्तु पत्नी और पुत्र पर तो आपका कुछ भी नहीं चल सकता न!"

"गोनू बाबू!" राजा ने उन्हें आश्वस्त करते हुए कहा "आप निश्चित रहिए। में स्वयं अपने हाथों से आपका श्राद्ध करवाऊँगा।"

"ठीक है, मैं देख लूँगा।"

"आप मरकर कैसे देख लेंगे गोनू बाबू?" राजा ने हँसते हुए पूछा।"

"प्रेत बनकर।" गोनू झा ने भी हँसते हुए ही उत्तर दिया।

इस बातचीत के बाद राजा व सभी अन्य अपने-अपने कामों में लग गए। बात आई-गई हो गई। इस बीच काफी दिन बीत भी गए।

एक दिन गोनू झा अपने भाई भोनू झा के साथ कमला नदी में आई बाढ़ देखने के लिए गए। इधर भोनू झा नहा ही रहे थे कि गोनू झा सहसा वहाँ से ग़ायब हो गए और एक बड़ा सा पत्थर लेकर पास के एक पेड़ पर चढ़ गए। थोड़ी देर के बाद उन्होंने वह पत्थर पानी में फेंक दिया। छपाक की आवाज़ से भोनू झा चौंके। उन्हें लगा कि कोई पानी में कूदा है। फिर उन्होंने भाई की ओर देखा तो सन्न रह गए। गोनू झा तो वहाँ थे नहीं। भोनू झा ने इधर-देखा; उधर देखा; चारों ओर के कई-कई चक्कर लगाए, भैया; भैया कहकर कई बार पुकारा, मगर कहीं से कोई जवाब नहीं आया। अब उन्हें यह समझ में आया कि हो न हो, पानी में गोनू झा ही कूद पड़े हैं और अब वे उसमें डूब गए, भाई से तो वे जलते थे ही; उन्हें मरा हुआ जानकर प्रसन्न हो गए। उनके मन ही लड्डू फूटने लगे कि अब तो गोनू झा की सारी सम्पत्ति उनके हाथ लग जाएगी और वे अब मौज़ उड़ाएँगे।

परन्तु प्रकट में वे अपनी इस खुशी को व्यक्त कैसे करते! लिहाजा; वे रोते-कलपते छाती पीटते हुए घर पहुँचे और भाभी से सारा माजरा कह सुनाया। पलभर में ही घर में करुण क्रन्दन फैल गया। बिजली की भाँति पूरे गाँव भर में गोनू झा

की मृत्यु का समाचार फैल गया। गाँव भर के लोग गोनू झा के घर पर जुट आए। कुछ बुज़ुर्गों ने सलाह दी कि पहले लाश तो खोजवाओ। क्रिया-कर्म तो उसके बाद ही होगा न!" गाँव के कुछ मज़बूत दिल और कद काठीवाले लोग कमला नदी की ओर चल पड़े।

थोड़ी देर बाद ही उन्हें एक क्षत-विक्षत लाश भी मिल गई। उसके बदन के कपड़ों से ही पहचाना जा सकता कि ये गोनू झा ही है, सब कोई मिलकर उसे घर तक लाए और फिर उनका दाह संस्कार कर दिया गया।

गोनू झा की मृत्यु का समाचार जब राजा तक पहुँचा तो वे बड़े दुःखी हुए, गोनू झा उनके दरबार के सबसे बुद्धिमान व्यक्ति थे। और इस वजह से राजा के सबसे प्रिय भी थे। परन्तु मृत्यु पर किसका वश चलता है। यह तो अवश्यंभावी है। उन्हें गोनू झा को दिया अपना वचन भी याद आ गया। उन्होंने अत्यन्त सहानुभूतिपूर्वक मन्त्री को आदेश दिया कि गोनू झा के श्राद्ध के निमित दस हज़ार रुपए उनके पुत्र को दे दिए जाएँ।

गोनू झा का पुत्र रुपए लेने जब मन्त्री के पास पहुँचा तब मन्त्री ने उससे कहा कि वह इस दस हज़ार रुपए में से एक हज़ार रुपए उसे दे दे। बेटा राज़ी हो गया और मन्त्री की अनुशंसा लेकर खजांची के पास पहुँचा। खजांची ने भी उससे एक हज़ार रुपए माँगे।

एक और एक यानी दो हज़ार! फिर भी आठ हज़ार हाथ में आते हैं। यह सोच गोनू झा के बेटे ने खजांची को भी एक हज़ार रुपए देना स्वीकार कर लिया और इस प्रकार से आठ हज़ार रूपए लेकर वह चल पड़ा। रास्ते में उसने सोचा कि घर पर किसे पता चलेगा कि राजा के पास से कितने पैसे मिले हैं? तो क्यों न एक हज़ार वह इसमें से टपा ले। और उसने ऐसा ही किया।

घर पहुँचकर उसने सात हज़ार रुपए माँ यानी गोनू झा की पत्नी के हाथ में रख दिए और कहा कि तीन हज़ार रुपए घूस देने में निकल गए। गोनू झा की पत्नी ने सोचा कि शायद राज-काज में ऐसा ही चलता होगा। ये सात हज़ार भी आ गए तो यही क्या कम हैं?

श्राद्ध का दिन नजदीक आ गया, गोनू झा की पत्नी ने सोचा कि अब तो जो चला गया सो चला गया। उनके निमित्त चाहे दस रुपए ख़र्च हों अथवा दस हज़ार, वे तो लौटकर आएँगे नहीं। दूसरे, अब जब पति रहे ही नहीं तो आड़े और गाढ़े समय में मेरा कौन सहारा होगा? कुछ रुपए-पैसे हाथ में हों तो निर्बल से निर्बल व्यक्ति को भी कुछ बल मिला होता है। और सबसे बड़ी बात कि सिर्फ लोगों को खिलाने-पिलाने में क्यों इतनी बड़ी राशि ख़र्च की जाए?

ऐसा सोचकर उसने उस सात हज़ार रुपए में से चार हज़ार रुपए निकालकर अपने लिए रख लिए और शेष तीन तीन हज़ार रूपए श्राद्ध के लिए अपने देवर

भोनू झा को दे दिए। भोनू झा ने कभी अपनी पूरी ज़िन्दगी में हज़ार रुपए तक एक साथ नहीं देखे थे। तीन हज़ार रुपए जब एक साथ उनकी हथेली पर पहुँचे तब वे एकदम से बौखला गए। मर गए भाई के नाम पर झूठ-मूठ के तीन हज़ार रुपए ख़र्च करना उन्हें अखर रहा था। अन्त में उन्होंने भी तय किया कि एक हज़ार रुपए इसमें से बचा लिए जाएँ। और तदनुसार उन्होंने भी ऐसा ही किया और इस प्रकार से दो हज़ार रुपए ख़र्चकर श्राद्ध कर्म से वे उऋण हो गए।

इधर गोनू झा के न रहने से राजा को अपने दरबार की रौनक फीकी मालूम पड़ने लगी थी। दरबार में उनका मन नहीं लगता था और वे हमेशा खिन्न से रहने लगे थे। एक दिन वे इसी खिन्नावस्था में दरबार में बैठे थे कि अचानक वहाँ गोनू झा उपस्थित हो गए। एकाएक गोनू झा को देखकर वहाँ मौज़ूद सारे लोगों ने उन्हें भूत समझा और भूत-भूत कहते हुए डर के मारे भाग खड़े हुए। परन्तु गोनू झा मन्द-मन्द मुस्कुराते रहे। गोनू झा को देख राजा भी तनिक चिंतित हुए मगर फिर दूसरे ही पल वे मुस्कुरा भी पड़े। वे तुरन्त समझ गए कि गोनू झा की इस तथाकथित मृत्यु में अवश्य कोई रहस्य है। उन्होंने गोनू झा से इस पूरे प्रकरण का राज पूछा।

गोनू झा ने कहा—''महाराज! मैंने कहा था न कि मरने के बाद कौन किसका होता है? यही देखने के लिए मैंने अपनी मृत्यु का स्वांग रचा था। उस दिन बाढ़ में मैं नहीं डूबा था। मैंने तो पेड़ पर चढ़कर वहाँ से एक भारी पत्थर गिरा दिया था ताकि लोग समझें कि मैं डूबकर मर गया। महाराज! आप तो वचन के पक्के निकले और मेरे श्राद्ध के लिए दस हज़ार रुपए दे दिए। परन्तु मन्त्रीजी, खजांचीजी, पुत्र, पत्नी, भाई—इन सबकी कृपा से दस हज़ार के बदले मात्र दो हज़ार रुपए ही मेरे इस श्राद्ध में ख़र्च हुए। कृपानिधान! मैं तो एक बार ही मरा, परन्तु इसी मृत्यु में सबको पहचान गया।''

''परन्तु, ये सारी बातें आपको पता कैसे चलीं?''

''महाराज! गोनू झा कोई भी काम करता है तो ठोंक-बजाकर करता है। मैंने इस बात की व्यवस्था कर रखी थी कि सारी घटनाओं की जानकारी मुझे मिलती रहे।''

गोनू झा के वापस आने से राजा प्रसन्न तो हुए परन्तु साथ ही साथ मंत्री और खजांची की रिश्वत लेने और उसमें भी मृत्यु और श्राद्ध जैसे अवसरों के निमित्त भी दिए गए धन में से रिश्वत लेने जैसी बातों से बहुत दुःखी और नाराज हुए। उन्होंने मन्त्री और खजांची दोनों को बुलाया और उन्हें बर्खास्त करना चाहा। लेकिन गोनू झा ने कहा—''दयाप्रवर! सत्ता में जब भ्रष्टाचार घुसता है तो वह केवल सत्ता के व्यक्तियों को ही नहीं, सत्ता के बाहर के व्यक्तियों को भी प्रभावित करता है। आप मन्त्री और खजांची को सज़ा तो दे देंगे क्योंकि वे आपके मातहत में है। किन्तु मेरे पुत्र, मेरे भाई और सबसे ऊपर मेरी अर्धांगिनी का क्या करेंगे जिन्होंने भी अवसर का पूरा-पूरा लाभ उठाना चाहा और उठाया। इसलिए मेरी प्रार्थना है कि आप इन्हें

चेतावनी देकर छोड़ दें कि भविष्य में किसी सच्चे जरूरतमन्द के साथ वे ऐसा बर्ताव न करें।''

राजा से ऐसा ही किया। इधर गोनू झा जब घर पहुँचे तब पुत्र, भाई व पत्नी सभी शर्म और संकोच से ज़मीन पर जैसे गड़ गए। मगर गोनू झा ने सबको आश्वस्त किया। आत्मग्लानि से भरे वे तीनों उनके पैरों पर गिर पड़े। गोनू झा ने सबको अपने हृदय से लगा लिया और कहा—''पैसे बहुत आवश्यक वस्तु है यह ध्यान में रखो; लेकिन रिश्ते और सम्बन्ध और उसमें भी गहरे और आत्मीय सम्बन्ध इन पैसों से कहीं ऊपर की चीज़ें हैं। और इन सम्बन्धों की आत्मीयता को जीवित रखना आवश्यक है वरना, मानवता कहीं गहरे जाकर दम तोड़ देगी।'' और इतना कहते हुए उन्होंने अपना परम चैतन्य चूर्ण तम्बाकू निकाला और मन्द-मन्द भाव से मुस्कुराते हुए उसे हथेली पर मलने लगे।

यमलोक में गोनू झा

गोनू झा मृत्यु शय्या पर थे। प्राण अब-तब में थे। पूरा का पूरा गाँव उन्हें देखने उमड़ पड़ा था। अपने गाँव के इस सयाने, कुशल और चतुर व्यक्ति की आसन्न मृत्यु से सभी दुःखी थे। वे इसे मृत्यु नहीं महाप्रयाण की संज्ञा दे रहे थे।

गोनू झा एकदम से अचेतावस्था में थे। साँस घर्र-घर्र चल रही थी। मुँह से कभी एकाध अस्फुट शब्द निकल जाते, उसी अचेतावस्था में ही वे छोटे भाई को पुकार उठे–"भोनू! भोनू!"

भोनू झा दौड़कर उनके पास पहुँचे और उनके कान के पास मुँह लाकर बोले–"हाँ भैया! बोलिए। मैं भोनू यहाँ पर हूँ। आपके पास, क्या कह रहे हैं?

गोनू झा जैसे क्षणभर के लिए चैतन्य हुए और बोले–"कुछ नहीं। अब बस गोदान करा दो।" इसके बाद फिर बोले–"ऐसी गाय खोजकर लाओ कि गोदान के बाद मेरे प्राण के साथ-साथ उसके भी प्राण छूट जाएँ। यदि और कहीं नहीं मिले तो अपने ही खूंटे पर की बंधी गाय ले आओ। जल्दी करो। मेरा समय अब समाप्त हो रहा है।"

घर में क्रन्दन फैल गया। गाँववासियों की भी आँखों भर आई। अब ऐसी मरणा सन्न गाय कहाँ से लाई जाए जो गोनू झा के साथ-साथ ही स्वर्ग सिधारे। इतना समय भी नहीं था। इसलिए उनके खूंटे की गाय ही खोलकर ले आई गई। गोनू बाबू ने उसकी पूँछ पकड़ी, मन्त्रोच्चार हुआ, थोड़ी ही देर बाद इधर गोनू झा और उधर गाय दोनों के दोनों की इहलीला समाप्त हो गई।

यमदूत आए और गोनू झा की आत्मा को लेकर चल पड़े। घर में इधर रोना धोना मच गया। पंडिताइन पछाड़ खा-खाकर गिरने और छाती पीट-पीटकर विलाप करने लगीं।

पृथ्वी से चलकर स्वर्ग के मुहाने पर गोनू झा जब पहुँचे तब वहाँ के द्वारपालों द्वारा वे रोक लिए गए। महाराज चित्रगुप्त चक्कर में थे। आज तक किसी ऐसे जीव

से पाला नहीं पड़ा था। किस तरफ़ से इसका हिसाब-किताब हो, इनका कौन का कर्म पाप और कौन सा पुण्य की श्रेणी में रखा जाए, यह तय करना बड़ा मुश्किल हो रहा था।

जब चित्रगुप्त महाराज से इस समस्या का निराकरण नहीं हो सका, तब यमराज स्वयं इस मामले को देखने पहुँचे। उनके सारे क़ागज़-पत्तर देखे, पाप-पुण्य का लेखा जोखा किया और फिर गोनू झा से कहा "तुमने अपने सम्पूर्ण जीवन में सिर्फ एक ही पुण्य किया है और वह है गोदान। बोलिए यदि तुम्हें कुछ कहना है तो।"

गोनू झा कुछ पल तक सोचते रहे। फिर बोले—"मैंने अपने हिसाब से कभी किसी को नुक़सान पहुँचाने की कोशिश नहीं की। और किसी को मुझे नुक़सान पहुँचाने में सफल भी नहीं होने दिया, फिर भी यदि आप कहते है कि मैंने जीवन में सिर्फ़ एक इस गोदान को छोड़कर और कोई पुण्य का कार्य किया ही नहीं है तो यही सही आपके आगे मैं क्या बोल सकता हूँ। अब मेरी सिर्फ़ एक ही प्रार्थना है कि मुझे मेरी गोदानवाली गाय दिला दें।

यमराज ने कहा—"एवमस्तु!" और गाय लाकर उनके सुपुर्द कर दी गई। गोनू झा को गाय थमाते हुए यमराज ने कहा—"यही तुम्हारी सम्पत्ति है। इसी से तुम्हें अपना गुज़र-बसर करना होगा। यह गाय केवल तुम्हारी ही बात मानेगी। बस! अब तुम जा सकते हो।"

इतना कहकर यमराज ने सभा विसर्जित कर दी। इधर गोनू झा ने अपनी एकमात्र संपत्ति गाय को बड़े प्यार से सोहराया (हाथ फिराना) और उसके कान में कुछ कहा।

कि एकाएक जैसे प्रलय मच गया, पूरे स्वर्ग लोक में अफरा-तफरी मच गई। गाय यमराज और चित्रगुप्त महाराज दोनों को पकड़ने के लिए दौड़ी। वे दोनों एकदम से हड़बड़ाकर भागे। अब आगे-आगे वे दोनों भागे जा रहे थे और उन्हें खदेड़ती हुई गोनू झा की गाय भागी जा रही थी। कुछ यमदूतों को जैसे काठ मार गया था, कुछ यमदूत तो अपनी ही जान बचाने की फिराक में इधर-उधर, जहाँ सींग समाया, घुस चुके थे।

काफी देर तक जब तक यह सब चलता रहा तब यमराज हाँफते हुए हारते स्वर में बोले—"जाओ रे आफत की बला। मैंने तुमसे हार मान ली।"

"तू स्वर्ग में रहने योग्य नहीं है। जाओ, इस व्यक्ति को पुनः पृथ्वी पर विद्यमान मिथिला भूमि में पहुँचा दो।"

और गोनू झा पुनः मिथिला में आ गए। वे अभी भी जीवित हैं। वहाँ के जन-जन में। वहाँ की हास्य-व्यंग्य की प्रवृत्तियों में। वहाँ के जीवन की रसीली चुटकियों में। वहाँ के परम चैतन्य चूर्ण में। वे मरे नहीं हैं। मरेंगे भी नहीं।

गोनू झा मरे नहीं हैं

आज के समय में गोनू झा व्यक्ति न होकर प्रवृत्ति हो गए हैं, उनके जैसा बुद्धि-चातुर्य, पैनी दृष्टि, तीखे व्यंग्य और उस पर से भगवान शंकर जैसी आशुतोषा स्वभाव मिथिला के लोगों की यह विशेषता है। स्वभावतः इन गुणों से विभूषित किसी भी व्यक्ति को गोनू झा की संज्ञा देना आसान और स्वाभाविक हो जाता है।

बात इसी प्रवृत्ति को लेकर है कि गोनू झा क्या अब भी विद्यमान हैं? क्या वे मरे नहीं हैं? तो उत्तर है कि "नहीं।" वे मरे नहीं हैं। वे विद्यमान हैं मिथिला और विशेषकर उनकी जन्मस्थली भरौड़ा गाँव में, जहाँ का बच्चा-बच्चा गोनू झा को अपना पुरखा समझ गौरवान्वित होता है। गोनू झा किस तरह से व्यक्ति से उठकर एक प्रवृति बन गए हैं, प्रस्तुत कथा से यह स्पष्ट हो जाएगा।

गोनू झा के गाँव भरौड़ा के रास्ते एक स्त्री-पुरुष और उनका बच्चा चले जा रहे थे। दोपहर हो गई थी। बच्चा स्त्री की गोद में था। बच्चे को गोद में लेकर लगातार चलने से वह थक गई थी। पसीने से वह भीग भी चुकी थी। इधर बच्चा भी भूख और क्लान्ति से ठुनकने लगा था। बच्चे को ठुनकते देख पति ने पूछा—"क्यों जी! नुनू (मिथिला में बच्चे को प्यार से नुनू कहा जाता है।) ठुनक क्यों रहा है?

"कन्धे पर पड़े-पड़े देह अकड़ गई होगी।"

"हाँ, और भूख भी लग आई होगी।"

"ज़रा इस पेड़ के नीचे आराम कर लें?"

"हाँ, हाँ, क्यों नहीं? आखिर कहावत तो है ही न कि लड़के (बच्चा) के बहाने लड़कोरी (जच्चा) जिए।"

"रहने दो, रहने दो। बाँझ क्या जाने प्रसव की पीड़ा।"

पति बोला—"ऐसा करे कि इस पेड़ के नीचे थोड़ी देर सुस्ता लो नुनू को भी दूध-ऊध पिला दूँ। मैं भी जरा खैनी लगा लूँ।"

"एक जू मेरे लिए भी बनाना।" पेड़ की छाँव में बैठती पत्नी बोली।

आदमी ने तम्बाकू निकाला फिर चुनौटी (चूना रखने की डब्बी) जब उसने चुनौटी खोली तो देखा कि चूना है ही नहीं। वह बोला—"जा! चूना तो खतम हो गया है। अब क्या करें!"

आदमी ने इधर-उधर नज़र दौड़ाई तो दूर खेत में उसे एक हलवाहा हल जोतता मिला। उसने पत्नी से कहा—"वो एक हलवाहा हल जोत रहा है। उसी से पूछता हूँ। शायद कहीं हो उसके पास चूना।"

इतना कहकर उसने आवाज लगाई—"ऐ हलवाई भाई...हो... सुन रहे हो—" हलवाहे ने अपनी जगह से उत्तर दिया—"क्या हुआ भाई?"

"अरे हल जोते-जोतते थक गए होगे। आओ, ज़रा खैनी-वैनी खा लो। फिर हल जोतना।"

हलवाहा बोला—"खैनी है भी कि मेरे ही भरोसे आवाज़ दे रहे हो?"

आदमी बोला—" खैनी? अरे खैनी तो खैनी ही है। ओठ के नीचे पहुँचते ही स्वर्ग की सैर कराने लगेगी। वह तो कहो कि चूना खतम हो गया, इसी से तुम्हें आवाज़ लगानी पड़ी, वरना..."

"वरना दूसरे का क्या काम? वह तो दाल-भात में मूसरचंद हो जाएगा न!"

"अरे, तो दुख-विपत्ति में ही घर-समाज की याद आती है न!"

"हाँ, सो तो है ही, लो, चूना लो।"

आदमी तम्बाकू मलने लगा। तम्बाकू मलते-मलते ही उसने हलवाहे से पूछा—"यह कौन सा गाँव है भाई?"

आदमी के पूछने की देर कि हलवाहे ने बड़ी हिकारत से उसकी ओर देखा और कहा—"ये लो! इतना भी नहीं जानते हो कि यह कौन सा गाँव है? अरे, पूरी मिथिला के बीच प्रसिद्ध है यह गाँव ।"

"तब तो लगता है कि कभी किसी ने कोई बड़ा भारी कुकर्म किया होगा, जिसकी वजह से यह इतना कुख्यात हो गया।"

"ऐ!" हलवाहा गरजा—"ज़बान को लगाम दो। क्या जगह केवल कुकर्म के कारण ही प्रसिद्ध होती है।"

"होता तो यही है।"

"तुम लोगों की तरफ़ होता होगा। हमारे यहाँ तो सुकर्म में नाम होता है। यह गाँव इसीलिए नामी है क्योंकि यहाँ गोनू झा हो चुके हैं।"

"अच्छा! अच्छा!" आदमी ने कहा—"तो यह गोनू झा का गाँव है। वह यह बताओ कि क्या अभी भी वैसे लोग होते हैं?" फिर स्वयं ही बोला—"धत! मैं भी कैसा पागल हूँ। भला एक ही जैसे लोग बार-बार हो सकते हैं क्या?" फिर वह हलवाहे से बोला—"अच्छा भई! चलें हम लोग। राम! राम! फिर कभी मिलेंगे। मैंने तुम्हारी चुनौटी से ज़रा ज़्यादा ही चूना ले लिया है। अभी दस कोस और जाना है न, इसलिए।"

इतना कहकर वे लोग चल पड़े। हलवाहा कुछ देर तक उन लोगों को जाते हुए देखता रहा। जब वह उधर देख रहा था तब उधर से उसे एक कुंजड़ा आता हुआ मिला। उसके पास थोड़ी सी शक्कर थी। खैनी खिलाने का लालच देकर हलवाहे ने उससे थोड़ी सी शक्कर ली और उन लोगों के पीछे-पीछे चलने लगा। बच्चा औरत के कन्धे पर सोया हुआ था। हलवाहा नींद में ही उसे थोड़ी-थोड़ी शक्कर चटाने लगा और बच्चा भी नींद में ही चाटने भी लगा।

जब गाँव पास आ गया तब हलवाहे ने उस औरत को गुदगुदी लगा दी। औरत चिहुंकी और पलटकर देखा तो हलवाहा। वह लगी गालियों से उसकी सात पुश्तों को तारने। पर वह हलवाहा उसकी गालियों पर ध्यान दिए बिना ही बोला–"ऐ! ये मेरा बच्चा लेकर तू कहाँ जा रही है।"

औरत गरजी–"सत बढ़ना (सात) से झाड़ूँगी तुझे मुँह झौंसे। आँख में दिठौरी हो गई है न सौ साफ़ हो जाएगी।

"चलो थाना किसकी दिठौरी साफ़ होती है, वहीं देखना।" हलवाला उन पर चढ़ता हुआ बोला।

क्षण भर में ही बात ने विवाद का रूप धर लिया। आदमी मारे गुस्से के उसका गला दबाने लगा–"यह तो प्रेत की तरह ही पीछे लग गया है। नरेटी (कंठ) ही दबा दूँगा साले तेरी तो।"

हलवाहा गोंगियाया। उसकी गोंगियाहट सुनकर गाँववाले दौड़े। पल झपकते ही पूरा गाँव वहाँ जमा हो गया और माजरा समझने की कोशिश करने लगा।

आदमी ने हाँफते हुए कहा–"लुच्चा, लफंगा है यह, मेरी औरत को इसने हाथ लगाया।"

हलवाहा बोला–"अभी तो मैंने केवल हाथ ही लगाया है। जो असली बात कह दूँ तो आप सभी इसकी जान ले लेंगे। ये दोनों बच्चा चोर हैं। मेरा बच्चा चुराकर ले जा रहे हैं।"

औरत रोते हुए बोली–हे दिनकर! हे दीनानाथ! हे ईश्वर, परमेश्वर! इस बटमारी का इन्साफ तुम्हारे ही ऊपर छोड़ देती हूँ। जो मेरे ऊपर कलंक लगा रहा है उसे कीड़े पड़ेंगे, कोढ़-फूटेगा, है जा मलेरिया होगा, टन्न से मसान चला जाएगा।"

शोरगुल से बच्चा जाग गया था और हलवाहा इस शोरगुल के बीच भी चुपके से बच्चे को चीनी चटा देता था। बच्चे का ध्यान अब हलवाहे की ओर गया। हलवाहा उसकी ओर देखकर मुस्कुराया और बच्चा भी उसे देखकर मुस्कुरा दिया।

गाँववालों ने हलवाहे से पूछा कि इसका क्या सबूत है कि यह तुम्हारा बच्चा है?

हलवाहा बोला–"तो ऐसा करते हैं कि बच्चे को बीच में देते हैं और बारी-बारी से हम उसे बुलाते हैं। बच्चा जिसके पास चला जाए, समझिए कि वह उसका।"

लोग मान गए। वह आदमी भी। बच्चे को बीच में बिठा दिया गया। पहले

माँ ने और फिर बाप ने बच्चे को बुलाया। परन्तु लगातार चीनी चाटने के कारण बच्चे का ध्यान हलवाहे पर लगा हुआ था। लिजाजा वह अपने माँ-बाप के पास नहीं गया। अब बारी हलवाहे की थी। बड़ी चतुराई से शक्कर की पुडिया दिखाते हुए उसने बच्चे को अपनी तरफ़ बुलाया। शक्कर के लालच में बच्चा उसकी तरफ़ आ गया।

गाँववालों को हलवाहे की बात का विश्वास हो गया। सभी इन दोनों पति-पत्नी को पीटने पर उतारू हो गए कि तभी हलवाहा बोला—"शान्त हो जाइए भाई लोगों, शान्त हो जाइए। ये लोग बच्चा चोर नहीं हैं, इस बच्चे के माँ-बाप हैं।"

"ऐं! अभी-अभी तो तुम यही कह रहे थे कि ये लोग बच्चा-चोर हैं और अभी कह रहे हो कि माँ-बाप हैं, तो बात क्या है?

हलवाहा बोला—"बात यह है कि इसने कहा कि गोनू झा के गाँव में अब कहाँ से गोनू झा जैसे लोग होते होंगे। तो यह तो हमारा; हमारे गाँव का अपमान था न! गोनू झा कभी मरते नहीं है, वे हमेशा से यहाँ विद्यमान रहेंगे, यही बात बताने के लिए मैंने यह सब खेल रचाया था।"

आदमी बोला—"ग़लती हो गई मेरे बाप! अब सपने में भी ऐसा नहीं बोलूँगा।"

परदादा

गोनू झा की लोकप्रियता से सारे दरबारी जलते थे। सभी इसी फिराक में रहते थे कि कब कोई ऐसा मौक़ा आए, जब गोनू झा कोई ग़लती करें और राजा उन पर नाराज़ हो जाएँ। एक बार अगर राजा नाराज़ हो गए तब तो ब्रह्मा भी आकर उनके क्रोध से किसी को नहीं बचा सकते। परन्तु, ऐसा कोई अवसर कभी हाथ ही नहीं आता था। कई बार ऐसा हुआ कि निन्यानवे प्रतिशत स्थितियाँ गोनू झा के प्रतिकूल होतीं। परन्तु ऐन वक़्त पर वे अपनी बुद्धि से, अपने कौशल से हालात को अपने अनुकूल कर लेते। सारे दरबारी हाथ मलते रह जाते और गोनू झा सदाबहार तरीके से मन्द-मन्द मुस्कुराते हुए तम्बाकू मलते रहते।

लेकिन एक बार ऐसा हो ही गया जब वास्तव में गोनू झा को राजा का कोप भाजन बनना पड़ गया। हुआ यूँ कि पड़ोस के राजा ने मिथिला आगमन का सन्देशा भेजा। चूँकि ये दोनों ही राजा आपस में बहुत गहरे और अच्छे मित्र थे, इसलिए इस समाचार को पाकर महाराज का प्रसन्न होना कतई स्वाभाविक था। पूरी मिथिला में राजा के आगमन की धूमधाम से तैयारी शुरू हो गई। नए-नए पौधे लगाए गए। वृक्षों की कटाई-छँटाई, निकौनी हुई, उन्हें पूरी तरह से नहलाया-धुलाया गया, उनकी धड़ों की पुताई की गई। रास्तों को साफ़-सुथरे तरीक़े से चमकाया गया। तोरण और बंदनवारों से पूरी मिथिला पट गई।

आगमन व स्वागत-सत्कार का प्रमुख ज़िम्मा महाराज ने गोनू झा को सौंपा था। गोनू झा पूरी मुस्तैदी और तत्परता से इसमें जुटे हुए थे। उधर गोनू झा से जलनेवाले भी पूरी मुस्तैदी से जुटे हुए थे कि कहीं पर तो गोनू झा को गच्चा दें ताकि महाराजा का क्रोध उन पर फूट पड़े।

लिहाजा, इस बार उन्हें यह अवसर मिल ही गया। राजा के आगमन का दिन और समय तय हो गया था। पूरे रास्ते को गुलाबजल और केवड़े के जल से सींचा गया था। ताज़ा फूलों के बंदनवार वातावरण को सुन्दर और सुगन्धित बना रहे थे।

राह के दोनों ओर नागरिकजन राजा के दर्शन हेतु खड़े थे। वे सभी राजा की प्रशस्ति व महाराज से उनकी दोस्ती के गीत-गा रहे थे और इस मित्रता की अमरता का शुभकामना सन्देश दे रहे थे।

नियत समय पर राजा का काफिला चला, नगरवासियों के जयघोष से आसमान गूँज रहा था। महल के द्वार पर स्वयं महाराजा उनकी अगवानी के लिए राजपुरोहित व अन्य गणमान्यों के साथ खड़े थे। मित्र राजा की सवारी महल से लगभग दस-बारह फुट की दूरी पर थी कि अचानक उनके रथ का पहिया ज़मीन में धँस गया, वह ज़मीन पुख्ता ज़मीन नहीं बल्कि दलदल से भरा गड्ढा था। फचाक की आवाज़ हुई और रथ के पहिए के धँसने से वहाँ की सारी कीचड़ राजा के कपड़ों और चेहरे पर जा पड़ी। पल भर में सारा माजरा बदल गया। इधर महाराजा के क्रोध का कोई ठिकाना न रहा तो इधर दरबारियों की ख़ुशी का कोई ओर-छोर न रहा कि अब कहाँ जाएँगे गोनू झा बचकर!

दरअसल गोनू झा के विरोधियों ने सड़क तैयार करनेवालों से साँठ-गाँठ करके और उन्हें ख़ूब खिला-पिलाकर इस बात के लिए तैयार कर लिया था कि वे राजा के स्वागत मार्ग में, महल के नजदीक एक ऐसा गड्ढा तैयार करके रखेंगे, जो कीचड़ से भरा हुआ होगा। सारथी को भी मुँहमाँगा धन देकर इस बात के लिए मना लिया गया था कि वह रथ के पहिए को उस गड्ढे के ऊपर से गुज़ारे न केवल गुज़ारे, बल्कि ज़ोर से धचका लगाकर गुज़ारे ताकि कीचड़ उछलकर राजा पर गिरे।

सबकुछ अपनी योजना के मुताबिक हुआ। इसलिए, वे सभी प्रसन्न और आश्वस्त थे कि अब गोनू झा की हो गई छुट्टी।

महाराजा ने मित्र से क्षमा माँगी और उन्हें महल के अन्दर ले गए और हर सम्भव स्वागत सत्कार किया। मित्र राजा एक सप्ताह रहकर चले गए। उनके जाने के बाद राजा ने दरबार बुलाया।

आज का दरबार खचाखच भरा हुआ था। सभी को महाराजा के तेवर जानने की उत्सुकता थी और यह बेचैनी कि देखें राजा गोनू झा के साथ क्या बर्ताव करते हैं, उसे कड़ी से कड़ी सज़ा देते हैं या हल्की डाँट लगाकर छोड़ देते हैं। कुछ भी हो सकता है भई! अगर अपराधी की नज़र से देखेंगे तब तो उनका अपराध अक्षम्य हो जाएगा और तब कुछ भी सजा हो सकती है। मगर महाराजा ठहरे सरल और सीधे हृदय के उस पर से गोनू झा को अपना सबसे बड़ा हित चिंतक माननेवाले, इसलिए कहीं कोई आश्चर्य नहीं कि वे उनके साथ नर्मी से पेश आएँ।

सभा आरम्भ हुई। प्रधानमन्त्री ने राज्य की अन्य बातों का ब्यौरा पेश किया। फिर अपराध और अपराधियों की बारी आई। सबसे पहला नाम गोनू झा और उनके अपराध का था कि उन्होंने जानबूझकर महाराजा की मान-मर्यादा और प्रतिष्ठा के साथ खिलवाड़ किया और पड़ोसी राजा, जो हमारे मेहमान थे, उनके संग भी बुरा

व्यवहार किया। उनके इस आचरण से न केवल दोनों मित्रों के बीच की मित्रता में गाँठ आ सकती थी, बल्कि दो अच्छे और मित्र राज्य दुश्मन राज्य में परिवर्तित हो सकते थे और तब मिथिला को एक और दुश्मन का सामना करना पड़ता जो कि राज्य और यहाँ की जनता के हितों के प्रतिकूल होता।

जिरह शुरू हुई। सभी दरबारियों ने प्रधानमन्त्री की हाँ में हाँ मिलाई। सभी ने एक स्वर से गोनू झा की इस भूल के एवज़ में उन्हें कड़े से कड़ा दंड देने की पेशकश की। कुछ ने तो मृत्युदंड तक का प्रस्ताव कर दिया।

गोनू झा चुप थे। वे जान रहे थे कि यह सबकुछ उनके विरुद्ध षडयन्त्र रचनेवालों की चालें हैं। इन्तजामात उन्होंने कुछ कम नहीं किए थे। सावधानियाँ भी पूरी बरती थीं। जगह-जगह अपने आदमी लगाए थे ताकि किसी भी साज़िश का उन्हें तुरन्त पता चल सके। लेकिन जब घर में ही विभीषण हो तब कोई क्या कर सकता है। वे चूक गए थे और उनकी चूक को सारे जगत ने अपनी नंगी आँखों से देखा था।

महाराजा के मन में अंतर्द्वद्व चल रहा था। गोनू झा उनके सबसे प्रिय दरबारियों में से थे। मुश्किल से मुश्किल चीज़ों का हल चुटकी में निकालाकर वे राजा की सहायता करते थे। अपने बुद्धि-चातुर्य से असम्भव सा कार्य भी सम्भव कर दिखाते थे। यह उनकी पहली भूल है और निश्चित रूप से इसमें उन लोगों का हाथ रहा होगा, जो उनसे जलते हैं। परन्तु, अब क्या किया जाए! उनका अपराध जगज़ाहिर और साबित हो चुका था। उन्हें अपना फैसला देना था। उन्होंने अन्त में कहा–"यह सच है कि गोनू झा ने अपराध किया है, इसलिए उन्हें सजा भी मिलनी चाहिए और सज़ा उन्हें मिलेगी!

महाराजा की यह बात सुनते ही दरबारियों में प्रसन्नता की लहर दौड़ गई। अब सभी उत्सुकता से यह सुनने लगे कि महाराजा इनके लिए कौन सी सज़ा मुकर्रर करते हैं।

महाराजा ने आगे कहना आरम्भ किया–"गोनू झा हमारे दरबार के अमूल्य रत्नों में से एक हैं। उन्होंने हर बार हमारे ऊपर आई कठिनाइयों व मुश्किलों का हल निकाला है। परन्तु यह अपराध जो उन्होंने किया है वह काफी गंभीर अपराध है। इसलिए मैं उन्हें मृत्युदंड की सज़ा देता हूँ।"

सारे दरबारी हर्ष से चीख उठे। राजा तुरन्त सारा माजरा समझ गए, उन्होंने कहा–"परन्तु, चूँकि गोनू झा का यह अपराध पहला अपराध है, इसलिए मृत्युदंड की सज़ा को आजीवन कारावास में बदला जाता है।"

दरबारियों के चेहरे बुझ गए। गोनू झा सर झुकाए चुपचाप बैठे हुए थे। राजा ने कहा–"गोनू झा! आपको कुछ कहना है?"

गोनू झा उठे। दरबारियों के हृदय धड़कने लगे उन्हें लगने लगा कि अब गोनू झा अवश्य ही कुछ ऐसा बोलेंगे, जिससे महाराजा का हृदय परिवर्तन हो जाएगा और

वे छूट जाएँगे।

गोनू झा उठे बड़ी विनम्रता से दोनों हाथ जोड़े और बोले—"महाराज! मैं जानता हूँ कि मेरा अपराध जघन्य है। इसलिए आपने मेरे लिए जो पहली सज़ा दी थी, वही उचित है। आजीवन कारावास तो मेरे लिए रोज़-रोज़ की मृत्यु होगी। ऐसी मृत्यु से तो एक बार की मौत अच्छी है। इसलिए महाराज, मैं प्रार्थना करता हूँ कि मुझे आजीवन कारावास के बदले मृत्युदंड ही दिया जाए।

फिर से दरबारियों के चेहरे खिल उठे। गोनू झा ख़ुद ही मौत की सज़ा माँग रहे हैं। दरबारियों ने राजा को उकसाना शुरू किया—हाँ महाराज! गोनू झा की इच्छा का आदर किया जाना चाहिए। उनकी मनःस्थिति पर विचार किया जाना चाहिए। सचमुच, कारागार के दिन तो मृत्यु से भी अधिक भयानक और त्रासदायी होते हैं। इसलिए गोनू झा भी यदि ऐसा सोचते हैं तो इसमें अस्वाभाविक क्या है! और महाराज! अच्छी स्थिति में सुविधाओं में पलनेवाला मनुष्य दुःख, तकलीफ़ और अभाव नहीं सह सकता और अपमान तो कतई नहीं। कहीं ऐसा न हो कि कारागार में रहते-रहते अपमान के वशीभूत इनमें बदले की भावना जाग उठे और ये आपका अनिष्ठ करने की सोच बैठें तो हम तो अपने इस पुण्य प्रतापी मानकर हमेशा की तरह उनकी बात को सम्मान दीजिए।"

गोनू झा की मृत्यु की बात से ही महाराजा विचलित हो गए। यह गोनू झा क्या कह बैठे? उन्होंने पूछा—"गोनू झा, आप क्या कह रहे हैं, आपको पता है?"

"अच्छी तरह पता है महाराज!"

"आपने अपने लिए मौत की सज़ा क्यों माँगी?"

"क्योंकि यही मेरा सही दंड है महाराज!"

"क्या आप अपनी बात पर अडिग हैं?"

"हाँ महाराज!"

"तो आप ही बताइए, कब आप चाहेंगे अपनी सज़ा पाना?"

"अभी और इसी वक़्त महाराज।"

"अभी और इसी वक़्त?"

"जी महाराज!"

"क्या आप अपनी पत्नी, पुत्र व परिवार के अन्य सदस्यों से नहीं मिलना चाहेंगे?"

"नहीं महाराज! अपना अपराधी चेहरा लेकर मैं किसी के पास नहीं जाना चाहता। बल्कि, आप उन्हें यह भी कह देंगे मेरी तरफ़ से कि मेरी मृत्यु के बाद वे यह कहना भी छोड़ दें कि मैं उनका कोई लगता भी था।

"ऐसा तो मत कहिए गोनू झा। मेरा हृदय फटा जा रहा है।"

"परन्तु मेरा हृदय बिल्कुल शान्त है। मैं गौरवान्वित हूँ अपने महाराज पर कि उन्होंने हंस सम्मत नीर-क्षीर न्याय किया है।"

"ठीक है, आपकी जैसी इच्छा। परन्तु, मृत्यु से पूर्व अपराधी की आखिरी इच्छा पूरी जाती है और उसे पूरी की जाती है। यदि आपकी भी कोई अन्तिम इच्छा हो तो उसे बताएँ हम उसे अवश्य पूरा करेंगे।"

"अन्तिम इच्छा है न महाराज! बिल्कुल है महाराज! और आपने कभी-कभी वचन भी दे दिया है कि आप उसे अवश्य पूरा करेंगे।"

"हाँ गोनू झा, अवश्य पूरा करेंगे।"

"तो महाराज, मेरी अन्तिम इच्छा यह है कि मैं अपने महाराज को परदादा बना हुआ देखूँ?"

"परदादा? यानी मेरे बेटे के बेटे का बेटा? परन्तु गोनू झा यह कैसे सम्भव है? अभी तो मेरे पुत्र की ही शादी नहीं हुई है। अभी उसकी शादी होगी, फिर बेटा होगा, फिर उसके बेटे की शादी होगी, तब कहीं जाकर उसके बच्चे होंगे...

"तो इसमें इतना परेशान होने की क्या बात है महाराज! मैं तब तक प्रतीक्षा कर लूँगा।"

महाराज को बात समझ में आ गई। गोनू झा के कहने का आशय समझते ही उनके दिमाग़ में चल रही आंधी एकदम से शान्त हो गई। मन का तनाव ख़त्म हो गया। मन के हल्का होते ही वे ख़ुद को बड़ी आरामदेह स्थिति में महसूस करने लगे और इस आरामदायक स्थिति का अहसास होते ही वे बड़े ज़ोर से हो-हो करके हँस पड़ते उनपर हँसी का ऐसा दौरा पड़ा कि बस, पूछिए मत-पेट पकड़-पकड़कर हँसते रहे और एक ही वाक्य कहते रहे—"गोझू झा, मान गए आपको भी। आप भी गोनू झा बस..." और इस बस के आगे फिर से हँसी। सारे दरबारी समझ गए कि ग़ोनू झा ने फिर से उन सबको धता बता दिया, और गोनू झा! वे सदा की तरह मन्द-मन्द मुस्कुराते हुए हथेली पर चैतन्य चूर्ण मल रहे थे।

●●●